No limite da delinquência

© Ildo Meyer, 2023

Capa e projeto gráfico
Brand&Book — Paola Manica e equipe

Supervisão editorial
Paulo Flávio Ledur

CIP-BRASIL. CATALOGAÇÃO NA PUBLICAÇÃO
SINDICATO NACIONAL DOS EDITORES DE LIVROS, RJ

M559n   Meyer, Ildo
            No limite da delinquência : conversas sobre o amor / Ildo Meyer. - 1. ed. - Porto Alegre [RS] : AGE, 2023.
            287 p. ; 16x23 cm.

            ISBN 978-65-5863-225-2
            ISBN E-BOOK 978-65-5863-227-6

            1. Crônicas brasileiras. I. Título.

CDD: 869.8   23-85995
                          CDU: 82-94(81)

Meri Gleice Rodrigues de Souza - Bibliotecária - CRB-7/6439

Reservados todos os direitos de publicação à
LEDUR SERVIÇOS EDITORIAIS LTDA.

editoraage@editoraage.com.br
Rua Valparaíso, 285 - Bairro Jardim Botânico
90690-300 - Porto Alegre, RS, Brasil
Fone: (51) 3223-9385 | Whats: (51) 99151-0311
vendas@editoraage.com.br
www.editoraage.com.br

Impresso no Brasil / Printed in Brazil

ILDO MEYER

No limite da delinquência

conversas sobre o amor

Editora AGE

PORTO ALEGRE, 2023

Aos que perderam um grande amor.
Aos que encontraram um grande amor.
Aos que estão buscando um grande amor.
Aos que ainda não sabem o que é um grande amor.

Apresentação

Eu poderia dizer que Ildo Meyer foi meu aluno, para buscar méritos em sua obra. Mas o único mestre dele foi o sofrimento.

A dor da separação o inspirou a ser mais atento. A dor do desencanto o instruiu a ser mais exigente. A dor da perda de alguém o educou a ser mais presente. A dor do desencontro o moldou a ser mais ouvinte de seus próprios batimentos cardíacos e caminhos.

"Porque somos instantes, e num instante não somos nada."

No fundo, somos somente esse agora que está acabando de acontecer, essa paixão desenfreada pela vida a partir de um rosto, de um olhar, de um beijo, sem entender bem o motivo. Você é capaz de sentir que gosta de uma pessoa rapidamente, mas demorará anos para explicar do que realmente gosta nela.

Em *No limite da delinquência*, terá pela frente histórias de amor, de casamentos feitos e desfeitos, de romances relâmpagos e chuvosos, de distratos e reatos, numa coleção prodigiosa de casos reais ficcionalizados, com os nomes preservados de seus envolvidos. Certamente vai se encontrar em um deles, ou em todos eles, e talvez pense: como Ildo me descobriu?

Nas horas vagas, ele é mágico. Nas horas cheias, é médico. No intervalo entre os dois, é um coração ferido.

Fabrício Carpinejar

Sumário

Preliminares 13

Conceitos 19
    Conheça seu amor 21
    Amor é paixão 27
    Amor é desejo.. 30
    Amor é sexo 32
    Amor é confiança 34
    Amor é fantasia... 37
    Amor é decepção 39
    Amor é saudade 42
    Amor é investimento................................ 45
    Amor é coragem 48
    Amor é compartilhar................................ 50
    Amor é amizade.. 52

Buscas, escolhas e expectativas 57
    Como encontrar o verdadeiro amor 59
    Como identificar alguém especial 63
    Separou-se mais vezes que amou...................... 65
    Amou uma vez e não se separou mais 68
    Abundância 71
    Manhã seguinte.. 73
    Pedido de casamento 75
    Somos instantes.. 78
    Quem pagou a conta......................................81
    Alma gêmea 84
    Supermercado sentimental 89
    Aplicativo de namoro 93
    Entre bruxas e princesas 95
    As quatro mulheres de um homem 97

Formatos.. 101
    Afinal, você está namorando?........................ 103

Quero me sentir aceita, bem-vinda 106
Portas abertas 108
Desencontros que aproximam 110
Conversa boa pra ca... sar 112
Nós.. 114
Apesar e por causa de 116
Vocês são ridículos 119
Casamento descartável 122
Aliança e compromisso 125
Relacionamento sério 127
Limites ou horizontes 129
Encontro.. 131
O que ela tem que eu não tenho? 135
Problemas de casamento 137
A serpente que nos traduz/seduz 139
Ser livre é ter um amor pra se prender 142
Não sou nem quero ser o seu dono 145
Produção independente 147
Just do it 149
O que é que há?... 152
Oito ou oitenta 155
Socorre-me, protege-me. 158

Mentiras, dúvidas e traições.................................161
Ciúme.. 163
Fui traído, e agora? 166
A vida como ela é. Calar ou contar? 168
Na cama de outro 171
Quando todos julgam, ninguém é inocente 176
A senha do paraíso 179
A mentira mais cruel.. 183
"Te perdoo por te traíres" 185

Sensações..189
O melhor beijo do mundo 191
O que te impede de beijar assim 193
Beijo de máscara...195

    O olhar que beija 197
    Deixa-me calar-te com um beijo 199
    Se for inesquecível, será eterno 203
    Cheiro 205
    Meu problema não era a comida 207
    Chore mais 209

Comunicação 213
    Começo, meio e fim 215
    Primeira impressão 217
    Em caso de paixão, use o cérebro 219
    Um sim já bastaria! 222
    Estamos juntos? 224
    Melhor calar 226
    Carta de amor não escrita 228
    Eu te amo, ao vivo, dublado ou com legendas .. 231
    Sinais 234
    Sintomas 236
    Expressividade 1, 2, 3 238
    Alô, alô, alô? 241
    Você sabe o que eu sinto? 245

Términos e saudades 247
    Existe um depois após o fim 249
    Aparências enganam 251
    Copie e cole 253
    Desculpa, Letícia 256
    Pequenas vinganças 258
    Desculpa, foi engano 261
    Adão e Eva contemporâneos 263
    Adeus dói 266
    Não entendeu, não sentiu, não aproveitou 269
    O fim, às vezes, é inevitável 273
    Foi bom enquanto durou 275

Recomeços 279
    Autoentrevista 285

Preliminares

Às vezes um café é apenas um café, mas nem sempre.

Para que você entenda melhor essa frase e por que está colocada na abertura deste livro, preciso chamar Freud e a psicanálise. Para ele, qualquer objeto cilíndrico que apareça nos sonhos representa o pênis e, da mesma forma, figuras como cavernas, grutas, gaiolas simbolizam o órgão genital feminino, configurando desejos reprimidos.

Dizia também que é na infância que se dá o início do desenvolvimento sexual da criança, o que molda sua libido para o resto da vida. Assim, quando um paciente apresentava um problema qualquer, Freud remetia-se à infância do sujeito, procurando um significado fálico no passado para, por exemplo, explicar o medo de gatos que se apresentava no momento.

Críticos logo partiram para o confronto, afirmando que Freud procurava pelo em casca de ovo ou, como o poeta Mario Quintana brincou séculos depois, ironizando a psicanálise como uma das mais fascinantes modalidades do gênero policial, em que o detetive procura desvendar um crime que o próprio criminoso ignora.

O ponto a que pretendo chegar é que Freud andava sempre com um charuto na boca e não demorou para que começassem a molestá-lo, declarando que aquele charuto ereto entre seus dedos revelava algo de oral ou fálico sobre o fundador da psicanálise. Como resposta a seus oponentes, Freud disparou sua célebre citação: "Às vezes um charuto é apenas um charuto".

Voltemos então ao café, agora com sabor psicanalítico. Na maioria das vezes o café é aquela bebida apreciada em todo mundo, degustado quente ou frio, com capacidades estimulantes, mas nem sempre. Conheço inúmeras histórias que principiaram com um inocente convite para café e progrediram para beijos, namoro, cama, casamento, filhos, divórcio, agressões e até mesmo assassinatos. A pessoa veio para um simples e apressado café e ficou por uma vida inteira.

Um café nem sempre é só um café.

Uma curtida no Instagram também pode não ser apenas um inofensivo sinal de uma apreciação ocasional.

Um pedido de amizade na mídia social pode ter vários significados.

Nem mesmo um bom-dia é composto por apenas duas inocentes palavras.

O amor também tem seus mistérios e disfarces. É sobre isso que pretendo conversar. Relacionamentos afetivos. Psicanalistas, filósofos, neurologistas, poetas, escritores, todos tentam entender e explicar nossos comportamentos. Formulam hipóteses, teorias, conceitos. Este livro olha a vida sob outro viés. Traz a voz de ruas, bares, igrejas, hospitais, cartórios, praças, cafés, celulares, computadores, consultórios. Casados, solteiros, divorciados, encalhados, mal-amados, apaixonados, tímidos, cafajestes, bêbados, *nerds*, maduros, infantis, felizes, deprimidos, ansiosos, chatos, malucos. Gente para todo tipo de *match*.

Por maior que tenha sido o esforço tentando evitar abstrações ou representações muito elaboradas, não consegui escapar de minha formação filosófica. Coloquei alguns conceitos no capítulo inicial. Se você não quiser ler, ou achar complicado, ou chato demais, pode pular essa primeira parte. Também não precisa ler na ordem proposta; todos os capítulos levam a Roma. Vale lembrar que Roma é Amor de trás para frente.

Generalizações são um problema, mas são necessárias se quisermos transcender a individualidade para falar do que temos em comum com outras pessoas de nosso mesmo gênero, idade ou classe social. Por isso, quando você ler homem ou mulher, estou falando de uma categoria cultural, no sentido de uma classe histórica que representa uma posição social antes que uma identidade imutável ou ligada a algum tipo de constante biológico.

Não invento histórias de encontros ou desencontros, amor ou desamor. Elas existem por si só; eu apenas as passo a limpo. Alguns textos foram escritos há quase duas décadas, cada narrativa é única e independente, e foi escrita aleatoriamente ao longo do tempo, mas não se trata de uma colcha de retalhos. Estão ligadas por dois fios invisíveis poderosamente trançados: sentimento e curiosidade investigativa.

Relacionamento é o nome genérico que se dá a um amontoado de sentimentos. O amor é o chefe do bando, mas nem sempre é fácil encontrá-lo; esquiva-se, aparece quando menos se espera, cria confusões, some sem deixar pistas. A quadrilha completa-se com paixão, desejo, saudade, ciúme, carência, ódio, solidão, tristeza, esperança e por aí vai. Alguns estão presos, outros em liberdade condicional, mas a maioria anda solta e atacando como um arrastão, sem remorso algum. Atire a primeira pedra quem nunca foi assaltado à mão armada ou quase morreu por cruzar com algo assim. Em alguma história ou sentimento, se você não está morto, será capturado. Não há como escapar.

Antigamente você nascia e era rotulado como fazendo parte do sexo feminino ou masculino. As regras eram muito claras e rígidas. Homens provedores casavam com mulheres virgens, as quais procriavam e cuidavam do lar. As autoridades da família determinavam qual matrimônio seria melhor para o coletivo. A união de duas pessoas importava menos que a união de duas famílias. O foco era político-financeiro. O amor passava longe dali, sequer era questionado. Quem não se adaptasse a essa moral afetivo-sexual era marginalizado, criminalizado, perseguido e por vezes morto em praça pública em nome dos bons costumes.

O interessante é que essas uniões foram duradouras não porque com o passar do tempo surgisse um amor mais sólido, e sim porque as mulheres daquela época tinham expectativas bem menores e exigiam quase nada dos maridos. O casamento como instituição dava certo, só que dentro de um molde errado.

Com o passar dos séculos, os jovens foram se inquietando. Escolhas de parceiros matrimoniais por terceiros não poderiam mais continuar sendo a regra. Surge então uma onda de revolta e modernidade que dizia: "Escute o seu coração ao invés de seus pais" ou, mais radical ainda: "Escute seu coração ao invés da razão, liberte-se". Nasce, assim, a geração paz e amor, justamente numa época em que não havia paz no mundo e ninguém sabia claramente o que era o amor. Aliás, arrisco dizer que até hoje ainda não sabemos o que significa nem um, nem outro.

O amor romântico deflagra uma revolução na história dos casamentos e passa a ser a própria razão do matrimônio. Amor e casamento passaram a ser considerados gêmeos univitelinos; um não sobreviveria sem o outro. Justo o amor, sentimento mutante, caprichoso, insensato e desvairado. Como exigir a certeza de sua permanência? Papéis assinados e bênçãos da igreja não são garantias suficientes para evitar o fato de que tudo possa se romper a qualquer momento. A possibilidade de dano sentimental é real. Beira à delinquência apostar no amor como a solução mágica para o sucesso e a bem-aventurança conjugal. Crime inafiançável.

Agora o amor está na corda-bamba. Seria ele o salva-vidas do casamento ou o anarquista que, na melhor das intenções, desafiou as leis e a moral vigentes até então, mas não vingou? Parece que aquele tão esperado amor romântico se mostrou ser mesmo um criminoso incapaz de sustentar a relação. Delirante, enamorado, bom partido, arrebatou corações, roubou a capacidade de pensamento e, sem que ninguém percebesse, permitiu que seus comparsas praticassem atos como ciúme, mentira, possessão, sufocamento, repressão, traição, ódio, assassinato. O amor é de longe o sentimento mais julgado por crimes que não cometeu; sua desgraça é que as pessoas confundem atitudes de não amar com amor.

Uma coisa é certa: o amor é tão inevitável quanto irrazoável e, se bem tratado, pode ser regenerado e recuperado. Um amor diferente, remodelado, reescrito, menos romântico e mais real, menos promessas e mais afinidades, tudo sob o paradigma da contradição. Autonomia x Vulnerabilidade. Parceria x Individualismo. Fidelidade x Poligamia.

Como saber se um amor romântico por sua natureza inevitavelmente irá boicotar a relação? Qual o limite entre um amor saudável ou delinquente? Esse é o dilema. Não pretendo desvendar esse mistério, mas posso garantir que todo criminoso em algum momento vai cometer um deslize e deixar pistas. Desvende-as nas próximas páginas.

Filósofos e demais pensadores alucinadamente cerebrais sabem disso, no entanto a consciência da insanidade do amor romântico nunca salvou ninguém da doença. Existe uma grande diferença entre identificar um problema e resolvê-lo. Arriscar destrambelhadamente no amor é um temor para a filosofia, escola que questiona, desconfia, discute e contesta. Beira a marginalidade, chegando quase ao limite da delinquência. Mergulham em suas ponderações e deliberadamente fogem da paixão.

Já o outro time, daqueles que sentem mais que pensam, prefere ter fé, transgredir, beirar a delinquência apaixonadamente errados a ficar em dúvidas e elucubrações, mas sem amor. Entregar-se por inteiro mesmo sabendo do perigo de ser devolvido em pedaços. Amar não é seguro, mas é divino.

Por que escrevi este livro? Por amor, correndo todos os riscos.

Por fim, gostaria de agradecer a Alain de Botton, Fabrício Carpinejar, Gabito Nunes, Martha Medeiros, Tamara Tenenbaum e tantos outros autores e personagens que serviram de inspiração. Vocês são demais. Este livro é de vocês.

Convido agora o leitor e a leitora para um bom café antes de iniciar a leitura. Com ou sem açúcar? Bom proveito.

De infração mais grave não sei:
conduzir fora de mão,
conduzir contra o coração.

Conceitos

```
    mistério            confiança


            ✕


     paixão              amor
```

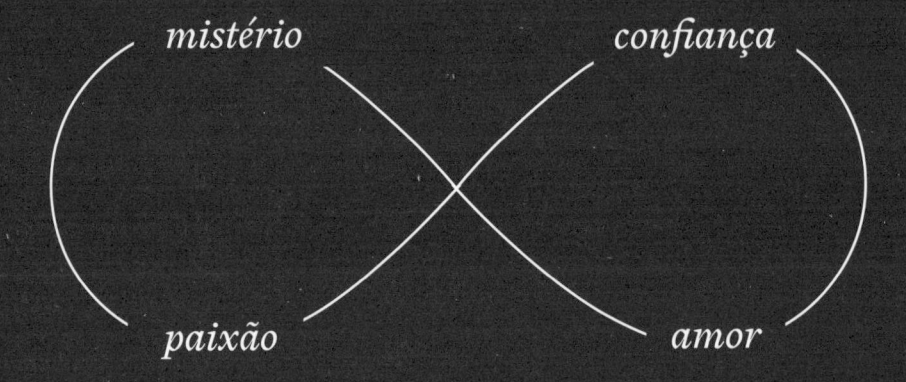

Conheça seu amor

Será que isto é amor? Essa é uma pergunta que muitos morrem angustiados sem saber responder. Felizes daqueles que afirmam categoricamente que sim. Ainda que não tenha durado para sempre, que tenham sido anos, meses ou dias, esta certeza é melhor que a dúvida ou a negativa.

Se o amor foi correspondido ou não, é outra história. A questão é saber se amou ou não amou. Passar uma vida inteira e ao final constatar jamais ter amado alguém é um desperdício. Ou pior, passar anos fazendo análise para saber se realmente era amor aquilo que sentia e morrer na dúvida. Desperdício dobrado.

Houve um tempo em que amar significava comprometimento. Dizer "eu te amo" era declaração de um sentimento único e raro em uma relação diferente de todas as outras. Um envolvimento sólido, uma ligação pra valer. Eram necessários meses ou anos de convívio e muita coragem para solenemente declarar amor por aquela pessoa especial. Jamais seria escrito via WhatsApp seguido de figuras de coraçõezinhos ou beijinhos. O amor era revelado ao pé do ouvido, olhando nos olhos, entrelaçando as mãos, e significava quase um pedido de casamento. Em tese, sabiam do que estavam falando.

Hoje em dia, anunciar que ama alguém não quer dizer quase nada. A palavra *amor* foi banalizada e é verbalizada à toa. Maria ama João, mas antes amou Paulo e, antes dele, Francisco. Maria só tem treze anos de idade, e todas as declarações foram postadas no Facebook. Fernanda amou o *show* do Fábio Júnior, Ana amou a torta de nozes que provou na confeitaria. Amam-se cachorros, filmes, viagens, móveis, óculos, biquínis e pessoas também.

O dicionário define amor como uma afeição profunda, a ponto de estabelecer um vínculo intenso, capaz de doações próprias, até o sacrifício. É assim que funciona pra você?

Fique tranquilo, nem todos concordam com essa explicação; existem milhares de outras definições; em alguma delas você deve se encaixar.

"Amar é aquela vontade danada de andar de mãos dadas durante o dia e de pés dados durante a noite".

"O amor tem vários sabores, desde o adocicado do início até o amargo do fim".

"O amor nasce não sei de onde, vem não sei como e dói não sei por quê".

"O amor está em todos os lugares, você é que não procura direito".

"O amor é o que o amor faz".

"O amor que acaba, nunca principiou". "Quando encontramos o amor da vida da gente, tudo parece fazer sentido. E percebemos que tínhamos uma falsa ideia do que era o amor".

"O amor que acaba também é eterno".

"Quem não é nem capaz de dividir o amor, deixará o outro sofrer sozinho depois".

"Quando um homem ama de verdade, a única coisa que vai querer mudar na mulher amada é o sobrenome".

"Quem perde tempo julgando fica sem tempo para amar".

E agora, ficou mais fácil ou complicou de vez? Como enquadrar aquilo que estamos sentindo em uma definição de amor? Por mais evoluídos que possamos parecer, não conseguimos descrever sentimentos com palavras adequadas, então utilizamos o auxílio de metáforas palpáveis. Ainda não atingimos a capacidade de descrever ideias abstratas sem transformá-las em algo físico. Não conhecemos palavras pertinentes, então tentamos nos comunicar através de imagens que simulem aquilo que queremos expressar. "Explodiu de amor", "ficou cego de paixão", "regou o amor", "amor raso", "amor profundo", "amor de verão", "louco amor".

Provavelmente você tem a sua definição de amor, que é diferente da minha, que é diferente daquela da maioria das pessoas. E não há nada de errado nisso. *Amor* é uma palavra que inventaram para expressar um sentimento e não um conceito fechado e consensual;

portanto, cada um sentirá de sua maneira e o expressará como conseguir. Se aquilo que você está sentindo se encaixa ou não no rótulo *amor* do dicionário ou combina com a imagem formada de seu/sua amado(a) é o grande desafio.

Por conta dessas discordâncias conceituais, casais que lá atrás juravam se amar, depois de um tempo de convivência, descobriram que se enganaram, hoje se odeiam e talvez amanhã até se matem. Quem pode assumir o papel de juiz ou dono da verdade para decidir o que é amor ou não? Já dizia o Marquês de Maricá: "Nossas necessidades nos unem, mas nossas opiniões nos separam".

Parece que a convenção para que um relacionamento funcione é que as definições de amor sejam semelhantes ou quase iguais. E nem sempre são compatíveis. Pena que grande parte dos casais só se dê conta disso e venha a apreciar com mais cuidado seus sentimentos quando a falta de sintonia começa a apresentar sintomas.

Elaboramos um pequeno questionário para que você possa minimamente tentar compreender aquilo que sente como amor. Responda com toda a sinceridade, como se ninguém mais fosse ler. Depois, se quiser e tiver coragem, peça para seu amor responder também. Troquem os questionários e preparem-se para surpresas. Não precisam ter medo; é um passo para se conhecerem melhor. Não é um teste com nota mínima para aprovação.

Não existe certo ou errado. É apenas o seu jeito de amar, que pode ou não concordar com os demais. O seu jeito único e especial de amar. Use sem moderação.

Seu amor é:
( ) incondicional.
( ) condicional.

Seu amor:
( ) exige exclusividade.
( ) pode amar mais de uma pessoa ao mesmo tempo.
( ) pode amar mais de uma pessoa ao longo da vida, mas não ao mesmo tempo.

Seu amor:
( ) exige reciprocidade.
( ) não exige reciprocidade.

Seu amor:
( ) precisa de um tempo para acontecer.
( ) pode acontecer à primeira vista.

Seu amor:
( ) é eterno.
( ) pode acabar.
( ) vale para o momento.

Seu amor:
( ) permite graduação #pouco/muito.
    #raso/profundo #quente/morno/frio.
( ) é tudo ou nada.

Seu amor:
( ) preza a individualidade.
( ) une o casal, desaparecendo o eu e surgindo o nós.

Seu amor:
( ) exige fidelidade.
( ) não exige fidelidade.

Seu amor:
( ) perdoaria uma traição.
( ) não perdoaria uma traição.

Seu amor:
( ) nutre-se com a presença constante do outro — amálgama.
( ) nutre-se de um afastamento seguido de união — sanfona.

Seu amor é:
( ) excitação.
( ) tranquilidade.

Seu amor:
( ) aceitaria o abandono sem sofrimento.
( ) aceitaria o abandono com sofrimento.
( ) não aceitaria o abandono.

Por amor:
( ) mataria.
( ) morreria.
( ) abandonaria os estudos.
( ) mudaria de cidade.
( ) se converteria para outra religião.
( ) trocaria de sobrenome.

Seu amor:
( ) é verbalizado com frequência.
( ) raramente é verbalizado.

Seu amor é expresso por:
( ) carinho.
( ) palavras.
( ) presentes.
( ) cuidado.
( ) ciúme.
( ) posse.
( ) submissão.
( ) sexo.
( ) presença constante.
( ) segurança.
( ) companheirismo.

Não gosto de dar conselhos, mas vou dizer o que penso hoje sobre o amor. Talvez ajude alguns corações indecisos. Preste atenção: amor é apenas uma palavra que sequer consegue expressar o sentimento de uma só pessoa, quem dirá de um casal ou do universo inteiro. Dizer "eu te amo" não significa muito, não é garantia de nada e pode causar confusão, tapas e beijos. Em compensação, amar significa quase tudo.

Ame mais e fale menos.

4 de maio de 2017

Amor é paixão

Desde criança sempre ouvi falar que paixão era um sentimento que transformava tudo o que o outro fazia, dizia, vestia; pensava em algo lindo e maravilhoso, transformando a outra pessoa na mais fantástica das criaturas deste mundo. A tatuagem nas costas vira algo especial, as sardas no rosto são um charme, os dentes mostram um sorriso encantador, sua voz rouca transmite tranquilidade, seu bom humor impregna o ambiente... até o modo como solta a fumaça do cigarro passa a ser bonito e não incomoda mais.

Demorei muito para aprender que o sentimento que faz todos esses milagres não é a paixão. A paixão é um sentimento que, quando chega, traz consigo uma venda que cega todos os sentidos, deixando os enamorados à mercê da imaginação, do delírio, do desejo, de uma idealização que vê no outro a perfeição. E nesse clima de fantasia é comum sapos se transformarem em príncipes e princesas. É muito bom experimentar esse turbilhão de sensações, mas um belo dia o sonho acaba, as pessoas acordam, e a paixão termina, e, agora sim, invertem-se os papéis, e príncipes e princesas viram sapos. Nada contra estar apaixonado, mas este sentimento tem prazo de validade e inevitavelmente vai se esgotar.

Já o amor pode ser visto como o verdadeiro instrumento da transformação, pois não é cego nem sonhador. O amor vai retirando pouco a pouco a venda da paixão idealizada, e, a cada clarão que se faça, o outro vai sendo visto naquilo que realmente é e no quanto realmente atenda ao par nos critérios de uma parceria. Desvelado, o outro passa a ser único, especial, com a devida condescendência aos seus defeitos, pois que o amor, se sabe, é condescendente. E, por ser único, especial, admirado, o ser amado adquire o caráter de precioso. E coisas preciosas devem ser guardadas para sempre, sem risco de deterioração. O amor é uma delas. Há controvérsias, mas quem amou sabe, amar é para toda a vida.

Paixão pode se transformar em amor, mas, entre um e outro, há milhares de situações a serem experimentadas, muitas delas mal compreendidas e mal resolvidas. Nem sempre se tem uma noção clara do que está acontecendo lá dentro de nosso coração, e, às vezes, enquanto um dos parceiros ainda está com os olhos vendados, confundindo seus sentimentos e emoções, o outro já tem certezas, levando ao descompasso do tempo certo para, juntos, viverem o amor. Por conta de um, preso no estágio da paixão, os dois são privados do avanço. E assim a maior parte das intenções não sobrevive à fase da idealização, e perdem-se no temerário vácuo que separa a paixão do amor.

Sequelados e desiludidos depois de muitos naufrágios sem sequer beliscarem o amor, alguns desenganados optam por tentar um caminho menos sofrido e mais seguro: amar sem passar pela fase da paixão. Relacionam-se, mas não se entregam, ficando sempre com um ou dois pés atrás. Não dão chance para os poros se eriçarem, a respiração trancar, o coração disparar, o pensamento colorir, a boca salivar.

Será possível chegar ao amor sem antes se apaixonar? Não sei responder, embora imagine que tudo nesta vida seja possível, e que não exista uma receita de bolo universal que ensine como alcançar o amor perfeito. Apesar de todos os riscos, continuo acreditando que apaixonar-se faz parte da vida e que o apaixonamento seja um pré-requisito para o amor.

Antes que a venda seja retirada, as qualidades que seduziram, apaixonaram e transformaram o ser amado em único precisam deixar marcas profundas, tais como as flechas do cupido, que, uma vez presas no coração, ali permanecem para sempre, atenuando defeitos e falhas que o amado certamente apresentará.

Como seria fácil se pudéssemos ter desde o início certeza de nossos sentimentos, ou se pelo menos pudéssemos ter controle sobre estes, ou, mais ainda, ter a exata noção de como somos vistos e o que os outros sentem.

Atravessar a ponte que une a paixão ao amor é para poucos. Não existem atalhos, o caminho não está claramente demarcado e não tem graça chegar lá desacompanhado. Atingir o amor implica entrar na ponte de olhos vendados, segurando a mão do amado, e apostar que aquele que conseguir enxergar primeiro retardará seu ritmo até que o outro consiga, ainda no estágio da paixão, alcançá-lo.

13 de setembro de 2010

Amor é desejo

Seres humanos vivem para amar — pelo menos na teoria.
Matam por amor — é um fato.
Morrem por amor — também é um fato. Física e espiritualmente.
Afinal, o que é o amor?
Difícil definir, talvez impossível. Mais fácil sentir. Às vezes complicado, confuso, enigmático, mas acessível e naturalmente praticável.
Posso amar um filme, um livro, um vinho, uma pessoa. Mas há uma grande diferença entre amar um livro e amar alguém. Uma diferença abismal. O livro não vai me amar de volta.
Por outro lado, é possível se desejar um livro, um carro, uma bolsa, uma pessoa, com a mesma relevância. Desejo é uma coisa, amor é outra.
Desejo envolve querer algo. Amor talvez seja já estar com alguém. Amar envolve conhecimento, proximidade, conforto, confiança, previsibilidade, segurança, pertencimento. Enquanto isso, desejo pode ser representado por emoção, aventura, novidade, mistério, risco, perigo, surpresa e principalmente imaginação do desconhecido. Desejo = algo. Amor = alguém com nome, rosto, CPF, história em comum.
No início o relacionamento era superquente, havia uma atração irresistível, um desejo de se aproximar, tocar, experimentar, possuir. À medida que o casal foi se conhecendo, se tornando íntimo, familiar, previsível, o desejo foi fraquejando até desaparecer por completo. Esta costuma ser a crônica da morte anunciada do desejo.
Desejo e amor podem andar juntos, mas nem sempre. Amor pode existir sem desejo, assim como é possível desejar sem amar. Os desejos de um podem não coincidir com os desejos do outro. Muitos dos nutrientes do amor são justamente os ingredientes que sufocam o desejo e vice-versa. Desejo funciona como a lua, às vezes está cheia, depois vira

minguante para mais tarde voltar a crescer. Isso sem falar no assombro dos eclipses.

Desejar o parceiro inclui uma certa dose de egoísmo, alcançando seu próprio prazer na presença do outro, enquanto no amor a preocupação é dar prazer ao amado, praticando altruísmo na cama e na vida.

O sonho da felicidade humana é justamente este amor romântico transcendental, onde o desejo possa ser único e exclusivo pela pessoa amada e se manter intacto e florescente para todo o sempre. A má notícia é que não fomos feitos para ser felizes. Felicidade é um desejo humano fruto de nossa imaginação. Somos animais feitos para crescer e nos reproduzir, e para isso o desejo é um componente ancestral genético enraizado em nossos corpos.

O amor, este sentimento delicioso, intraduzível com palavras, surgiu muito mais tarde. Frequentemente renegado, escondido, disfarçado, proibido, vem conquistando seu lugar aos trancos e barrancos. Quem sabe aonde chegará? Navegar no contraste entre o desejo da novidade e o calor humano é o grande desafio na evolução do amor.

Precisamos conviver com essa realidade. A felicidade que encontramos é aquela que conseguimos construir. E, se quisermos, podemos construir boas relações.

9 de dezembro de 2021

Amor é sexo

Vou te contar uma coisa: minha mãe vive dizendo para eu não falar, nem escrever sobre sexo. Que isso é algo para ser praticado na intimidade e ninguém tem nada a ver com isso. Procuro respeitar a opinião dela, então, dentro de certos limites, vou entrar no assunto, mas não na polêmica.

Sabemos que não existe o homem universal e que cada cidadão é único e diferente dos demais, entretanto podemos levantar algumas teses. As mulheres que menos gostam de sexo parecem ser as prostitutas, que trabalham por dinheiro. E, paradoxalmente, são justamente estas, as menos gulosas, que os homens escolhem e pagam para ter prazer sexual. Veja bem, fazem sexo sem amor e com quem nem gosta de sexo. Qual a graça disso? Talvez isso nem possa ser considerado sexo, quem sabe um fetiche.

Sexo é um impulso natural de conservação da espécie, tem função de reprodução, e todos os animais, incluindo os homens, praticam. Com a finalidade de evitar o troca-troca, o caos e a desordem, foram criadas regras para monitorar os relacionamentos sexuais. Instintos naturais passaram a ser controlados por leis, ética e moral, os quais estabelecem que, ao se praticar sexo com alguém, em tese, deve-se amá-la e permanecer ao seu lado. Se isso acontecer, ótimo, maravilhoso. Mas quem garante que uma lei cria ou mantém sentimento? Quanto isso evitou o caos? Quanta hipocrisia e infelicidade se escondem por conta dessa suposta ordem? Essa moral protege quem trai ou quem é traído?

A humanidade transformou o sexo em pecado, o amor em algo quase intangível, e a felicidade em utopia. Esse caminho não leva a lugar algum, ou seja, é o caminho do caos.

Existe amor sem sexo? Claro, e não sou eu quem vai dizer que é certo ou errado, bom ou ruim. Existe sexo sem amor? Muito, talvez a maioria. Não vou emitir também qualquer juízo. Sexo e amor não dependem um do outro para acontecer. O problema é que, nesses tipos de relação dicotomizada, sempre um fica devendo. Não chegam juntos e não gozam juntos. Alguns aceitam, outros se conformam, mas não acredito que fiquem plenos.

Sexo é bom, amar é melhor, os dois juntos então fica perfeito. Quem já experimentou essa graça dificilmente se contentará em separar amor de sexo. Gostaria de encerrar com uma bênção diferente. Ao final das orações costuma-se pronunciar quase que automaticamente a palavra *Amém*, de origem hebraica, que significa "certamente", "verdadeiramente", "que assim seja", "eu acredito".

Vou concluir tirando o acento da palavra e dizendo *Amem*. Com ambivalência, incoerência, sem refletir. Apenas abrindo a porta interna. Sentindo e transmitindo. Isso se reflete no sexo e na vida, que com amor é muito mais colorida. No final do arco-íris não existe um pote de ouro; existe o amor, e não é difícil chegar lá.

31 de março de 2014

Amor é confiança

Faz tempo que tenho vontade de escrever sobre confiança. Alguns bloqueios e muitas dúvidas seguraram meu ímpeto de colocar no papel o que pensava. Precisei conversar com pessoas, testar níveis de confiança, fazer pesquisa de campo até decidir compartilhar minhas ideias.

Para uns, confiança é um ato de fé e dispensa raciocínio; para outros, confiança não é inata e precisa ser conquistada. Seja como for, confiança é algo a ser dado ou emprestado a alguém como crédito ao bom comportamento. Funciona como um presente que é ofertado em determinado momento da relação e sinaliza uma expectativa de que essa pessoa ou entidade está orientada para decidir nossos interesses tão ou melhor que nós mesmos faríamos se estivéssemos em seu lugar. Resumindo, confiança é a previsibilidade de valores comportamentais em qualquer situação, até mesmo diante do imponderável. Cabe uma indagação: é possível prever o comportamento do outro?

Uma das características do inconsciente coletivo brasileiro é a cultura do "levar vantagem em tudo". A malandragem implícita nesse conceito inevitavelmente cria uma rede de desconfiança que coloca em risco todos os tipos de relacionamento, pois a qualquer momento podemos ser passados para trás. Dessa forma, hoje em dia confiar é como caminhar no escuro; sempre vai existir a possibilidade, mais ou menos remota, de tropeçar.

Como devem então se comportar os casais? Ao conhecer uma pessoa, é recomendável dar um voto de confiança ou inicialmente deve-se desconfiar de tudo e todos? Depois de quanto tempo um(a) namorado(a) pode saber se confia no outro e se entregar totalmente? Confiança é um sentimento quantitativo ou qualitativo? Pode haver confiança seletiva, ou seja, confiar que o(a) companheiro(a) nunca vai deixar de prover a família e estar presente nos momentos importantes, mas desconfiar da fidelidade conjugal?

É possível amar e não confiar? Qual a graça do amor quando há ausência de confiança? Por que conviver com uma pessoa sabendo que ela não merece nossa inteira confiança? A resposta para a maioria dessas perguntas poderia começar com a palavra *depende*, e talvez aí esteja a chave da questão: dependemos de algumas coisas para depositarmos nossa confiança.

Nem sempre o problema da falta de confiança é culpa do outro. O ciúme é um bom exemplo, pois representa uma demonstração muito maior da falta de confiança em si do que no comportamento do outro. Podemos eventualmente ser traídos por nossos próprios julgamentos. Se você não confia no outro, este não lhe retribuirá a confiança, e a traição será apenas consequência da confiança não depositada. Nem sei se podemos chamar isso de traição, pois, quando não se deposita confiança, não se configura traição.

Outra forma de pensar seria depositarmos no outro a mesma medida em que nos sentimos confiáveis, ou seja, se me julgo leal, o mesmo crédito vale para o outro. Claro que existe o lado inocente de confiar cegamente para depois descobrir que foi enganado(a). Você dá abertura, alguém entra na sua vida, rouba seu tempo, destrói sua confiança, agride sua autoestima, estilhaça o pouco que resta da sua esperança no amor e depois vai embora. Qual o tamanho da mentira ou traição para que se perca a confiança? Uma vez perdida, jamais poderá ser recuperada?

Nem sempre fazemos as escolhas mais sensatas; por vezes uma voz interior aponta um caminho enquanto outra grita dizendo que devemos ir para o lado oposto. Confiar socialmente, ou entrega total? A escolha é individual, envolve riscos e recompensas. Cada um sabe até onde quer ir ou pode chegar.

Dá para entender a dificuldade em escrever sobre o assunto? Afinal de contas, qual a serventia de confiar? Por que entrar num jogo onde as chances de perder são reais? Não é melhor ficar sempre com *um pé atrás*? Confiar é apostar tudo, mesmo correndo o risco de não dar certo. Poucos são capazes desse desprendimento. Confiar é dar espaço, abrir portas, entregar um cheque em branco. Confiar é acreditar em si e no outro. Confiar é ir atrás, mesmo que digam não querer mais. Confiar é perdoar antes mesmo de o erro acontecer.

Confiar é escutar aquela voz interior dizendo que, apesar da escuridão, podemos amar sem medo, pois a única forma de o amor fluir é confiando totalmente em seu brilho. E se falhar? Não perca a confiança!

28 de abril de 2012

Amor é fantasia

Quando éramos crianças, adorávamos dormir escutando contos de fadas. Os finais eram sempre felizes, mas os começos muito tristes. Com frequência existia um padrasto ou madrasta má, alguém que se perdia, estava muito doente, era espancado, sequestrado, engolido. O enredo das histórias envolvia crueldade e injustiça, para no final surgir o amor e os mocinhos viverem felizes para sempre. Nossos pais não sabiam, mas é claro que essas histórias de amor romântico contadas ao pé da cama mais tarde trariam consequências.

Crescemos, acabou a fantasia, caímos na realidade. Nosso mundo está cheio de injustiça, maldade, mentira, inveja, egoísmo, doenças, sofrimento. Nos contos de fadas sempre havia um herói para reverter a situação e encerrar o livro com um final feliz. E, na vida real, onde estão esses heróis?

O sonho de que o sofrimento é passageiro, a injustiça será corrigida, mais cedo ou mais tarde surgirá um herói, e o amor romântico vencerá ficou incrustado em nosso âmago. Mesmo que o mundo não esteja sendo nada daquilo que imaginamos, precisamos acreditar em um amanhã melhor. São os efeitos colaterais tardios daquelas histórias lúdicas. O problema é descobrir quem há de ser o protagonista atual dessas mudanças?

Na infância nossos pais eram os heróis. Fadas, príncipes, guerreiros e paladinos também tinham essa função. Na vida adulta projetamos idealizações em nossos parceiros. Não precisam mais vir montados em seus belos cavalos brancos; tornamo-nos menos exigentes. Podem surgir via Internet, ter sobrepeso, celulite, calvície, filhos de casamentos anteriores, pensões por pagar, empregos mal remunerados, estresse. O que importa é que nos entendam, apoiem, aceitem, abracem, defendam e nos façam felizes por toda a eternidade, contrabalançando, assim, as agruras da vida.

É o amor romântico salvador retornando, remasterizado, mas, ainda assim, irreal. Amor romântico é muito bom para os imortais, mas não funciona nos relacionamentos humanos, que não conseguem ser perfeitos e coloridos em tempo integral. É preciso começar a pensar em um amor compatível com nossa realidade, um amor com os pés no chão e a consciência de que não será algo mágico, fácil de conviver e caído dos céus.

Nossos parceiros deixam a desejar em comparação aos príncipes, mas, em contrapartida, também ouviram histórias românticas na infância e sonharam que seus príncipes e princesas fôssemos nós. Estamos fazendo a nossa parte? Nossos parceiros, além de não possuírem aquele *glamour* dos heróis, machucam, magoam, discordam, erram, gritam, choram, e isso não significa que deixaram de amar ou que amem menos.

Significa apenas que não são aqueles personagens frios e infalíveis das histórias. São seres humanos, imperfeitos como todos nós e sujeitos aos mais variados tipos de sentimento. E o amor que buscamos não pode mais ser aquele irreal dos contos de fadas, este não existe e só é eterno no imaginário. Precisamos de um sentimento entre seres imperfeitos, que nos transforme no melhor que podemos ser.

Alguns chamam esse sentimento de amor. Pouco importa nome ou definição, precisamos é vivenciá-lo. Precisamos, pois, amar um parceiro que nos ame da melhor forma que conseguirmos. Tomara que seja por toda a vida, mas que seja eterno enquanto dure. O amor não precisa ser perfeito como nos contos de fadas; ele só precisa ser de verdade. E recíproco.

"Você só saberá realmente o que é o amor quando lhe perguntarem sobre ele e você não pensar em uma definição, mas em um nome".

28 de fevereiro de 2012

Amor é decepção

Sei que a maioria dos meus leitores são mulheres. Sei também que mulheres não são tão fanáticas por futebol quanto homens. Apesar disso, vou falar de futebol, porque minha intenção é ajudá-las a confortar seus amados. Quando chegar aquele dia em que seu amor estiver desconsolado porque seu time deu o maior vexame, mostre este artigo para ele. Quem sabe ajuda?

Dizem que futebol é uma paixão nacional. Tenho minhas dúvidas. Pode ser uma paixão para muitos, mas certamente não é unanimidade. Alguns homens têm paixão pelo traseiro feminino, outros pelo assento de seus carros... Além disso, se levarmos a sério, a definição de paixão não tem nada a ver com futebol.

Paixão, do latim *patior*, significa sofrer ou suportar uma situação difícil. Até aqui ainda está razoável, afinal de contas tem tanto *timinho* ruim fazendo maldade com seus torcedores... A continuação é que esclarece: o acometido de paixão fantasia a realidade em função do fascínio que o outro exerce sobre ele. Com o passar do tempo, suas expectativas idealizadas não se realizam, iniciando-se então o processo de despertar, em que o ex-apaixonado passa a enxergar o outro como realmente é. Apesar de intensa e arrebatadora, a paixão é um sentimento passageiro, com duração máxima de quatro anos.

Como explicar então seu time levar goleada, cair pra segunda divisão, vender o craque, trocar de técnico três vezes por ano e você continuar a vida inteira torcendo por ele? Não importa sofrimento, flauta do arqui-inimigo, juras de nunca mais voltar a campo, chuva, frio, preço do ingresso, Dia das Mães, muito em breve você estará mais uma vez acreditando que seu time agora vai pra frente. Nada o convence do contrário. Isso está muito mais pra amor do que pra paixão.

Esse é o amor que toda mulher sempre sonhou receber. Incondicional, eterno, apaixonado. E por mais que se tente, fica difícil entender o que realmente os homens adoram, idolatram e amam no futebol. Uma das muitas teorias diz que, através da escolha de ídolos que os representem, extravasam seus instintos básicos de luta e sobrevivência, permanecendo, assim, sempre jovens. A indignação aparece quando esses ídolos são jogadores que um dia beijam a camiseta do clube e no outro vão embora em troca de melhores salários. Transferindo esta situação para a vida afetiva, seria parecido com amar uma prostituta.

Algo me diz que devo trocar a linha de pensamento, se não vou logo arranjar confusão. Melhor partir para outra teoria, não sem antes deixar o alerta de que, em toda forma de amor, sempre existe um pouco de loucura e, em toda a loucura, também existe amor, em carência ou excesso.

Talvez o segredo do fanatismo e do amor apaixonado e imortal não esteja nas alegrias que o time possa oferecer; pelo contrário, está na dor e no sofrimento causados e na nostalgia das glórias alcançadas. Cada humilhação, vexame, fiasco vai gerando um descontentamento no torcedor, que toma a dor para si e resgata aquela agressividade terceirizada para os jogadores falidos. A partir daí, a luta agora é dele, que braveja, vaia, queima a bandeira, incita a revolta. A frustração vai se alastrando, unindo ruidosamente a torcida, até o momento em que a pressão por mudanças se torna insustentável. O técnico acaba sendo demitido, um jogador comprado, um dirigente afastado...

Forma-se uma nova equipe, voltam a esperança e a promessa de grandes vitórias. Quatro anos mais de paixão validada. A torcida comemora, lança foguetes, dança, abraça, vibra, beija até a próxima desilusão. Repete-se a revolta, variam as mudanças, mas uma coisa é certa: o torcedor não vai trocar de clube. A paixão futebolística, contrariando a definição do dicionário, é eterna. Alguns pedem até para serem enterrados enrolados na bandeira do clube. A certeza da mudança em momentos críticos é a cola que mantém torcida e clube unidos com a mesma identidade, e a força que promove esse movimento chama-se cumplicidade.

Diz um antigo ditado popular que aquele que tem azar no jogo terá sorte no amor, e vice-versa. No futebol, o clube vai estar sempre ali, ganhando ou perdendo, esperando pelo torcedor. Na paixão isso não acontece; às vezes um vai embora e não volta mais. No futebol se ganha, se perde ou se empata, quem vencer mais vezes é o campeão. No amor não é assim; quando um ganha, os dois perdem. Amor não é competição, é cumplicidade.

Quando o jogo do amor estiver mal e o casal prestes a ser eliminado, vale a mesma técnica do futebol. Ainda existe a cumplicidade? Queremos ficar juntos? Amamo-nos de verdade? Vamos realmente promover uma mudança radical para sairmos vencedores? Você me ajuda e eu te ajudo?

Aproveite a lição do futebol e experimente então se apaixonar pela mesma pessoa várias vezes e por toda a vida. É simples; basta terem vontade de mudar juntos quando preciso for. Com sorte, vocês descobrem que o abraço de quem se ama pode consolar e consertar com folga um coração partido pelo futebol.

19 de maio de 2011

Amor é saudade

Gosto muito de pensar e escrever sobre as múltiplas maneiras como o ser humano interage automaticamente com o cotidiano. Pelo menos uma vez por semana, alguém faz uma sugestão de assunto para que eu desenvolva. Alguns chegam na hora certa e me inspiram, outros são engavetados. Observe uma pequena amostra da diversidade.

O milionário que recebe conselhos de amigos alertando para as mulheres que se aproximam em busca de dinheiro. Sua resposta categórica é que elas estão certas na escolha, pois recursos não lhe faltam, e ele dá com prazer ou em troca de prazer.

Em construções modernas de quartos minúsculos e paredes ultrafinas, o vizinho do 507 escuta e consegue saber quantas vezes o morador do 607 foi ao banheiro durante a noite, qual o tipo de sapato que usava, quantas pessoas dormiram na cama, se fizeram sexo e até mesmo se foi bom ou ruim.

Homens que se referem a seu órgão sexual na terceira pessoa do singular, como se fosse outra pessoa ou entidade. "Ele funciona quando quer, independente de minha vontade", "Ele falou mais alto". Como assim?

Por mais que eu me esforce, não adianta; se não estou vivenciando, não consigo desenvolver o pensamento. Chega um momento em que o raciocínio tranca. Preciso estar sentindo para que as ideias façam sentido e possam ser escritas. E o que sinto agora é algo que as pessoas costumam chamar de saudade. Ainda não consegui definir se é uma sensação agradável ou não, mas vamos lá.

Lembro com alegria da minha infância fazendo molecagens na rua e sei que não posso regredir no tempo e voltar aos dez anos de idade. Cresci, virei adulto, e minha cabeça já é outra. Ficaram as lembranças. Ainda brinco de esconde-esconde debaixo do *edredon*, faço caretas no espelho e na hora de tomar injeção, escrevo bobagens no *blog*, mas aquela inocência gostosa ficou para trás. Não sinto vontade de voltar ao passado e acho que isso não se chama saudade. São lembranças...

Lembro-me de meus avós, que devem estar no céu, mas não consigo imaginar um diálogo se nos encontrássemos hoje. Eles com a mentalidade que tinham e eu com esta cabeça modelo 2010. Tenho ótimas lembranças deles me carregando no colo e oferecendo balas e chocolates, mas não apostaria num reencontro maior do que longos abraços e curtas conversas. As caras feias de discordância ideológica dominariam o cenário. Acho então que isso também não se chama saudade, e sim lembranças, recordações, nostalgia...

Saudade é quando você quer que a pessoa ou a situação retorne, mas não sabe se vai acontecer, não está mais no seu controle. É diferente da infância que já passou ou de alguém que morreu, pois esses deixam lembranças, mas não voltam. Saudade a gente sente de algo que está aí vivo, solto e nunca deixou de existir, e assume o tom fatalista quando nos joga num vazio onde percebemos que o objeto do desejo talvez nunca mais seja possível. Saudade é a desconfortável esperança de um reencontro sabe-se lá quando.

Uma ausência que fica ali, presente em cada pensamento, em cada lágrima, em cada silêncio, em cada música. Sentimos saudade do filho que foi morar em outra cidade, da mulher que foi embora, do emprego que deixamos para trás, do amigo que não faz contato. Acho que saudade sempre tem um pouco de autoacusação e arrependimento. Poderia ter sido diferente? O que eu fiz de errado? Ainda dá pra reverter?

Muitas vezes confundimos saudade com nostalgia...

Começo a acreditar que o caminho para que a saudade pare de doer e possa ser uma sensação agradável em nossas vidas é assumir que a falta que sentimos é um sinal de amor. O amado pode não estar mais ali, mas o amor permanece. Saudade é amor que aconteceu um dia e que ainda permanece incrustado dentro de nós, marcando nosso consciente e subconsciente. Aceitar as mudanças e os finais não significa esquecer, passar uma borracha. Cada momento é único e deixa marcas. Algumas são apagadas com o tempo, outras ofuscadas por lembranças mais recentes, e as que realmente valeram a pena "vão deixar saudade" e com vontade de repetir a dose.

Algumas sugestões de assuntos, embora superinteressantes, ainda estão engavetadas, esperando que eu as retome um dia. Assim funcionam os amores que marcaram nossas vidas e não estão mais ao nosso lado: desejamos encontrá-los, ficar com eles e *matar* as saudades. Enquanto isso não acontece, remexo as gavetas e a alma. O problema é que muitas vezes não sabemos como refazer as relações interrompidas, e elas ficam, quase como objetos, escondidas em gavetas sem chave. Melhor não dar chances pra saudade e se entregar, demonstrar o afeto, "comer a presença" das pessoas amadas no momento certo. Esta é a chave que abre corações e, ao invés de "matar ou morrer de saudades", dá vida ao amor.

14 de abril de 2010

Amor é investimento

Poetas gostam de falar de amor. São grandes amantes, flertam, escrevem lindas poesias, mas quase nunca permanecem casados. A maioria dos mestres espirituais que transcenderam são solteiros e castos, não trabalham e vivem de auxílios financeiros. Grandes filósofos também não fogem à regra e terminam seus dias solitários.

Apesar de todos os esforços, não me considero grande poeta, guru, filósofo ou amante. Isso não impede minha eterna busca, curiosidade e aprendizagem, mesmo que a duras penas, das nuances do amor. Com os devidos cuidados, para não ser condenado à solidão amorosa por pensar demais, vou me aventurar a discutir o assunto iniciando pelas bordas, muito embora exista a versão de que em matéria de amor o segredo é envolver-se por inteiro, não deixando espaço para um relacionamento morno.

O fato de pensar o amor seria um obstáculo para a convivência entre amantes? O velho ditame popular "Quem pensa muito não casa" faz sentido? Amar, casar e conviver precisam andar juntos?

Jiddu Krishnamurti, filósofo e místico indiano, dizia ser mais fácil amar Deus do que um ser humano. Conviver é muito mais difícil do que amar um ser divino; conviver é mais prosa do que poesia, é mais troca do que oração. Nosso(a) companheiro(a) come, dorme, fala, chora, protesta, abraça, tem nome, sobrenome, CPF, carteira de identidade... Tem pele, cheiro, gosto. Relaciona-se.

Relacionamentos envolvem riscos. O amor, assim como outros sentimentos, é pouco previsível, confuso e difícil de domesticar. Envolve incertezas e faz parte do amor ser refém do destino. Pode ser atemorizante, perigoso e extremamente doloroso, mas também envolve desejo, excitação, podendo ser sensorialmente encantador.

Essa alternância agridoce promove uma ambivalência entre fugir e cair de amor. Amar exige coragem.

Comprometer-se a amar alguém por longo prazo é uma aposta alta. Amor é um processo e não um simples substantivo. Deveria sempre ser utilizado na forma verbal, ou seja, amar, pois isso envolve ação, movimento, envolvimento. Sentimentos entram pela porta da frente e muitas vezes saem pelos fundos sem ao menos avisar. A insegurança é a única certeza.

Tanto o amor como a bolsa de ações são investimentos de risco. Bons acionistas informam-se todas as manhãs sobre o mercado de capitais, fazem cálculos, consultam especialistas e decidem se compram ou vendem ações. Não existe promessa de lealdade a longo prazo, e assim, dia a dia, hora a hora, minuto a minuto, vão administrando-se os riscos inerentes do investimento. Nem sempre se ganha, mas se sabe que, a médio e longo prazo, é um bom negócio, e se continua apostando. Investir em ações não é um jogo de azar; exige envolvimento, experiência, estudo, ousadia e um pouquinho de sorte.

Com o amor é um pouco mais complicado, pois a administração do risco não está restrita somente a um investidor que decide o momento de comprar ou vender ações. O parceiro também tem o poder de manter ou passar adiante o amor, investindo ou descartando o compromisso. A relação é bilateral, baseada em sentimentos, envolve pessoas que a cada dia se transformam, e as estatísticas demonstram probabilidades de fracasso.

Como fazer um pacto para a vida inteira nessas condições? O amor atual ainda corresponderá daqui a 20 ou 30 anos, quando os amantes se tornarem pessoas diferentes? Eis o desafio: apostar no amor ou desistir dele.

Amar, além de ser um sentimento, é uma construção que envolve dois amantes. Dia a dia, hora a hora acreditando que vai dar certo e trabalhando para adaptá-lo, reorientá-lo e transformá-lo naquilo que os dois conseguirem fazer juntos, com defeitos e qualidades, ganhos e perdas, mas uma relação única, singular e irreproduzível que está valendo a pena.

Dois amantes que se transformam também em sócios, parceiros e cúmplices, e apostam todas as suas fichas no desafio contra a incerteza do amor eterno. Um compromisso silencioso que precisa ser muito mais compreendido do que verbalizado.

Escrever, pensar e cantar o amor é muito bonito, mas não é o suficiente. Construir e oferecer amor exige humildade, ousadia e coragem. Amar é para poucos. Falar de amor é consolo para muitos.

16 de janeiro de 2009

Amor é coragem

Quantas vezes na vida é preciso ter coragem? Alguns dizem que para sobreviver neste mundo competitivo é preciso matar um leão por dia, portanto toda a coragem será pouca. Minha visão é diferente, não mais que 5 minutos de coragem na vida são suficientes. Vou tentar explicar.

A vida é perigosa. Frente ao perigo a mente humana calcula riscos, utiliza a lógica, pesa os prós e contras e, como um negociante astuto, decide se vai enfrentar ou recuar diante da situação imposta. Saltar de paraquedas, escalar um vulcão, praticar esqui aquático podem machucar quem pratica. É natural que alguns fiquem receosos e não queiram enfrentar esses desafios. Não tem nada a ver com covardia ou coragem; é apenas o cérebro se protegendo ou divertindo. Nem todos gostam de adrenalina demais circulando pelo corpo.

Acontece que nem sempre se dispõe de tempo suficiente para raciocinar. Quando somos pegos desprevenidos, o instinto de sobrevivência fala mais alto, assume o comando e determina a adequação de enfrentar ou fugir do perigo. Entrar em luta corporal com um assaltante ou saltar de um prédio em chamas necessariamente não envolvem coragem; por vezes os protagonistas relatam que agiram sem pensar nem lembram direito como aconteceu. Foi tudo muito rápido, instintivo, reptiliano...

Acredito também que poucas pessoas têm a coragem de ser covardes diante de testemunhas, ou seja, alguns valentões de plantão muitas vezes estão jogando muito mais para a torcida do que para eles próprios. O *show* da vida inclui todas as espécies de coragem, desde a mais espetacular até a mais discreta.

Coragem não é algo que requeira qualificações excepcionais, fórmulas mágicas ou combinações especiais de hora, lugar ou circunstância.

É uma oportunidade que mais cedo ou mais tarde será apresentada para cada um de nós, e sua demonstração vai depender da disputa entre cérebro e coração.

A palavra *coragem* deriva do francês *coeur*, que significa coração. Quando o coração desafia a lógica do cérebro e enfrenta os medos e perigos que este construiu, estamos falando de coragem. Poderíamos também chamar de duelo entre razão e emoção ou, como Freud sugeriu, luta entre *id* e *superego*. Os termos são diferentes, mas os significados se assemelham.

Para a maioria das pessoas, talvez a razão predomine sobre a emoção. Comigo é assim. Quando ambas estão do mesmo lado, é ótimo, mas se houver discordância, a razão geralmente fala mais alto e termina levando vantagem. Isso nem sempre é bom, pois emoção reprimida pode ser somatizada ou se transformar em doença.

Em alguns raros momentos o alarme biológico dispara, a emoção reúne forças, supera a pressão cerebral e decide enfrentar o perigo e partir rumo ao desconhecido. É chegado o dia da mudança, a hora da virada, o ponto a partir do qual não é possível retornar. É a convicção de que é preferível enfrentar e talvez não sobreviver a nunca mais viver plenamente. A emoção, apesar de morrer de medo, se expõe, perde a vergonha, transitoriamente declara sua independência, assume os riscos e se transforma em coragem.

São instantes preciosos, pois definem uma existência. Cinco minutos dessa forma de coragem podem ser suficientes para terminar um relacionamento, abandonar uma profissão, assumir um erro, pedir alguém em casamento, ousar, renunciar, falar, calar... Cinco minutos apenas; o depois é consequência.

É assim que a coragem me parece hoje. Sua coragem também funciona assim?

29 de junho de 2012

Amor é compartilhar

— Nossas namoradas são as únicas que estão chorando.

Essa foi a queixa de um jovem a outro. Assim partiram três amigos de infância em viagem de férias com uma mochila nas costas, algum dinheiro e muita energia. Todos cursando a faculdade e tendo o mesmo interesse: animar festas tocando e cantando em uma banda.

O projeto era conhecer bares noturnos com música ao vivo e ampliar horizontes. As respectivas namoradas não puderam ou não quiseram acompanhá-los pelos mais variados motivos.

Com pais e mães a reação diante do projeto dos filhos não é de choro. A mãe revive seu passado de viagens, o pai realiza um desejo reprimido, um sonho não alcançado, uma aventura não imaginada. Projetam seus sonhos e desejos nos filhos. Vibram, incentivam e superam seus temores a respeito do mundo desconhecido que seus filhos encontrarão. O sonho vence o medo da despedida física, e assim partem os filhos levando os pais em suas mochilas.

Com as namoradas é diferente. Desde os tempos mais remotos, homens iam para a caça, guerra e aventuras. Suas mulheres ficavam esperando. Ora cozinhando e cuidando dos filhos, ora bordando, ora tocando piano, ora chorando. Hoje elas esperam trabalhando, estudando, aprimorando-se e também tendo momentos de lazer e diversão. Não ficam mais sentadas à janela esperando e sonhando com o retorno do jovem desbravador de terras distantes. Não são mais belas adormecidas, mas em sua maioria choram e lamentam a ausência de seus amados.

Por que a alma humana é assim? Não só a feminina. A masculina também!

Quando a mãe afasta o bebê do seio e o coloca no berço, geralmente a criança chora. Está reclamando porque quer permanecer no aconchego, não quer se sentir solitária e abandonada. Com a repetição e rotina dos cuidados maternos, o lactente vai aprendendo e adquirindo confiança, e passa a acreditar que o tempo que passará no berço será recuperado no retorno de sua mãe — amada. E o retorno sempre acontece, fortalecendo ainda mais o laço de amor entre os dois.

Podemos pensar que esse modelo primitivo e imaturo de relacionamento se repete ao longo de toda uma existência.

Os jovens viajantes se iludem pensando que o choro é por eles, mas estão enganados. Elas, as namoradas do exemplo acima, choram por si mesmas. Por estarem inseguras e com medo do abandono. Ainda não se sentem fazendo parte do outro, não conseguem participar do sonho e não entram na mochila. São realistas e sofrem antes mesmo de a partida acontecer. Como crianças inseguras, choram pela perspectiva do abandono temporário.

Nesse verdadeiro drama, homens partem e mulheres esperam. Com a evolução dos tempos, essa história mudou. Mulheres também saem enquanto homens esperam. Quem vai e quem fica chorando não é uma constante, e as posições se alternam, assim como os comportamentos.

Existem maneiras de demonstrar apego e amor. A reação do choro não necessariamente é uma demonstração amorosa. Pode ser manipulação, chantagem, ciúmes, inveja...

Quando um casal não compartilha ideais e sonhos, não consegue dormir direito. A tensão domina, e podem despertar com pesadelos. O prazer de um relacionamento está justamente na realização de sonhos e fantasias inocentes. Construindo espaços para a individualidade, para o respeito mútuo, para a compreensão e, por fim, para o mais divertido: O COMPARTILHAR.

Amar é compartilhar e estar presente. Amar é entrar na mochila, fisicamente ou em pensamento.

Artigo escrito com colaboração de Luciana Fioravanti Silva, fisioterapeuta, morfoanalista.

19 de fevereiro de 2009

Amor é amizade

Fui convidado para apadrinhar um casamento. O noivo era um amigaço. Desde a adolescência fomos parceiros nas boas e nas ruins. Conheci todas as namoradas anteriores. Dei palpites, conselhos, apresentei, consolei, apoiei, menti que estávamos juntos para limpar a barra, ajudei a terminar, emprestei o carro, fiz sala para a amiga chata, telefonei na hora marcada pra livrar da encrenca. Enfim, torcíamos um pelo outro, jogávamos no mesmo time, acreditávamos, confiávamos e nos defendíamos mutuamente. Claro que eu tinha de ser homenageado como padrinho desse casamento.

Claro mesmo? Nem tanto. Minha intimidade era com o noivo. A noiva, eu conhecia superficialmente, de encontros e conversas sociais. Era a mulher que meu amigo havia escolhido para casar, simpática, bonita, inteligente, bom papo, e estavam apaixonados. Tinha certeza de que representava o papel de melhor amigo, no entanto não sabia qual seria minha função como padrinho do casamento.

Acontece que não tive tempo de fazer essas elucubrações filosóficas; fui pego de surpresa com o convite, que veio da seguinte forma: "Cara, eu sempre disse que um dia teria sorte, encontraria e casaria com a mulher da minha vida. Quero que você esteja comigo, ao meu lado, como padrinho, na hora de dizer o sim. Preciso de ti".

Lembro que uma de nossas bravatas prediletas era contar que, no dia de nosso casamento, quando perguntassem se seríamos fiéis na riqueza e na pobreza, na saúde e na doença, não diríamos o formal e esperado *sim*. Tínhamos a resposta debochada na ponta da língua: *Se Deus quiser*. Se meu amigo, agora apaixonado, mudou de ideia e vai dizer o irrefutável e definitivo *sim*, como eu negaria o pedido de apadrinhar esse momento? Foi minha vez de dizer *sim*, aceitei a convocação, comprometendo-me com o casal.

Considerei uma honra e valorizei o convite, procurando saber o que significa, na prática, ser padrinho de casamento. Descobri então que apadrinhar envolve testemunhar o ato civil e/ou religioso, organizar despedida de solteiro, chá de panela, chá de *lingerie*, chá de bar, auxiliar nos preparativos da festa (escolha do traje, convite, decoração), acalmar e incentivar os noivos antes da cerimônia, amarrar as latinhas no carro do casal, dançar a coreografia ensaiada com os noivos e dar um bom presente.

Sem desmerecer, mas isso tudo pode ser feito por um bom organizador de festas, com muito mais capricho e requinte. Queria oferecer algo mais consistente, um pacto, uma parceria, uma missão para a vida do casal. Não existem regras, mas pretendia trabalhar para que tivessem um relacionamento saudável. Estava debutando no cargo, não tinha a menor ideia de como levaria essa incumbência adiante, mas meu instinto dizia que deveria conversar com os futuros cônjuges antes do casório.

Convidei-os para jantar num restaurante e, dissimuladamente, comecei a filosofar. Comentei que antigamente o casamento era um acordo entre famílias para manter ou unir terras, heranças e promover alianças. Não havia liberdade de escolha e, muitas vezes, era realizado à revelia dos noivos. O critério econômico e o *status* eram determinantes. Nesse contexto, o divórcio era algo sem sentido, já que a base da união era em essência um negócio, que trazia benefícios financeiros para todos. Assinavam um contrato com direitos e deveres, celebravam um acordo, e não o amor.

O casal escutava, entreolhavam-se desconfiados, bebiam um pouco mais de vinho tinto e acariciavam um a mão do outro. Sabiam que, às vezes, tinha meus devaneios, mas, ainda assim, dispunha de crédito suficiente para continuar divagando. Segui a conversa dizendo que, hoje em dia, o amor e a livre escolha tomaram as rédeas do casamento moderno, e, sendo o amor um sentimento, pode ser instável, adoecer, enfraquecer e até mesmo sumir. Não sendo mais uma união por negócio, e sim por amor, se este acabar, não existem mais motivos para continuar. Em casamentos por amor, divórcios agora fazem todo o sentido.

Por um momento, imaginei que seria desconvidado, pois meu discurso não estava sendo nada estimulante, embora sentisse no casal a expressão clara do amor. Os olhos de um refletiam o amor do outro. Foi então, nesse ponto do monólogo pré-matrimonial, que me enchi de bravura e, como se estivesse num altar, ofereci meus serviços para acompanhar a vida dos dois e orientá-los. Assim como meu amigo confiava e acreditava em mim no passado, pretendia continuar o trabalho, mas, dali para frente, com o casal.

Não queria um papel figurativo apenas no dia do casamento; ambicionava ser uma espécie de anjo da guarda, cuidando para que o amor que ora sentiam fosse resguardado e, por que não, otimizado. Minha declaração era sincera e ao mesmo tempo irresponsável. Qual era minha bagagem existencial na gerência e continuidade do amor de casais?

De qualquer forma, genuinamente ou por educação, aceitaram minha proposta, casaram-se dentro do planejado e partiram para a lua de mel. Na volta, fiquei por perto. Fazíamos jantares, viagens e outras atividades em que discretamente avaliava a manutenção do amor. Parecia tudo bem, até que um dia ela me chamou, dizendo que haviam discutido e meu amigo saíra de casa.

De pronto liguei para ele, perguntei onde estava e fui a seu encontro. Sentados na mesa de um bar, conversamos quase duas garrafas de vinho. Segundo ele, o amor havia acabado, e, conforme meu discurso pré-nupcial, quando o amor termina, não há motivos para continuar junto. Perguntei a ele se tinha noção de onde foi parar todo aquele amor que presenciei e convivi por tantos anos. Havia desaparecido completamente ou estava escondido em algum lugar?

Onde estavam as declarações apaixonadas, as mãos entrelaçadas, as conversas até tarde, o sono de conchinha, as brincadeiras na cama, a cumplicidade, a troca de olhares? Ele não soube responder; disse apenas que sentia um vazio, uma dor, uma falta daquele amor que sentia antigamente. Ele, confuso, eu, surpreso e atordoado. Não sabia como ajudar. Não queria dar conselhos e muito menos julgá-los; disse apenas que o sofrimento era passageiro, desistir era para sempre. Acolhi o amigo, levei-o para minha casa, acomodei-o num quarto e liguei para a esposa, relatando seu paradeiro e estado emocional.

E agora, o que fazer? Melhor dormir e acordar no outro dia mais descansado e menos alcoolizado. O problema foi dormir, pois não era justo amparar meu amigo e deixar sua esposa angustiada em casa. Não me sentia mais o velho amigo do passado dando conselhos para o parceiro. Nesse momento o padrinho estava sendo necessário para a saúde do casal. Nenhum dos três deve ter passado uma noite tranquila.

Na manhã seguinte, antes de sair para o trabalho, consegui combinar com os dois um jantar como nos bons tempos, ou seja, me dariam crédito para algumas reflexões. Aparentemente não houve resistência alguma ao convite, o que me pareceu um bom sinal. Tinha esperança que a separação e a angústia da noite anterior os fizessem refletir e, no reencontro, trocassem desculpas e abraços apaixonados. Não foi o que aconteceu. Cumprimentaram-se tímida e friamente, mal se olharam, sentaram-se afastados. Pelo menos não discutiram ou trocaram ofensas; confiante e positivamente me animei.

Comecei a conversa pedindo água mineral e desculpas por aquela minha pregação sobre a volatilidade do amor; não era para ser entendida de maneira literal nem levada tão a sério. Havia mudado de lugar algumas certezas antigas e gostaria de dividir com a dupla. Realmente o amor, por ser um sentimento, tem volatilidade e pode se alterar, mas o amor nunca termina. O amor que acaba, nunca principiou. O amor, quando existe, e não havia dúvidas que esse era o caso do casal, vive constantemente sendo transferido. O amor não é uma propriedade de quem o sente; é uma transferência para quem é amado, assim como uma carta não é de quem mandou e sim de quem a lê — citação de Fabrício Carpinejar.

A natureza humana, em princípio, é de amor a si próprio, e, quando numa relação amorosa pessoas dão amor, frequentemente esperam recebê-lo em troca. Mesmo o amor de pai para filho, que dizem ser incondicional, sempre leva embutido algum tipo de cobrança. Um dos problemas desse tipo de amor *troca-troca* são as diferenças. Nem sempre o que se dá se recebe na medida em que se esperava. Então começam os desencontros e conflitos.

Domingo você acordou cedo, preparou o café da manhã para ela, serviu na cama, abriu suavemente a janela, levou flores, colocou uma música clássica para tocar e lhe deu um beijo supercarinhoso. Essa é sua forma de demonstrar amor. Você deu isso a ela, mas agora fica esperando a reciprocidade, a troca. Amor não funciona na base da troca, da barganha ou cobrança. Amor é um sentimento e não um investimento.

Lembram-se do livro *O Pequeno Príncipe*? Saint-Exupery dizia que o amor verdadeiro começa lá onde não se espera nada em troca. Vocês não precisam dar e ficar esperando recompensa ou gratidão de quem amam. O caminho é outro. Amor é pura doação. Você ama, então você dá. Quando você transfere seu amor a ela, agora existe uma parte de você nela. "Há uma parte de mim em você que eu amo", assim funciona o amor que dá, não o que recebe.

Quando um casal se ama na forma de doação e por algum motivo se separa, resta em cada um o vazio do amor transferido. Leva um tempo até que recuperem o amor ofertado. Alguns não entendem que são depositários do amor do outro e jogam tudo no lixo. Existem casais em que um ama na forma de doação e o outro funciona na base da troca. O amor não é essa coisa toda que muitos falam; é essa coisa toda que poucos fazem.

Já havia falado demais e não sabia se estava surtindo algum efeito. Escutavam cabisbaixos e emudecidos. Foi então que lancei meu plano B: convidei o casal para uma jornada, dar a volta na ilha de Florianópolis, caminhando 190 km em oito dias. Andaríamos cerca de 25 km/dia e dormiríamos cada noite em uma pousada diferente. Não esperavam pelo convite, ficaram atordoados, e, aproveitando a bobeira do casal, fui enfático na proposta e brinquei dizendo que, se precisassem, daria um atestado médico para faltarem ao trabalho, pois o motivo era determinante e nobre: encontrar o amor que estava escondido no outro. Na pressão, marcamos a viagem para a semana seguinte.

Uma caminhada peregrina pode ser um ótimo cupido. No segundo dia, ela já estava passando filtro solar nas costas dele. No terceiro, depois do jantar, me retirei e deixei os dois curtindo o luar. Caminharam lado a lado no dia seguinte, os tênis dela pendurados na mochila dele. Dali para frente, ele trocou de quarto e voltou a dormir com ela. Completado o percurso, decidiram ficar mais alguns dias na ilha. Mandavam fotos comendo ostras em Ribeirão da Ilha, dizendo: "Cara, falta você aqui!", e o brilho de seus olhos voltou a ter a luz do amor.

Hoje recebi uma nova mensagem do casal. "Cara, você nem vai acreditar. Vamos ser papai e mamãe, e você não pode faltar na hora do nascimento. Precisamos de ti pra anestesiar, pegar o bebê no colo e ser o padrinho amado de nosso filho".

Lá vou eu aprender o papel de padrinho de nascimento.

9 de janeiro de 2017

Buscas, escolhas e expectativas

Neste mundo, quase ninguém acaba ficando com a pessoa que mais amou na vida, apesar de quase todos fingirem que sim.

Como encontrar o verdadeiro amor

Era uma vez uma jovem empresária que queria alcançar o sucesso. Trabalhava duro, não tinha tempo para perder. Participava de cursos, fazia parte de diretorias, precisava ler muitos livros, prestar atenção nos concorrentes, olhar os lançamentos. Um belo dia se deu conta de que, na ânsia de atingir o sucesso, deixou para trás o amor. Aquele amor a que assistia nos filmes e novelas, em que casais depois de vários impedimentos conseguem ficar juntos e felizes para sempre. Aquele amor que faz escutar música melosa, esperar uma mensagem pelo celular, percorrer vários quilômetros, ficar madrugadas acordada...

Já havia passado por vários relacionamentos, até mesmo dois casamentos e nunca sentira nada que chegasse perto do que imaginava ser um amor com "A" maiúsculo. Uma frase lida em um almanaque havia marcado sua memória. "O amor verdadeiro é como um fantasma. Todos falam dele, mas poucos o viram de verdade". Sequer registrou quem era o autor, mas, a partir daquele dia, assumira como um desafio encontrar esse fantasma e encará-lo. Perguntava-se se o medo de encarar o amor era o que fazia muitos boicotarem a experiência do mergulho no desconhecido sentimento. Assustaria tanto quanto um fantasma? Incrédula, questionava-se enquanto buscava coragem para partir em busca do verdadeiro amor.

Já havia compreendido que filmes eram ficção ou apenas fragmentos da vida real, nem sempre mostrando todas as facetas do amor. Percebeu também que, quando se aproximava e colocava lentes de aumento sobre casais que aparentavam se amar, começava a ver pequenas e até mesmo grandes distorções que a faziam duvidar se aquelas atitudes eram compatíveis com o amor. Antes que desacreditasse no sentimento que pretendia conhecer, procurou um psicólogo. Intuiu que a visão masculina do amor poderia lhe ser útil.

O terapeuta lhe explicou que, por se tratar de uma mulher bela e sedutora, não tinha dificuldades em fazer homens se apaixonarem e declararem seu amor, porém, depois da conquista, a moça não sabia mais como agir e, por alguma razão, ainda desconhecida, terminava por se frustrar e boicotar a relação. Talvez o problema estivesse nela, pois as pessoas não se apaixonam quando encontram a pessoa ideal, mas sim quando decidem se entregar. E por já conhecer as características da paciente, terminou com uma provocação: "Você foi amada muitas vezes, mas só isso não justifica o amor. A graça e o prazer estão em amar. Amar é muito melhor do que ser amada". Foi o suficiente para insuflar seu ego e colocar como projeto de vida ser uma pessoa mais evoluída, sem medo do amor e com capacidade de amar.

Partiu para a teoria e começou a ler tudo que os filósofos escreveram sobre o amor. Quais eram os medos? Perder a identidade, a liberdade? Medo que o amor termine? Medo de ser rejeitada, abandonada, traída, enganada? Medo de perder o amor e despertar do sonho bom? Seria um medo legítimo ou uma angústia irracional? Amar é desejar o melhor para a pessoa amada, mesmo que ela seja feliz longe de nós? Amar é dar ou receber? Amamos uma pessoa ou o sentimento que ela nos evoca? Podemos amar várias vezes ao longo da vida? A paixão é algo mais intenso que o amor?

Quanto mais lia, mais se confundia, pois, depois de tanta pesquisa, descobriu que a maioria dos filósofos e mestres espirituais que transcenderam dedicou pouco ou nenhum tempo à prática do amor. Compreensível, pois havia questões existenciais mais importantes a serem discutidas e não seria possível lançar a luz da racionalidade sobre o existencialismo se estivessem preocupados em amar e entender o amor. Daí o resultado de um acervo literário filosófico sem consenso sobre o amor, quase tudo fora escrito timidamente, baseado mais na teoria do que na prática.

Partiu então para a leitura dos poetas. Estes eram boêmios, amantes, sofredores, conquistadores e tinham grandes probabilidades de terem de fato experimentado o amor. Descobriu que o amor é uma experiência perigosa e atraente, às vezes dolorosa, mas sensorialmente encantadora. Ficou confusa mais uma vez ao saber que poetas, ao tentarem exprimir sentimentos em palavras, muitas vezes terminam por maximizar ou distorcê-los. Pode o amor ser imortal, posto que é chama, e ao mesmo tempo infinito enquanto dure? Não entendeu mais nada, nem mesmo se já havia amado alguma vez na vida.

Diante da dúvida, procurou um psiquiatra. Desta vez apelou para o lado mulher e escolheu uma terapeuta, que a tranquilizou com o fato de que já ter sido mãe a colocava no grupo das que sabiam amar. Ponderou que aquele sentimento da mulher grávida, a sensação de serem duas pessoas em uma só, a preocupação com o bem-estar do outro, a doação, o cuidado, isso era o amor e, quando ela sentisse algo parecido por outra pessoa, as chances de estar amando seriam grandes.

Outro sinal sugestivo seria o desejo de envelhecer ao lado dessa pessoa. Deveria apenas ter cuidado porque duas pessoas não podem se tornar uma só, e o perigo está justamente em se estabelecer uma luta pelo poder, na qual a individualidade e a fusão do casal vão precisar de muito amor para encontrar um meio-termo.

Não satisfeita com as explicações, quis saber ainda por que motivo amava seu filho. Seria por carregar sua carga genética? Por ser parecido com ela? Por ampará-lo desde o nascimento? Por representar sua perpetuação? Por sentir-se útil e importante para o filho? Nada disso, respondeu-lhe a terapeuta, ou melhor, tudo isso. O amor simplesmente acontece, não tem explicação nem motivos. Se você sabe explicar o que sente, não ama, pois o amor foge de todas as explicações possíveis. Mais ainda, a melhor definição de amor não vale um beijo da pessoa enamorada.

Mais tranquila, sabendo agora como reconhecer o amor, foi relaxar num retiro de neurolinguística. Acontece que o tema desenvolvido era a escolha do parceiro ideal. Justo o que ela estava precisando: primeiro encontrar o príncipe encantado para depois se jogar sem freios ao amor verdadeiro. Sugeriram que escolhesse cinco ou dez características de um parceiro que impossibilitariam um relacionamento: agressivo, mentiroso, desempregado, obeso, fumante, falta de higiene, baixo nível intelectual, exibicionista, mulherengo, vulgar... Descartadas essas hipóteses, o resto seria administrável. Saiu de lá decepcionada, pois sua opção era pelo amor e não pela lista.

Conversou com uma amiga de Natal que lhe disse ter tido um só amor na vida, e que não era o seu marido atual. Outra amiga de Belém lhe confessou estar amando três homens ao mesmo tempo. Escutou Caetano Veloso cantar "qualquer maneira de amor vale a pena, qualquer maneira de amor vale amar...".

Onde mais ela poderia buscar ajuda? *Sites* de relacionamento, igreja, academia de ginástica, clubes, parques, cafés, *shopping*, danceterias... Lembrou-se então de uma outra frase que a havia encantado. Dessa vez sabia até quem era o autor, Mario Quintana. "O segredo é não correr atrás das borboletas. É cuidar do jardim para que elas venham até você". Havia caído na roda-viva de perseguir e encontrar o amor verdadeiro. Estava cansada, desanimada, frustrada. Decidiu pular fora e cuidar de si.

Quando o amor chegasse, ela sentiria e se entregaria. Tornou-se mais realista. Aceitou o risco de desfrutar da montanha-russa chamada "Prazer e Segurança". Desistiu de andar no carrossel da individualidade. Começou a praticar pequenas renúncias e desapegos materiais. Entendeu finalmente que o amor é feito na medida de quem ama, construído a partir das vivências íntimas de duas personalidades distintas, e por isso nunca dois amores serão iguais. Não existia um manual ou receita pronta para amar. Seu amor teria que ser único, exclusivo, customizado.

Preparou seu corpo e sua alma para se encaixar no amor quando o encontrasse. Devagar, com sintonia, sem precisar se violentar e sem ferir ninguém. Aprendeu que o amor é a magia de dois seres se unindo, parecendo um só. Alguns acham que isso é um fantasma, outros pensam que é uma borboleta.

29 de janeiro de 2011

Como identificar alguém especial

Nem todas as pessoas que cruzam por nossas vidas são iguais. Algumas vão se tornar muito importantes; outras vão passar e não deixarão nada, nem lembrança. Mas, de vez em quando, surge alguém com uma britadeira na mão, fura um buraco bem fundo em nossa frente, finca uma bandeira e mostra que veio pra ficar.

Traz uma mala grande e pesada cheia de espontaneidade, paz, poesia, humor, amizade, companheirismo, amor e se instala definitivamente em nossas vidas. Essas pessoas são especiais e difíceis de encontrar. Como identificá-las?

Chegam de mansinho, por casualidade, sem aviso, sem cartão de visita, sem intenção ou obrigatoriedade de agradar. Não usam máscaras ou carapuças. Não são perfeitos e não fazem o menor esforço para se tornarem especiais, simplesmente são. Atrasam-se, dormem assistindo a filmes, detestam ar-condicionado, deixam queimar o risoto de limão siciliano, tem um dedo meio torto, mas são pessoas por quem vale a pena relevar os defeitos.

Tornam nossos dias mais felizes, pois sabem fazer as coisas não do jeito certo, mas do jeito deles, que, por coincidência, é bem do jeito de que gostamos. Sabem como nos tocar. Emocionam, ensinam, inspiram, discutem, encorajam, acalmam, contam histórias absurdas, dão conselhos sem sentido, fazem mágicas, choram, riem de si mesmos, abraçam apertado, beijam com paixão, preenchem vazios, transformam. Nem sempre fazem tudo isso ao mesmo tempo.

Às vezes colocam uma manta por cima enquanto dormimos no sofá. Podem sussurrar em seu ouvido: "Se sentir tesão, me acorda". Em dias frios pedem para esfregar seus pés nos nossos. Quando acordamos, dizem que nosso sorriso é lindo, que os fazemos sorrir e que não sabem mais viver sem ele. Compram bolo de maçã e um bom vinho para as tardes de domingo.

Daí você percebe que essa pessoa conseguiu fazer com você e por você, em uma semana, aquilo que ninguém fez durante sua vida inteira. Tirou você da sua linha e o arremessou para um patamar mais alto, um lugar onde jamais havia imaginado estar. Dá medo, mas é um medo gostoso de ter, um medo seguro, porque você sente que está conectado com essa pessoa, de modo que já não são mais estranhos e estão unidos nessa caminhada, que agora se transformou em voo livre.

Se você acordar com febre, bater o carro, for despedido, sabe para quem ligar. Tem alguém que vai escutá-lo, amparar e largará tudo o que está fazendo para abraçá-lo. A sua vida é como se fosse a dela.

Talvez você nem se dê conta, mas vai passar a se depilar, arrumar os cabelos, pegar vídeos na locadora e se vestir melhor pensando nela. Dormirá e acordará com vontade dela. Sentirá sua falta, terá pressa em encontrá-la e preguiça em deixá-la. Chamo isso de reciprocidade afetiva, uma troca amorosa em que sentimentos se correspondem e retribuem, como se estivessem se refletindo frente a um espelho.

Pessoas especiais são diferentes porque cuidam emocionalmente. Tentam entender e descobrir o que pensamos e sentimos. Enxergam por dentro, e não por fora. Respeitam nossa dor, nosso silêncio, nossas manias e carências. Pela maneira como nos tratam, transformam-nos em importantes, únicos e especiais. Pessoas especiais são aquelas que nos fazem sentir especiais. São difíceis de encontrar, mas sempre acabam por nos achar.

8 de maio de 2014

Separou-se mais vezes que amou

Ela tinha não só o discurso na ponta da língua, como também o colocou em prática várias vezes. A mocinha era daquelas defensoras confessas do casamento, uma ativista da instituição, mesmo na contramão do discurso da maioria dos descasados integrantes da faixa madura-idade.

O negócio dela era casar. Elaborou mentalmente o estatuto do casamento perfeito. Para ela casar significava partilhar não só o porta-escovas para as escovas de dentes, que sonhou comprar desde que o viu naquela revista de decoração, assim como todos os espaços do que idealizava simbolizar o *lar doce lar*. Partilhar a cozinha e todos os seus aromas, sabores, alquimias, químicas e físicas que a mesa de apoio ou bancada da pia lhe permitissem experimentar.

Tinha a cama dos sonhos também. Uma *king size* sob medida, perfeita para as noites, manhãs, tardes, madrugadas de prazeres inconfessos, e outros perfeitamente confessáveis, como aquecer mãos e pés gelados no peito e pernas quentes do seu par, sem que este dissesse um ai. E coitado dele se ousasse reclamar do motivo das extremidades frias da mocinha, porque enquanto ele já repousava na cama, ela, escovando os dentes, circulava pela casa só de camiseta (dele), cumprindo sua tarefa de checar portas, janelas e luzes antes de dormir.

Casar para ela era acordar cedinho, beijo de bom-dia, sexo, banho, café da manhã, telejornal com volume suficiente para acordar o prédio inteiro só para saber a previsão do tempo lá do banheiro enquanto se maquiava. Depois, fé em Deus e pé na tábua, beijinho de tchau e cada um para suas vidas lá fora.

E durante o tempo que estivessem na rua, casar para ela era ter a certeza de que bastava apertar a tecla número 2 do celular (discagem rápida) e, no máximo de três toques, ouviria a doce voz do marido dizendo: "Oi, Delicinha!" — isto sem que ela se sentisse uma margarina e, de quebra, a voz traria a informação de que ela estava livre da experiência traumatizante e duvidosa de escutar a gravação: "Eixxxte telefone móvel encontra-se fora da área de cobertura ou deixxligado, tente maixxx tarrrde" Imagine! Casamento pressupunha a perfeição, que obviamente não passava por conhecer a mensagem da caixa postal de seu par.

E a TPM então, ele já teria feito um curso de imersão, passando por todos os módulos avançados, o que o tornava capaz de diagnosticar a avalanche hormonal no primeiro suspiro e de imediato providenciar a profilaxia de nesse período jamais contrariar a fêmea. Ele seria um súper, súper não, um *mega-blaster* homem.

E assim conheceu o primeiro, apaixonaram-se e quis logo pôr em prática suas teses sobre o casamento. Estatuto em punho, já nos primeiros meses começou a ficar incomodada; algo de muito esquisito estava acontecendo com aquela relação. Como podia ele deixar sua escova de dentes jogada sobre a bancada da pia, esquecendo-se de colocá-la na peça escultural, determinada pela revista de decoração? Ora, sem desmerecer as alianças, escovas juntinhas também representavam o símbolo da união. Foi crucial, e no fim do primeiro ano ela já não mais dividia a bancada da pia, muito menos a peça artística desprezada por aquele insensível à arte.

Veio o segundo. Esse era um *expert* em decoração. Ficou tão encantada com seus conhecimentos sobre o tema, que não demorou fazer a proposta de dividir todos os espaços de suas vidas — leia-se: um novo *lar doce lar*. Casaram e partiram em lua de mel para a Itália. E como não poderia deixar de ser, Murano era destino certo. Mas quis o destino que um raro e belíssimo lustre (de Murano), escolhido a dedo pelo casal, despencasse fatalmente sobre a cabeça do moço. Não, ela não viuvou. Nada grave, a fatalidade está na perda irreparável da peça única. O marido sobreviveu, tendo como sequela apenas a perda do olfato e do paladar. Não deu outra, consultou o rol de artigos de seu estatuto do casamento, e o resultado foi a dúvida de como sobreviver sem aromas, sabores e temperos.

Ela bem que tentou, só que sem dividir a cozinha o encantamento se foi pelo ralo da pia, depois de passar pelo triturador da frustração.

Entretanto, ela tinha fé. Não tardou aparecer o terceiro. Esse, além de idolatrar decoração, tinha por *hobby* cozinhar. Mas quem disse que seria fácil? Não precisou mais que dois invernos para saber do pavor dele por extremidades geladas tocando sua pele quente e delicada, além de deixar claro o exagerado apego às suas gigantescas camisetas de malha, de que ela se servia diretamente do armário dele sem pedir licença. Egoísta (!), sentenciou. E veio o quarto, quinto e sexto maridos. Um detestava telejornal matinal no volume máximo, o outro jamais entendeu o artigo do estatuto que estabelecia pormenorizadamente as funções inconfessáveis de uma cama *king* e o último, bem, este a apresentou à caixa postal do celular.

Não se sabe ao certo se, depois de todos esses casamentos, o estatuto da mocinha (agora uma *evelhecente*) sofreu reformas ou recebeu alguma emenda. Ouviu-se dizer que estava pensando em reconsiderar e convocar uma espécie de Poder Constituinte, onde Câmara e Senado seriam representados por divãs de analistas das mais variadas correntes, que se reuniriam para a complexa tarefa de elaborar um novo Estatuto Matrimonial.

Dos desdobramentos dessa ideia racional, não se têm notícias; a única informação segura é que ela ainda não desistiu. Conta a lenda que a moça passa dias e noites circulando entre divãs, escritórios de advogados, barzinhos da moda, lojas de decoração, feiras de eventos, seminários e academias de ginástica, buscando o super-mega-blaster-sensível-romântico-disponível-ardente-criativo-inteligente homem *ideal*. Homem ideal? Nesse caso, talvez o *ideal* mesmo seja torcer para que um lustre, não tão pesado quanto um Murano, despenque sobre sua cabeça a ponto de apenas fazê-la acordar e descobrir que, enquanto sonhava o casamento perfeito, deixou escapar amores — imperfeitos, porém reais.

Artigo escrito em parceria com Maria Janice Vianna.

17 de agosto de 2010

Amou uma vez e não se separou mais

Depois de oito casamentos frustrados no currículo, a moça se entregou. Aceitou a sugestão de uma sábia amiga de que talvez na posição horizontal descobrisse as razões de tantas separações. Sim, na horizontal de um divã.

Ainda que suas experiências anteriores na investigação do inconsciente não tenham sido lá essas coisas, venceu a resistência e marcou hora com um renomado analista. Afinal, se as poucas terapias anteriores e todo investimento em cartomantes não tinham surtido efeito, então a aposta agora seria ainda mais alta; procuraria o melhor.

No dia marcado chegou quinze minutos antes do horário. Precisava observar com cuidado os detalhes do consultório. Sentou-se na antessala. Cruzou as pernas. Descruzou. Tornou a cruzar, e se percebeu ansiosa quando teve que conter a perna esquerda, que balançava feito pêndulo no ar. Bobagem, pensou. De que adianta tentar fazer gênero, se em questão de tempo aquele analista vai me decifrar inteiramente, feito raio-x. O pensamento aumentou a ansiedade. Pensou levantar, pegar a bolsa e alçar voo pela janela mesmo. Mas não. Lembrou a si mesma que era adulta, tentando então o autocontrole. Respirou fundo e mentalmente contou: um, dois, um, dois, um, dois...

O pensamento foi interrompido pelo som da maçaneta. Quando o terapeuta abriu a porta, não se conteve, foi involuntário espichar o olhar para dentro. O divã era perfeito, de veludo na cor fúcsia, com um encosto para a cabeça revestido por couro alemão, com costuras duplas. Entrou apressada no consultório, e antes mesmo de apertar a mão do analista já estava deitada no divã. Ao olhar para cima, a melhor das visões: bem sobre sua cabeça, suspenso por cabos de aço, pendia estrategicamente um belíssimo lustre de Murano. Não teve dúvidas. Era o cenário ideal para conhecer as razões insondáveis de seus fracassos afetivos. O analista? Ah, pouco importava, seria um mago com visão de raio-x ou bola de cristal que lhe daria a receita mágica para a solução de problemas.

Passados alguns meses de terapia, entendeu que não existia truque, nem magia e que a ânsia de tanto apostar em casamentos tinha lá suas razões mais profundas. E que sabê-las, algumas vezes lhe causava dor.

Certa vez, em uma consulta dolorida, dispersou o pensamento olhando para o lustre pendente sobre o divã. Primeiro achou-o parecido com aquele que teria despencado sobre a cabeça do segundo ou terceiro marido, e que foi razão da separação. Em seguida fez uma associação. Cada vez que as constatações em consulta lhe causavam dor era como se o psiquiatra tivesse soltado o lustre sobre sua cabeça, dando uma pancada certeira em seus paradigmas.

Condescendente consigo, adequou seu discurso à sobrevivência na selva dos desencontros amorosos. Casamento passou a ser uma instituição falida, homens, em última análise, eram todos iguais, e nenhum seria capaz de cumprir o estatuto do matrimônio idealizado por ela. Tinha um discurso moderno, sentia-se plena e socialmente ajustada.

A partir disso, andou pelo mundo, experimentou, observou, estudou, garimpou ideias, questionou, em síntese: viveu. O tempo passou e, quando viu, já passava dos 30 e alguns anos. Foi aqui que percebeu trazer na ponta da língua uma gamofobia [aversão a casamento] escancarada, engrossando o coro dos descasados que afirmavam: partilhar de novo? Só se for essa fobia.

Não se sabe como, talvez pelos perfeitos acasos da vida, mas num belo dia um homem também gamofóbico cruzou seu caminho. Como ela, falava sobre as vantagens da liberdade, do descompromisso, do ir e vir sem fronteiras, sem se fixar a ninguém, mas que dançar com ela tinha sido muito bom.

Cruzaram-se novamente e outra vez, e outras tantas. Ele comentava sobre sua ideologia política, das seriedades da vida, mas que ouvir as bobagens dela era uma forma de diversão. Argumentava sobre responsabilidades, direitos e deveres sociais, cidadania e tal, mas que as ideias dela tiravam a carga cinza das obrigações. Falava de suas viagens mundo afora, das inúmeras mulheres que teve, mas que transar com ela tinha todos os fundamentos da conjunção carnal. Contava da experiência com o budismo, do tempo no templo, sublimando as falas e trocas alheias, mas que depois de ouvi-la, as conversas do par tornaram-se a verdadeira meditação. Reverenciava a individualidade, os limites intransponíveis de cada um, as horas que não deveriam ser estabelecidas, mas saber dela a todo instante já era um hábito difícil de controlar.

E a cada fala dele, ela retrucava com novas teses sobre sanidade, individualidade, inteligência emocional, repetição de comportamentos, novos padrões de relacionamento. E com o tempo o único consenso a que não mais conseguiram chegar foi sobre gamofobia, pois já formavam um par.

Não o par que ela sonhara em seus casamentos anteriores, ou aquele descompromissado que discutia teorias gamofóbicas, sequer o outro que o terapeuta sugeriu nas entrelinhas, mas o par que era a soma de tudo isso e tantos outros aquilos de suas trajetórias individuais. Na verdade, eram dois pares de olhos que já haviam enxergado as dores do coração e que finalmente o amor fez fixar.

Estão juntos. E, sempre que ela se apropria da felicidade do amor, ri quando lembra que alguns créditos vão para um lustre de Murano sobre um divã.

Artigo escrito em parceria com Maria Janice Vianna.

15 de novembro de 2010

Abundância

Ainda era escuro quando Clara acordou. Passara as noites anteriores em claro pensando em sua triste, densa e já distante vida de casada e nos eventuais encontros e desencontros pós-separação. Olheiras e papadas demonstravam seu esgotamento. Aquela noite tudo foi diferente, era escuro, mas, de alguma forma, havia luz. Mais do que isso, havia brilho em seus olhos. Sentia-se segura, tranquila e feliz. Durante o sono havia feito as pazes com seu inconsciente e com o mundo. Voltemos um pouco no tempo.

Recém-divorciada, quarenta e cinco anos de idade, bonita, independente, livre e desimpedida para encontrar um novo amor. Tudo o que precisava para seu futuro era conhecer alguém legal, se apaixonar, não cometer os mesmos erros do passado e ser feliz. Apesar da suposta liberdade, Clara não conseguia se soltar. Permanecia escravizada pelas dúvidas. Pensamentos mil, resposta nenhuma, atitude zero.

Valeria a pena começar tudo de novo? Estaria velha demais? Procuraria homens mais jovens? Mais velhos? Parecidos com o que havia deixado para trás ou apostaria no extremo oposto? Viveriam juntos ou em casas separadas? Frente a tantas indecisões, Clara ficava paralisada, e o tempo ia passando.

Tias apresentavam sobrinhos, colegas de trabalho falavam de irmãos desempregados, amigas convidavam para baladas noturnas, o cabeleireiro sugeria que circulasse em academias de ginástica pela manhã, à tarde no *shopping* e à noite em cursos de investimentos. Inscreveu-se em um *site* de relacionamento. Clara até arriscou um *encontro às escuras*. Em meio a toda essa agitação, sua terapeuta lhe recomendava paciência.

Teoricamente a oferta de candidatos era enorme, na prática nenhum servia. Todos apresentavam algum defeito que os desqualificavam.

Haveria algum homem perfeito? Não enxergava luz no fim do túnel. Com tantas opções de escolha, cada pretenso candidato concorria com outros tantos imaginários que poderiam ainda surgir. A dúvida e a indecisão a estavam aprisionando.

Às vezes até escolhia bons homens e iniciavam um relacionamento, mas cada pequena decepção automaticamente fazia renascer a esperança de encontrar outro melhor, gerando arrependimento e diminuindo a empolgação com o parceiro selecionado. Quanto mais opções disponíveis, maiores as expectativas e menor a chance de agradar.

A abundância de escolhas estava tornando Clara miserável. Cercada de candidatos a príncipe e solitária como uma bruxa. Enquanto sonhava com homens melhores, não aproveitava o momento, não deixava fluir, frustrava-se, e a história não rolava. Estava com a síndrome da insatisfação pela abundância.

Quando Clara acordou naquela noite, não precisava mais de respostas, pois as perguntas haviam sumido. Despertara do sonho de fadas convicta de que a melhor parte da história não era imaginar o final *felizes para sempre*. Descobrira que a parte mais gostosa de qualquer história de amor é construir e vivê-la por inteiro, intensamente, e, se possível, por mil e uma noites.

Clara havia despertado com o ronco do homem que dormia a seu lado. Apesar de torcer pelo time rival, fumar, não usar perfume e não dançar, ele a fazia sorrir, pensar, sentir, gozar e, acima de tudo, não lhe dava chance alguma de hesitação na escolha de amá-lo. Uma boa história precisa ter começo, meio e fim, não necessariamente nesta ordem.

15 de setembro de 2011

Manhã seguinte

Beatriz está procurando um amor. É *sexy*, bonita, madura, inteligente, pós-graduada, divertida, carinhosa, romântica, fala seis idiomas, bom emprego, adora futebol, *poker*, joga videogame, bebe cerveja, sabe cozinhar, come massa, fritura, doce, corpo escultural, tudo no lugar. Tudo arrumado, falta só achar alguém capaz de desarrumar. Será que ela quer mesmo bagunçar sua vida?

Tom Jobim, brilhante compositor, dizia: "Não é impossível ser feliz sozinho, mas é angustiante pra caramba". De repente, depois de um tempo de solteirice festiva, no silêncio de *eu* quarto escuro, a solidão começa a pedir emprestada a escova de dentes, deixando nas cerdas um gosto amargo e apavorante, empurrando Beatriz para um novo amor. Freud, o pai da psicanálise, diagnosticou que "se você ama, sofre, mas, se não ama, adoece".

A busca, consciente ou inconsciente, por um novo amor existe, a esperança de encontrá-lo em algum lugar no futuro, próximo ou distante, habita seu coração recluso. Com tantos atrativos sedutores, é muito fácil para Beatriz arranjar um namorado; já perdeu as contas de quantos passaram. Com o amor é diferente; amor não se arranja; surge quando menos se espera, não tem dia, nem hora, sequer local para aparecer. E não será um príncipe montado num cavalo branco; esses tipos não existem. No máximo será um cara legal, cheio de defeitos, mas com algo especial, encantador. Só que Beatriz sempre acha que merece mais, alguém melhor.

Então Beatriz vai a uma festa qualquer e se apaixona por um corte de cabelo, um par de olhos, um sorriso, uma pele clara, o jeito de falar, caminhar, comer, vestir, bagunçar. Como só o corpo está exposto aos olhos, a esperança dela é a fidelidade da alma ao seu invólucro, a expectativa de que o corpo possua uma alma adequada.

O processo de apaixonamento geralmente acontece por alguém que não se conhece direito. Algo atrai, seduz, fascina, hipnotiza. Seu mistério cativa, alimenta, ofusca a inteligência, confunde o pensamento, deforma o comportamento. A pessoa para de comer, dormir, trabalhar, estar em paz. Às vezes nem sabe direito o que está acontecendo; eufórica, baseia essa paixão em material insuficiente, suplementando a ignorância com desejo. Desejamos aquilo que não possuímos, adoramos amores impossíveis.

A paixão não está na outra pessoa, e sim nos olhos do apaixonado. Não é o que o outro realmente é, mas o que o amante deslumbrado viu nele, o que o outro representa para ele, o que ele pode projetar no outro e talvez o que ele gostaria de ser. A ênfase da paixão está sempre no observador, o qual se torna indispensável para que a paixão exista.

A convivência acaba mostrando que a pele que separa os corpos não é apenas um limite físico; representa um oceano de experiências psicológicas mais profundas a serem descobertas ou mantidas submersas.

Num mundo perfeito, talvez fosse melhor empreender uma meticulosa troca de opiniões sobre fidelidade, privacidade, pagamento de contas, dívidas, histórico de doenças familiares genéticas e mentais, criação de filhos, casa dos sonhos, política, ciência, arte, religião, estilo de vida, planos para o futuro, para depois então decidirem se vão se apaixonar.

Mas não foi assim com Beatriz no passado, tampouco agora. Paixões desconjuntam seu pensamento; ela sabe que pode bater e mesmo assim acelera. Faz a lua de mel antes do casamento e não está preocupada se na manhã seguinte vai quebrar a cara. Para ela é tudo ou nada, para sempre ou nunca deveria ter sido, o tempo se encarregará de mostrar se a relação será perene ou não. Se durar três meses ou quinze anos não importa, que seja eterno enquanto dure, nunca será tempo perdido. Uma paixão de uma semana pode marcar por toda uma vida.

Por várias vezes o destino vai testar a nossa capacidade de vencer a ordem natural dos acontecimentos, e um *para sempre* é o expoente máximo dessa vitória. Beatriz está nessa batalha, amando à sua maneira, mas, por enquanto, seu *para sempre* é feito de manhãs seguintes. Quantas manhãs são precisas para saber que é para sempre?

Pedido de casamento

— Quer casar comigo?
— Calma lá seu, apressadinho, nem nos conhecemos ainda, sequer fomos apresentados. Quer casar comigo assim no escuro?
— E isso importa? Não dizem que o amor é uma construção? Estou te convidando para começar a construir um amor comigo. Devagar e com toda a calma. Não estou falando em paixão, em afobação pra te levar para a cama; estou propondo regarmos esta plantinha juntos e construirmos um amor.
— Meu caro pretendente, entendo que o amor seja algo intangível, mas, mesmo assim, é preciso haver um mínimo de sustentação para essa construção. É preciso um terreno fértil para se construir com solidez.
— E o que seria esse terreno?
— Sei lá, química, atração física, gostar das mesmas coisas.
— Olha só, digamos que nossa atração física seja bárbara, imensa, enlouquecedora e que fizéssemos amor duas vezes por dia, o que faríamos no resto do tempo? Dizem que se deve escolher para companheiro alguém com quem você goste de conversar e se sinta bem, pois no final das contas é o que vai sobrar depois do sexo. Vou te dizer uma coisa: não concordo com essa teoria, não acho que a conversa seja o terreno fértil para um amor dar certo; iríamos cansar de ficar falando todo o tempo. Não tem assunto pra tanto. A conversa é importante, mas não é o fundamental. Em minha opinião, o que sustenta um amor é a parceria.
— Mas o que seria essa tal de parceria?
— Eu coloco o tijolo, você põe o cimento. Você lava, eu enxugo. Eu quero dormir, você apaga a luz. Você vai viajar, eu ajudo a arrumar a

mala. Eu preciso emagrecer, você me acompanha no regime. Você cansou de mim e quer terminar, te dou um abraço e vou embora.

— Estou confusa; nem sei se estou gostando ou me assustando. Quando casaríamos? Como? Onde?

— Aqui e agora, a construção pode começar já, imediatamente.

— E será que daria certo?

— Você é boa em matemática?

— Mais ou menos.

— Quanto é 2 x 2 ?

— Quatro.

— 4 x 2?

— Oito.

— 8 x 2?

— Dezesseis.

— Agora 2 x 0?

— Zero.

— 4 x 0?

— Zero.

— 80 x 0?

— Zero.

— 1.000.000 x 0?

— Zero.

— Tá vendo, quando o esforço é de um lado só, olha o resultado. Se estivermos juntos, construímos nosso amor em progressão geométrica. Só depende de nós, ou melhor, só depende de você, de seu sim. Você me pergunta se vai dar certo? Já deu certo, aliás, já Deus certo.

— Mas e se você acreditar em Deus e eu não, se você torcer para um time e eu para outro, se você for capitalista e eu socialista, como vai ser? Vamos discutir o tempo todo?

— Pois então, diferenças necessariamente não precisam afastar as pessoas, inclusive os opostos costumam se atrair; o desafio é continuarem juntos. Eu sou homem, você mulher. Eu uso calça, você vestido. Sou brasileiro, você uruguaia. Gosto de churrasco, você de salada. Você tem dúvidas, eu certezas. Eu tenho uma tese, você contrapõe uma antítese, já pensou que legal se conseguíssemos chegar a uma síntese? Não somos a mesma pessoa, nem mesmo a metade da mesma laranja, mas podemos dar um bom suco. Não quero pensar igual a você, mas quero estar contigo. Se me disseres com um sorriso e um bom argumento que dois mais dois são cinco, talvez até me convença. Não quero ter razão; quero ter paz. Quero ser feliz contigo. Eu me chamo Celso, aliás, como é mesmo seu nome?

Casaram ali mesmo, naquela conversa. Não houve festa, cartório, cerimônia, vestido de noiva, lua de mel, nem mesmo o amor estava presente. O que os uniu foi a vontade mútua e a parceria de transformar o eu em nós.

Até hoje ainda não conseguiram comprar casa própria, mas a construção do amor já tem dez andares, fizeram vinte viagens internacionais, quarenta projetos novos, viraram oitenta noites conversando, cento e sessenta perguntas sem resposta, trezentos e vinte beijos no último mês, seiscentos e quarenta, um mil duzentos e oitenta...

Cuidado, não é assim pra todo mundo, não tentem fazer isso em casa, na rua ou com qualquer um. Vai que dá certo.

20 de setembro de 2021

Somos instantes

Aconteceu num instante, foi sem querer, não havia planejamento ou expectativa alguma. Ele a convidou para passarem juntos a noite em sua casa, e ela aceitou. Só por hoje, respondeu timidamente. Nem havia clareado o dia, ela saiu para o trabalho; mal tiveram tempo de se despedir. Foi tão maravilhosa a companhia que ele a convidou novamente no sábado. Só por hoje, foi como confirmou sua vinda. Muitas outras vindas aconteceram, mas a senha era sempre a mesma: só por hoje (SPH), jamais perguntava ou confirmava nada sobre o amanhã. Não necessitava dele para nada, mas era parceira para tudo. Era livre e assim o deixava.

Numa destas noites frias do inverno gaúcho, enquanto se aqueciam em abraços, sussurrou em seu ouvido esquerdo que estava apaixonada. Com voz rouca e melosa frisou que *estava* apaixonada, não que *era* apaixonada. Especialmente naquela noite estava se sentindo muito apaixonada. Muitas outras declarações, agora mútuas, aconteceram seguidas da já bem conhecida senha *só por hoje*. Assim, despretensiosamente, nem perceberam que o *só por hoje* já dura mais de quinze anos.

Do outro lado da cidade, bem diferente do primeiro casal, dois amantes apaixonados casavam cheios de expectativas, jurando ficar juntos e se amar até que a morte os separasse. Só que os planos não deram certo. Mal terminou a lua de mel, começaram as desavenças, desconfianças, acusações, lágrimas. A cada dia que passava piorava o clima, um não aguentava mais olhar para a cara do outro, dormir juntos nem pensar. Casamento fracassado, amor na lata do lixo, expectativas frustradas, vida miserável e um juramento solene obrigando-os a ficar juntos até que a morte os separe.

Até hoje os velhinhos continuam juntos, torturando-se e empurrando o relacionamento com a barriga, esperando o derradeiro dia em que finalmente a morte os separe, ou pior, eternamente os una por um desses sadismos da vida. Não quero criar polêmica, mas acredito que o juramento poderia ser menos físico e mais sentimental, isto é, o casal se compromete a ficar junto até que a morte do amor os separe. E, se você parar pra pensar, vai perceber que a morte do amor é uma das experiências mais marcantes e dolorosas da vida.

O relacionamento só por hoje, SPH, sem promessas ou cobranças, é chamado de amor líquido, já que passa a impressão de que pode escorrer pelas mãos, é transitório, só vale pelo dia de hoje, não pensa no futuro. O segundo, com juras de um único amor para todo o sempre, costuma ser chamado de amor romântico, verdadeiro. Só que, por ironia, o primeiro está vivo, o segundo morto.

Amor não tem nada a ver com tempo, o coração nunca esquece o lugar onde deixou suas melhores batidas. Eternidade tem a ver com a ausência de tempo na relação a dois e não com morte. Tanto faz se durou um instante ou a vida inteira. E vida também não diz respeito a batimentos cardíacos ou coisas do gênero. Ter vida significa continuarem se mantendo os mesmos amantes que um dia se prometeram. Relacionamentos podem não durar a vida inteira. Casamentos podem não durar a vida inteira. Amor pode não durar a vida inteira. Saudade não dura a vida inteira. Alguns para sempre duram para sempre apenas na imaginação. A única coisa que pode durar e torturar uma vida inteira é a esperança de tentar fazer durar.

Segundo os especialistas, existem três tipos de amor. O primeiro acontece quando somos jovens. É o amor idealizado, romântico, aquele das juras. Entramos com a crença de que será o único amor de nossa vida e fazemos as maiores loucuras em nome dele. É o amor que parece ser o certo. Todos já o experimentamos.

O segundo amor é aquele que vamos em busca depois do primeiro ter falhado. É o amor que desejamos ser o certo. Pensamos estar fazendo uma escolha diferente, mas na verdade ainda estamos aprendendo. Pode até se tornar um ciclo, pois a cada novo segundo amor, acreditamos que será melhor que o anterior, e, como viciados tentando conseguir a próxima dose, suportamos a descida da montanha-russa emocional na expectativa de chegar ao alto novamente. Por vezes não é saudável, podendo até ser desequilibrado e narcisista.

Muitos desses segundos amores começam e terminam na cama, em compensação, muitos terceiros amores começam na calma e não terminam jamais. O terceiro amor é aquele que não esperávamos, não imaginávamos, não tínhamos expectativas, não vimos chegar. A conexão não se explica, simplesmente se encaixa. Não há preocupação com o futuro; só por hoje já basta. Sentimo-nos em casa, aceitos como somos, sem racionalidades ou julgamentos. Não queremos ir embora, porque sabemos bem lá no fundo que desta vez deu certo.

Talvez haja algo de inesquecível no primeiro amor, funcione e todos fiquem felizes. Talvez o segundo tenha algo de único, de partir o coração e se decida lutar por ele ou por todos que se seguirem. Mas há algo simplesmente incrível com o terceiro: vai mostrar por que todos os outros relacionamentos anteriores falharam. Vai ensinar que felizes para sempre não existe, mas vai fazer com que cada momento vivido juntos seja para sempre. Conversas vão durar horas, beijos vão permanecer por anos, e o amor será eterno por várias vidas. Um dia todos vamos ter que morrer, mas que seja em pleno voo. Vida tem prazo de validade, amor não.

Porque somos instantes, e num instante não somos nada.

Este texto é dedicado a todos aqueles que haviam planejado se casar em 2020 e tiveram de adiar seus planos por força da pandemia. Agendaram data, reservaram salões, imprimiram convites e não sabem quando o glorioso dia vai chegar. Calma. Força. Já passamos da metade. O vírus vai passar, o amor deve continuar.

1.º de dezembro de 2020

Quem pagou a conta

Durante muito tempo pratiquei uma estratégia *infalível* ensinada por um amigo para selecionar certo tipo de mulheres. Não me orgulho nem um pouquinho de ter feito isso, pois é uma técnica altamente preconceituosa. Enfim, todos têm sua parcela de defeitos e preconceitos por questionar.

Funcionava assim: quando me interessava por alguma mulher, perguntava se ela gostaria de tomar um café ou bebida comigo. Na hora de pagar a conta, observava se faria algum sinal de dividir as despesas ou não. Nunca as deixava pagar, mas ficava atento. A estratégia era justamente saber se a mulher achava que o homem, pelo simples fato de ser homem, deveria seguir as regras de etiqueta e pagar as despesas da mulher, somente por ela ter nascido mulher.

Naquela época o movimento feminista ainda engatinhava, e a estratégia era simplesmente descobrir com que tipo de mulher estava lidando. Tinha o cuidado de nunca convidar formalmente para o encontro, justamente para descaracterizar o argumento de quem convida paga a conta. O convite era realizado mais ou menos assim: "topas um café?", "que tal uma cerveja um dia destes?".

Certa noite, numa dessas investidas, quando chamei o garçom para pedir a conta, já estava paga. Minha companheira de mesa havia acertado tudo enquanto fui ao toalete. Percebendo meu espanto com seu comportamento, ela se adiantou e, sem que eu perguntasse, foi explicando: "Não existe almoço de graça; se alguém lhe paga por algo, vai querer o retorno. Quando a mulher aceita que o homem lhe pague o jantar, subliminarmente está passando a mensagem que talvez um dia vá lhe dar algo em troca".

Ela não queria ficar me devendo nada para o futuro. Mencionei dividir a conta, mas ela não aceitou. Quem ficou na dívida fui eu. Só que, além da dívida, fiquei bem interessado também, queria mais uma oportunidade de conhecê-la. Depois de alguns dias, fizemos um novo contato e combinamos um jantar. Na casa dela. Desta vez sem estratégia do amigo, no campo do adversário e sem plano B. O que o destino estaria reservando para mim? Confesso que estava ansioso.

Lá chegando, mais uma surpresa. Não havia nada preparado. Ela revelou que preferia não cozinhar naquela noite, pois cozinhar era um ato revolucionário, e nós estávamos em fase de descobertas; então o melhor seria aproveitarmos o tempo para nos conhecermos e deixarmos a revolução para uma próxima etapa; afinal, revoluções sempre envolvem a ideia de que não serão as últimas, mas um processo revolucionário. Se fosse o caso, teríamos muito tempo pela frente para lutar por mudanças. Concordei sem entender direito o significado daquelas palavras ou qual era sua real intenção. Abriu um tinto, acendeu um par de velas, ligou o som, quebrou o gelo.

Depois de algumas taças, histórias, confissões, sorrisos, seduções, parecia que já estávamos íntimos; então, subitamente, tive vontade de segurar na mão dela para *senti-la* um pouco mais de perto. Sem retirar, mas olhando-me fixamente e com uma voz muito carinhosa, disse-me que tinha um sonho desde a infância. Gostaria que, antes que alguém tocasse seu corpo, invadisse sua alma. Imaginava, e talvez fosse uma utopia dela, beijar um único homem por toda a vida. Não fazia parte de seus planos trocar salivas ou se deixar penetrar sem que seu coração e sua alma fossem conquistados. Como uma revolução, só que sem lutas ou disputas para vencer. A conquista se daria por amor, admiração, respeito ou talvez por algo ainda maior e sem definição. Mais ainda, a conquista seria recíproca e eterna.

Não sabia o que fazer ou dizer. Era um sonho muito alto. Não sabia se batia em retirada ou partia para a conquista. Meu amigo *sabe tudo* não havia ensinado nenhuma estratégia para essa situação. Estava encantado e ao mesmo tempo assustado. Ambíguo em meus sentimentos, instintivamente soltei sua mão, respirei fundo, bebi um pouco mais de vinho e, como um revolucionário que grita *Independência ou morte*, perguntei solenemente se gostaria de casar comigo. Para quem não iria fazer revolução alguma naquele encontro, olha só o tamanho da insurreição.

Sem hesitar, sua resposta foi um claro e solene *Não*. Naquele momento não sabia se estava sentindo alívio ou frustração. Fiquei imóvel, entorpecido, paralisado.

Havia aprendido na escola que a palavra *não* já era uma frase completa, não precisava complementos, mas ela delicadamente explicou que casamento, documentos, papéis, rituais, formalidades não significavam nada para ela e menos ainda para sua alma, que entendia outro tipo de linguagem. Almas livres são raras, reconhecem-se entre si, surgem sem explicação ou lógica. Ficam juntas por vontade própria. Sem amarras, cobranças, perturbações ou regras preestabelecidas. Era assim que sonhava conquistar, ser conquistada e viver ao lado de alguém.

Explicou-me que, numa revolução, mais importante que a própria luta é saber quem está na trincheira ao seu lado. Pegou firme em minhas mãos gélidas de suor, deu um longo e delicioso beijo em minha boca e me convidou para tomarmos um sorvete. Quem pagou a conta?

Assim iniciou nossa revolução. A luta continua. Que armas nossos netos utilizarão em suas batalhas? Terão os mesmos ideais, força e resistência para combater?

21 de fevereiro de 2020

Alma gêmea

Parecia um dia como outro qualquer, mas não foi. Modificou minha vida. Acordei às oito horas, tomei café e saí para praticar a rotineira corrida matinal. Já havia percorrido uma boa distância quando percebi alguém se aproximando. Olhei para trás e vi um cão correndo para me alcançar.

Era um boxer branco, magro, sem coleira e com algumas marcas no pelo. Não identifiquei se eram feridas cicatrizadas, micoses ou simplesmente marcas de nascença. Não importa. O cão começou a me acompanhar. Não deu um latido, sequer olhou para mim. Simplesmente quis correr ao meu lado.

Achei engraçado e imaginei que logo adiante ele iria cansar e me abandonar. Não foi o que aconteceu. Depois de cinco minutos juntos, percebi que estávamos em perfeita sintonia. Quando eu aumentava a velocidade, ele correspondia. Quando parava em algum sinal de trânsito, o cão ficava ao meu lado.

Era como se houvesse sido treinado desde pequeno para correr comigo e fôssemos velhos companheiros. Chamava atenção nossa desenvoltura, parceria, sincronia e felicidade. Não sei se cabe a expressão, mas reconheci nele minha alma gêmea corredora. Já havia experimentado correr com outros cães, porém nada se comparava à cumplicidade instantânea que desenvolvemos.

Depois de quarenta minutos de corrida, chegamos a meu destino. Precisava tomar um banho e sair para trabalhar. Adorei ter encontrado aquele cão e passearmos juntos. Gostaria de correr acompanhado dele todos os dias. Como? Infelizmente tive que me abstrair do prazer daquele momento e começar a pensar em uma maneira de adoção.

Moro em um apartamento e quase nunca estou em casa. Deixar um cão daquele porte e vitalidade preso à minha espera talvez fosse egoísmo demasiado. Considerei também o trabalho, a sujeira e a despesa com a manutenção de um animal dentro de quatro paredes. Estava entre dois extremos, minha alma corredora pedindo pra ficar com sua metade e meu cérebro racional empilhando impedimentos.

Não consegui entrar no prédio e abandonar o cão. Sentei no meio-fio da calçada e ao mesmo tempo que me enchia de prazer vê-lo sentado ao meu lado, sem nada pedir, apenas desfrutando da companhia, angustiava-me porque uma voz interior muito chata dizia que eu estava procurando sarna para me coçar, no sentido mais puro e literal.

A essas alturas, já estava trinta minutos atrasado para o trabalho. Acariciei meu *novo* amigo, levantei-me e fui buscar uma tigela com água. O cão veio comigo, mas não pôde entrar. Edifícios modernos não permitem que animais circulem nas áreas coletivas. Fiquei com medo de entrar e deixá-lo do lado de fora do portão. Na minha volta, poderia não mais estar ali. Pensei em amarrá-lo por uns instantes, mas nem corda tinha naquele momento.

Apostei na sorte. Entrei, o cão ficou me olhando e eu olhando para ele. Afastei-me andando de costas para não perdê-lo de vista. Rapidamente voltei com a água, que foi sorvida como um néctar. Estava atrasado, precisava trabalhar, já havia telefonado duas vezes avisando do imprevisto. Solicitei ao porteiro que vigiasse o cão enquanto tomava um rápido banho e trocava de roupa. Nesse meio tempo alguma ideia haveria de surgir.

Quem mandou brincar com a sorte? Na minha volta o cão havia partido, o porteiro nada sabia e eu fiquei sem minha alma gêmea corredora. Atrapalhado com a situação, peguei o carro, dei várias voltas pelo bairro, mas ele havia sumido. Na esperança de encontrá-lo, tenho corrido todos os dias no mesmo trajeto, mas ele não mais apareceu. Restaram algumas perguntas, ou respostas, tanto faz.

Quantas vezes em nossas vidas identificamos emocionalmente nossas almas gêmeas, mas não conseguimos deixar fluir e as perdemos porque precisamos trabalhar, estudar, pensar, racionalizar, conversar, conhecer melhor?

Quantas vezes a alma gêmea está ao nosso lado, mas não a reconhecemos, porque não temos tempo de olhar para ela e deixar que se aproxime?

E se o cão falasse? Se dissesse que era um cão abandonado, acostumado a dormir ao relento, viciado em drogas e suas cicatrizes eram resultado de brigas entre gangues, seu passado o condenaria ou ainda assim o reconheceria como minha alma gêmea corredora?

E, se o cão me contasse que largou tudo o que estava fazendo quando me viu correr porque reconheceu que éramos as duas rodas da mesma bicicleta, e queria ficar correndo para sempre ao meu lado, teria eu deixado nosso futuro nas mãos da sorte?

Não pretendo aprofundar o assunto almas gêmeas, muito menos quando se trata de um cão corredor. O fato é que esse episódio, feliz e ao mesmo tempo triste, serviu claramente para me acordar acerca de encontros e relacionamentos que marcam nossas vidas e podem ser perdidos devido a preconceitos e paredes que vamos construindo. Ao invés de sentirmos e deixarmos fluir, ficamos presos aos aspectos mundanos do trabalho, família, sociedade, reduzindo descobertas mútuas, impedindo nossa capacidade de despojamento e impossibilitando-nos de ir adiante.

Este cão apareceu em minha vida para me libertar, depois foi embora. Cumpriu sua missão. Vai ver que almas gêmeas servem pra isso.

Após o cão ir embora por falta de despojamento meu em adotá-lo, passei a ficar mais atento. Olho para os lados na esperança de encontrar novamente minha alma gêmea corredora. Talvez essa atenção esteja exercendo algum poder de atração.

Depois de uma semana correndo e procurando sem sucesso o cão, uma adolescente começou a me seguir na rua, exatamente como ele fizera. Feliz e sorridente como uma criança brincando, seus passos ao meu lado eram leves e soltos. Percebendo que ela não teria fôlego para me acompanhar, diminuí o ritmo e expliquei que tinha treinamento aeróbico e por isso minha velocidade era maior. Não convencida com o argumento, a menina levantou a blusa e mostrou sua barriga dizendo que estava em forma e iria correr comigo.

Quinhentos metros depois, mesmo sem aumentar a velocidade, a menina cansou e desistiu. Apesar de mostrar disposição em querer me acompanhar, conversar, sorrir, pensar, não conseguiu chegar nem perto da cumplicidade desenvolvida pelo cão. Por mais que se esforçasse, não houve aquela identificação imediata da alma gêmea corredora.

Alma gêmea? Se não olhamos para dentro, não estamos interessados nem conhecemos direito nossa alma, como vamos saber quando surgir uma alma gêmea? Talvez este seja um dos tantos motivos de relacionamentos infelizes entre almas ditas gêmeas: falha no diagnóstico. O fato de alguém gostar das mesmas coisas que você necessariamente não o torna sua alma gêmea. O contrário também é verdadeiro, não é preciso encaixar em cem por cento de suas preferências para se identificar como tal.

Não existe manual de identificação e também não adianta forçar a barra procurando pelas esquinas ou buscando justificativas para acreditar que encontrou sua cara-metade. Alma gêmea é uma questão de sentimento; quando chegar a hora, não vai haver dúvida alguma e o reconhecimento será instantâneo.

Como num passe de mágica, a pessoa transcende e se descobre através do outro, que funciona como um espelho, refletindo e mostrando nosso lado desconhecido, o lado de dentro da própria alma. Ao enxergarmos no outro o que somos, imaginamos ser nossa alma gêmea — "o outro é o outro de mim mesmo".

Aquele cão amigo revelou minha felicidade com a corrida, o simples prazer de correr, a brisa batendo no rosto, as preocupações mundanas sendo esquecidas. Enxerguei nele minha alma corredora. Mostrou-me esse aspecto específico e partiu.

A menina corredora nada revelou. A maioria das almas que cruzarem nosso caminho passarão em branco. Pouquíssimas terão o dom de identificação imediata conosco, e dentre estas nem todas vão refletir nosso lado bondoso e afetivo; algumas irão escancarar os aspectos mais sórdidos da alma humana.

Para nos protegermos e evitarmos sofrimento desnecessário, identificamos as almas bondosas como gêmeas e rechaçamos as demais. Não reconhecemos nossa parcela de responsabilidade na maldade do outro e passivamente esperamos o milagre de receber via Sedex aquela alma que se encaixará perfeitamente na nossa. Quando ela vier, vamos nos apaixonar, casar, e viveremos felizes para sempre.

Almas gêmeas não precisam casar, ter desejo carnal, procriar e viver juntas para sempre. Se isso acontecer, ótimo. Almas gêmeas têm a função de expor nossa intimidade. Mostram nosso lado de dentro e nos permitem crescer. Isso dói demais. Algumas ficam ao nosso lado por toda a vida, outras por algum tempo, e muitas, depois de cumprida sua missão, vão embora. Mesmo assim, são os encontros mais importantes de nossas vidas. Fique atento e deixe fluir, pois esses encontros são eternos, mesmo que não durem para sempre.

Alma gêmea, difícil de explicar, fácil de sentir.

31 de janeiro de 2012

Supermercado sentimental

Este é um ensaio de ficção autobiográfica da série "Aconteceu com um amigo". Qualquer semelhança com pessoas ou acontecimentos é fruto do inconsciente ou provavelmente aconteceu num mundo virtual. Se você conseguir imaginar e entrar na história, então já será realidade.

Bom dia!
Faço parte de um grupo de homens que cada vez mais cresce no mercado: separado, cinquentão, estabilizado financeiramente, à procura de uma mulher mais jovem, bonita, madura intelectualmente, companheira e independente.

Dizem que tenho *dedo-podre* e só encontro mulheres problemáticas, mas a verdade é que só colocam nas prateleiras carne com papelão, leite com farinha, verdura com agrotóxico. Assim fica difícil encontrar algo de bom nas gôndolas.

O que me fascina em uma mulher é o que ela tem entre as duas orelhas. Inteligência emocional, sensibilidade, afetividade, maturidade, cultura, ética, charme, humildade, bom humor. O que encontro nas ofertas do supermercado costuma ser maquiagem, botox, alisamento, tatuagem, silicone, carência, trauma, arrogância. Nos aplicativos da Internet, o que mais chama atenção são os perfis perfeitos, quase todos falsificados ou com prazo de validade vencido. Acabo não comprando nada.

Claro que, nessa busca, por vezes estou esfomeado e devoro um Big Mac, um chocolate qualquer numa embalagem bonita ou uma banana *split* bem gostosa, mas sou consciente de que estou praticando uma extravagância apenas naquele dia, depois retorno à minha dieta.

Sei também que não preciso me contentar com o que sobrou no fundo da prateleira ou com ofertas de ocasião. Existem mulheres fascinantes com buscas semelhantes à minha. O problema é encontrá-las e, passo seguinte, aproximar-se. Antigamente os príncipes surgiam montados em cavalos brancos ou sentados em porsches vermelhos. Hoje podem chegar virtualmente através de mensagens eletrônicas. O risco é o mesmo, por trás de um cavalo, um carro, um belo texto ou uma embalagem bonita, pode existir um sapo ou um(a) tremendo(a) idiota.

Como saber? Pesquisa, referências, experimentação, indicação. Só que chega uma hora em que as pessoas cansam dessa busca e acabam por levar qualquer coisa mesmo. É o que tenho visto em muitos relacionamentos: se todos namorassem por estarem apaixonados e não por carência, o número de solteiros quadruplicaria.

Um dia meu terapeuta pegou o mapa do mundo e perguntou se eu procurava uma mulher bonita. Ao responder afirmativamente, recortou o mapa pela metade. Na sequência, quis saber se precisava ser independente e, antes da minha resposta, já foi rasgando novamente o mapa. Quanto mais exigências eu fazia, menor ficava o papel, até que já não era mais possível segurar com as mãos. Com esse exercício, pretendia mostrar que a mulher desejada existia, mas teria que procurá-la talvez a vida inteira, sem garantia de sucesso. E, se por acaso a encontrasse, deveria torcer para rolar uma boa química.

A partir desse exercício, procurei diminuir minhas expectativas. Tentei abrir mão da maturidade; algumas cenas de ciúme logo contrariaram minha proposta. Abdiquei da cultura, mas confundir Kant com cantor de *rock* foi demais. Quando confiei por inteiro, fui traído. Sejamos sinceros, não dá pra se contentar com um(a) parceiro(a) só porque é hétero, independente e disponível. É muito pouco. Se for bonito(a), charmoso(a) e bem-humorado(a), já melhora, mas ainda falta muito. Para alguns, a lista é infinita, para outros, é mínima.

Será que devo me conformar com o mediano, ficar na zona de conforto e desperdiçar uma existência fingindo que o coaxo é o canto do cisne? Preciso nivelar por baixo? Estou errado em idealizar a busca de minha alma gêmea? Dizem que sou exigente demais, procuro defeitos, desprezo as oportunidades e vivo fora da realidade.

Antes só que mal acompanhado. Nem é questão de estar mal acompanhado; o problema é a sintonia. Se não for pra acrescentar, pra estar em sintonia fina, vibrando na mesma frequência com a companheira, prefiro um livro, um filme, um tinto, um amigo. Mas a busca continua. Se atualmente os homens se encontram em vantagem numérica, as mulheres têm a vantagem de ser especialistas em pesquisas de mercado. E mais, o sexto sentido feminino é um radar muito poderoso, mas precisa estar ligado, revisado e atualizado, porque nessas pesquisas corre-se o risco de deixar para trás um ingrediente que nem foi citado, mas pode ser fatal: o amor.

Apaixonei-me por cinco mulheres ao longo da vida. Casei com duas. Amei três. Apaixonar, amar e casar são situações que se relacionam, mas sobrevivem independentemente. Quando juntas, formam um trio imbatível. Quero as três. Coladinhas. Nada menos que isso.

PS 1 — Desculpa a brincadeira com a maquiagem, botox, alisamento e inteligência das mulheres. Foi uma figura de linguagem, nada a ver com gênero. Se você é uma das tantas pessoas que conseguem desconstruir essa metáfora, sabe que foi apenas uma provocação literária.

PS 2 — Este artigo gerou centenas de comentários, alguns se sentiram ofendidos, outros entraram na brincadeira. Publico aqui apenas um dos tantos que a meu ver compreendeu a intenção do escritor e continuou com a sátira:

Supermercado é mil vezes melhor que um aplicativo para conhecer os homens. É tudo ao vivo, na nossa frente. Não tem como enganar. Eles costumam chegar aos bandos entre 21 e 23 horas e ficam passeando pelos corredores. Depois que saem do trabalho, da academia ou do répiauer lembram que a geladeira tá vazia e vão às compras. É só olhar o carrinho de compras que se conhece um homem. Ele compra biscoitos, cerveja e Coca-Cola ou compra frutas e verduras? Joga as compras no carrinho ou coloca tudo com cuidado e organização? Dá pra saber o tipo de pão que o homem come, o sabonete que usa e a pasta de dentes que está usando. O ponto de melhor observação é a seção de frutas. O jeito como ele escolhe a maçã define como ele faz as escolhas na vida. Observa, cheira, coloca com cuidado no carrinho ou vai pegando qualquer uma e jogando de qualquer jeito?

Ele cumprimenta a pessoa que pesa as compras ou trata como se fosse um robô? Amiga, o homem do supermercado não está na prateleira para ser comprado ou vendido. O homem do súper está andando pelos corredores, é gente como nós, precisa fazer compras e pode ser até que seja alguém legal com quem a gente vai cruzar e quem sabe levar pra casa. Sem preconceitos.

11 de janeiro de 2018

Aplicativo de namoro

O local onde encontrar um relacionamento casual ou mais duradouro já não é mais o mesmo. Tampouco o modo de se aproximar ou conquistar. Agora os aplicativos de busca social e namoro são o novo ponto de paquera, e sentir aquele frio gostoso na barriga, pegar na mão, roubar um beijo são comportamentos quase jurássicos.

Menos comprometedores, mais rápidos e em tese mais seguros, aplicativos de todos os formatos são os campeões de consulta na Internet. As pessoas não gastam mais que cinco segundos em cada foto para decidir se curtem ou não um possível candidato. Parecido como quando estamos olhando algo que não vamos comprar na Internet, pesquisando só para ver se encontramos um sapato ou uma bolsa bem diferente das demais.

É bem menos complicado entrar num aplicativo de relacionamento que numa obra de Nietzsche ou numa conversa íntima ao vivo, mas o que se ganha em facilidade perde-se em profundidade.

A técnica utilizada pelos buscadores mais experientes é curtir bem mais pessoas que estão dispostos a conhecer, na expectativa de aumentar as chances de coincidência. A apresentação interminável de perfis a serem classificados em pilhas de *sim* ou *não* acaba cansando e, depois de algum tempo, passa a causar a estranha sensação de um jogo de videogame e não uma busca por amor.

Aquilo que aparece na tela parece uma pessoa, mas não é. Retrata um perfil que não diz quase nada. Um avatar cibernético. Alguns tentam decodificar o que representa a roupa, o olhar, a paisagem, o sorriso, a frase que escolheu como apresentação. O processo de seleção é intelectualizado, desumanizado, nada a ver com química, e sim com preencher certos pré-requisitos, como se aquilo fosse uma seleção de emprego. O processo envolve informações e não sensações.

Além disso, quando finalmente marcam de se encontrar pessoalmente, na maioria das vezes ocorre uma decepção. Não é aquilo tudo que se esperava, quase uma propaganda enganosa. São como combos do Mc Donald's e outras lojas, onde nas fotos tudo é melhor, mais bonito, maior e mais apetitoso. As pessoas se produzem, utilizam filtros, copiam perfis de apresentação e se mostram muito mais bonitas e interessantes nas redes sociais do que pessoalmente possam vir a ser.

Obviamente, há pessoas que se conheceram em aplicativos e são muito felizes, mas é uma minoria. É como encontrar uma agulha num palheiro; pode até acontecer, mas almas gêmeas não costumam se cadastrar; elas se acham numa festa, na praia, no elevador, na igreja, no avião, no trabalho, na faculdade.

Se perdermos de vista e esquecermos que para termos vínculos reais precisamos sair do mundo virtual e voltar para o material, a mesma tecnologia que aproxima pode ser a geradora do afastamento. Há um mundo fascinante dentro do celular e um relacionamento real fora dele. O perigo se instala quando os parceiros começam a achar a vida nas redes sociais mais emocionante que a relação, e aquele amor eterno, antes declarado olho no olho, não resiste, definha, termina. Dura menos que a bateria do celular.

Se as relações começaram pela Internet, por que não terminariam pelo mesmo canal? Qual o motivo de espanto ou decepção? O impulso de substituir o parceiro por outro, e depois por outro, e assim por diante, faz parte do jogo. As mídias digitais servem para encontrar um futuro amor, mas também para desfazer laços, refazê-los e desatar de novo sem maiores constrangimentos. Vacilou, será bloqueado.

Conexão era uma palavra mais bonita antes de existir a Internet.

Entre bruxas e princesas

Você já teve contato com bruxas? Tive vários. Algumas usaram a vassoura pra varrer e logo em seguida partiram, outras voaram comigo por muito tempo. Algumas purificaram minha alma, outras lançaram feitiços, outras me encantaram. Talvez você não acredite em bruxas, mas que *las hay, hay*.

Antigamente eram queimadas vivas, hoje a era das fogueiras acabou, e as netas daquelas que sobreviveram estão mais vivas que nunca, espalhadas por todos os cantos, queimando todas as regras.

Numa pesquisa aparentemente inocente, pediram a vários homens que fizessem uma escolha delicada. Suas companheiras seriam doze horas por dia bruxas e, nas outras doze horas, princesas. Metade do dia elas teriam pele enrugada, cabelos desalinhados, mau cheiro, verrugas no nariz, falta de dentes, comportamento estranho, marcas de nascença, cicatrizes e tudo mais que caracterizasse uma bruxa clássica. Na outra metade teriam pele sedosa, cabelos lindos, bem tratados, corpos esculturais, olhos da cor azul-piscina, cheiro adocicado de mel. Mais ainda, seriam carinhosas, superinteligentes, bem-educadas e amorosas. A princesa de todos os contos de fadas.

A versão moderna da pesquisa pensou em incluir corpos tatuados, *piercings* nas sobrancelhas e nos mamilos, contracultura, roupas rasgadas, mas não sabia se essas características se encaixariam em princesas ou bruxas do século vinte e um. Por via das dúvidas, com o intuito de não confundir a cabeça dos homens e a seriedade do estudo, foram deixadas de lado.

Aqueles que escolhessem princesa durante o dia e bruxa à noite teriam o reconhecimento de toda a comunidade do privilégio único de conviver matrimonialmente com uma mulher graciosa, linda, elegante e gentil, mas, na intimidade da noite, na privacidade do lar, estariam na companhia abominável da bruxa. Os que preferissem o inverso acolheriam a graça da princesa ao cair da noite e entregariam a crueldade da bruxa para a comunidade maldizer durante o dia.

A maioria dos homens respondeu que estava se lixando para a comunidade e escolheria ficar se deliciando com a princesa à noite, quando retornassem para casa. Alguns até tentaram negociar em termos de horas ou modelos diferentes de escolha; foram eliminados da amostragem. Poderia utilizar esta pesquisa como introdução para falar sobre postagens no Facebook, Instagram, sentimento de posse, autoestima ou opinião alheia. Não é esse o foco. Também gostaria de colocar que talvez a pergunta inicialmente possa parecer machista, mas basta inverter os papéis e seguimos com a mesma linha de raciocínio.

A maioria escolheu ficar com a princesa na intimidade, ignorando a opinião dos outros. Será que é assim mesmo que funciona? Quantos casais permanecem juntos por aparência ou conveniência, discutindo e se odiando vergonhosamente entre quatro paredes e hipocritamente se apresentando como príncipes e princesas na sociedade?

Em cada mulher vive um anjo, uma princesa, uma bruxa, um demônio. O homem terá aquela que despertar. Se tratar a mulher como rainha, certamente será um rei. Uma bruxa nunca consegue ser perfeita num disfarce de princesa. Nem um lobo é convincente em pele de cordeiro. Coloque-os à prova, e todos falharão, irremediavelmente.

Quer ter uma princesa a seu lado? Trate-a como tal. Se a tratar como bruxa, você é que se transforma num sapo. Lembra daquela história da princesa que ao beijar um sapo o transforma num príncipe?

A dúvida que vai intrigar a opinião alheia ao ver uma bruxa e um príncipe felizes lado a lado repousará sobre qual feitiço aquela bruxa fez para conquistar o amor do príncipe. O que ele viu naquela bruxa? Qual poção mágica ela utilizou naquela maçã encantada? Vão morrer de inveja e curiosidade. Antes uma bruxa com atitude que uma bela adormecida.

13 de janeiro de 2020

As quatro mulheres de um homem

O imaginário masculino sonha com mulheres lindas, corpos esculturais, sempre disponíveis, felizes, satisfeitas, que os amem, admirem e façam tudo por eles, inclusive filhos. Pode haver uma ou outra variação, aqui ou ali, mas onde se escondem essas criaturas?

Em uma roda de amigos, Gilmar relatava animadamente, em tom quase professoral, o que buscava em uma mulher, como e onde encontrar. Basicamente, quatro características lhe eram determinantes:

— Deveria ser uma mãe para ele. Cuidar de sua roupa, alimentação, moradia, amando-o incondicionalmente e perdoando suas gafes e pisadas na bola.

— Deveria ser uma sedutora voraz, realizando todas suas fantasias sexuais.

— Deveria ter uma cultura colossal, uma sabedoria oriental e uma memória de elefante, para que pudesse admirar e sorver seus conhecimentos.

— Deveria ser uma amiga, parceira, companheira, assistir a futebol, beber cerveja, gostar de balada, mas, acima de tudo, estar junto com ele para o que der e vier.

Existe mulher assim? É possível ser mãe do companheiro e dos filhos, sedutora insaciável, ter corpo esculturaL, dominar vários assuntos, ler uma biblioteca por semana, beber cerveja, arrasar na balada, gostar de futebol, estar sempre feliz e satisfeita, tudo ao mesmo tempo? Algumas mulheres vão responder que sim, mas, convenhamos, estas são supermulheres, não a maioria. Algumas dessas aptidões não combinam entre si e dificilmente conseguem habitar na mesma pessoa.

Foi quando Gilmar aproveitou a deixa e sugeriu que o ideal seriam quatro esposas para cada homem; assim conseguiria alcançar todas as suas expectativas conjugais. Será mesmo?

O Islamismo determina que um homem possa ter até quatro mulheres ao mesmo tempo, exatamente o mesmo cálculo de Gilmar. Coincidência? Talvez. No entanto, o marido deve ter condições materiais de sustentá-las e dedicar atenção igual a todas. Obviamente que pode preferir uma esposa à outra, já que sentimento não pode ser determinado por lei, mas tem a obrigação legal de ser equitativo na maneira de tratá-las.

Enganam-se aqueles que acreditam tratar-se de machismo, alardeava Gilmar para a turma do bar, nessa altura já utilizando uma cadeira como palanque. A poligamia no Islã protege a mulher, pois, ao dar ao marido insatisfeito a opção de casar com outra, também lhe dá a obrigação de amparar a primeira. Diferente da monogamia, que velada e pervertidamente permite ao homem desfrutar de relações extraconjugais sem as responsabilidades econômicas obrigatórias com esposas e filhos adicionais. Tal qual um jurista, Gilmar encerrou sua fala com uma frase de efeito: "Externamente a sociedade civil ocidental é monogâmica, mas no íntimo é pura poligamia".

Gilmar, hipocritamente ou não, conscientemente ou não, defendia a poligamia. Não acreditava em uma única esposa polivalente. O discurso foi além, e a contradição também. Dizia com firmeza que a mulher mãe poderia ser comprada; bastava contratar uma governanta e pagar bem que todas as preocupações domésticas estariam resolvidas.

A mulher sedutora era ainda mais fácil de encontrar; poderia escolher entre loiras, morenas e ruivas, asiáticas ou africanas, grandes ou pequenas. Poderia ter até duas ou três concomitantes; dependia apenas de sua conta bancária.

Cultura e sabedoria também poderiam ser supridas com psicanalistas, psicólogas, filósofas e psiquiatras. Conforme o tamanho de seu bolso, poderia agendar consultas diárias com as mais eminentes pensadoras, deitaria num divã e se deliciaria com a erudição e sapiência contratadas.

Ah, mas a mulher amiga é quem estragava o sonho de Gilmar. Não podia ser comprada, tampouco alugada. Precisava ser delicada e sensivelmente conquistada. Aqui estava seu ponto fraco: não sabia como fazer para merecer uma amizade sincera, e isso estava destruindo toda sua elaborada teoria materialista poligâmica.

Necessitava de uma mulher para compartilhar segredos, guardar confidências, compreender incertezas, aceitar fraquezas. Sonhava com uma amizade despretensiosa, sem julgamentos ou cobranças. Um encontro de almas. O problema é que essa sintonia exige, acima de tudo, reciprocidade emocional, componente desconhecido para Gilmar.

Sem argumentos para levar adiante o raciocínio, o sonho virou pesadelo. Não sabia conviver com uma mulher na forma de amiga; logo a transformava em coisa ou mercadoria. Não sabia mais o que pensar ou falar; estava encurralado em sua própria tese. Hesitou, desconversou, fez uso de evasivas, as pessoas no bar passaram a olhá-lo com desconfiança, até que, repentinamente, começou a sentir um calor nas costas, algo parecido com beijo no pescoço, lambida na orelha. O corpo todo se enrijeceu.

Uma voz rouca e sensual sussurrou levemente em seu ouvido: — Acorda, amor, já são 8h30. Deixei sua roupa preparada na cômoda, e o café com torradas está servido na cozinha. Não se atrase para a reunião das dez. Hoje à noite vamos tomar um vinho depois da aula de culinária mediterrânea. Não esqueça.

Serenamente, Gilmar abriu os olhos, viu sua esposa com a blusa de seda entreaberta, sentiu o perfume que dela exalava, tocou a pele macia de seu rosto, beijou aquela boca molhada e se despediram. Estava aliviado por ter acordado do pesadelo. Antes de sair ela carinhosamente o abraçou e mais uma vez sussurrou lambendo seu ouvido: — Quantas mulheres um homem tem de sonhar para perceber que precisa de uma só?

Gilmar perdeu o sono e acordou. Acordou para a vida. Acordou para o amor.

6 de setembro de 2018

Formatos

— Não quero uma relação séria.
— Então o que queres?
— Uma relação saudável.

Afinal, você está namorando?

A história: O imperador romano Cláudio II proibiu casamentos durante as guerras, com o argumento de que homens solteiros eram melhores combatentes. Um bispo chamado Valentim rebelou-se contra essa ordem e continuou celebrando casamentos secretamente. Acreditava tanto no amor que foi além, casou-se também.

Descoberta a transgressão, Valentim foi preso e condenado à morte. Enquanto aguardava sua execução, sucumbiu novamente ao amor e apaixonou-se pela filha cega de um carcereiro. Comunicavam-se através de bilhetes, em que assinava sempre "seu namorado Valentim". Reza a lenda que milagrosamente a amada recuperou a visão, o que explica como conseguia ler sem enxergar.

Valentine's Day é celebrado como o Dia dos Namorados, no dia 14 de fevereiro na maioria dos países. No Brasil os namorados comemoram em outra data, 12 de junho, véspera do Dia de Santo Antônio, conhecido por seus *milagres* casamenteiros.

A função: O namoro foi criado como uma instituição de relacionamento. Casais de adolescentes se encontrariam buscando descobrir e criar afinidades, afeto e cumplicidade que um dia lhes possibilitariam assumir uma convivência conjunta no matrimônio. No início era um processo muito vigiado, em que uma pessoa, chamada popularmente *chá de pera*, acompanhava os namorados durante os encontros. Mesmo com os hormônios à flor da pele, relações sexuais entre namorados não eram a regra.

A adaptação: A partir da revolução sexual dos anos 60, o namoro se transformou em uma entidade mais liberal. A vigilância foi relaxada, namorados passaram a se relacionar mais intimamente, e o casamento deixou de ser o objetivo final. Surge a Internet, permitindo namoros virtuais, apesar da distância física. Mutações no grau de compromisso e envolvimento afetivo desenvolvem criaturas estranhas: tico-tico no fubá, amizade colorida, transa, paquera, rolo, ficante, peguete...

A confusão: Você pode ter três pretendentes, dois paqueras, um ficante, quatro rolos e mesmo assim não ter ninguém. Você também pode ter um só namorado e ele valer por dez ao mesmo tempo. Vale tudo. Cada um sabe (ou pensa que sabe) suas carências e expectativas. Somos livres para escolher.

A escolha: Em tese, a maioria das pessoas sonha ou já sonhou encontrar um príncipe encantado e viver feliz para sempre. Quando acordam, geralmente se surpreendem ao perceberem que príncipes e princesas transformaram-se em sapos. A prudência recomendou não sonhar tão alto e cair na real. Independência financeira, senso de humor, sinceridade, educação, nível cultural, romantismo, sensibilidade, companheirismo, cumplicidade. Nem precisa tudo isso; é só não cair na rotina, não se acomodar, não cobrar, não agredir, não mentir, não trair, não entediar.

Mesmo com expectativas menores, desilusões amorosas continuam a acontecer, e, no intuito de se proteger, alguns optam por não mais sofrer. Preferem ficar paralisados no limbo amoroso e encontram apoio em expressões do tipo "antes só do que mal acompanhado", "enquanto não encontro a pessoa certa, vou me divertindo com as erradas" ou ainda "casamento é um seguro para os piores anos de sua vida. Para os melhores, você não precisa de marido".

O acaso: Você está sozinho(a) no cinema e senta-se ao seu lado uma pessoa interessante. Conversam amenidades e ao final do filme trocam telefones. No dia seguinte uma ligação e um convite para um novo encontro. Ao mesmo tempo que tem vontade de aceitar, pensa em todos os sapos que já conheceu. Resolve pagar pra ver.

A cada encontro uma descoberta, um sorriso mais frouxo, um encantamento, uma carícia e quando se dão conta estão flertando. E agora? Você queria uma boa companhia para ir ao cinema de mãos dadas, jantar, dançar, viajar, transar? Encontrou. Pode estacionar e ficar seguro nesse programa social agradável, mas também pode correr o risco de tentar algo mais profundo, gostoso e enriquecedor. Pode apostar em um namoro.

A aposta: Namoro é um teste, um ensaio. Pode até não dar certo, mas não é um simples passatempo. Envolve incertezas, ajustes, química, paciência, dedicação.

Namora-se não apenas para um casamento de papel passado ou um compromisso de estabilidade, mas para que se aprenda juntos a arte da entrega e da doação. Não pode haver pressa, subterfúgios, cálculos, premeditação. É preciso deixá-lo acontecer. É importante ter tempo para se tocar a alma, conquistar a confiança, encaixar os corpos e, aí sim, construir um casal.

Namorar é sentir saudades do outro, ter um colo pra chorar, um segredo pra revelar, um ouvido pra escutar, uma boca pra elogiar, uma maçã pra dividir, um corpo pra esquentar, alguém para amar. Namorar, acima de tudo, é não ter vergonha nem medo de se entregar e, assim fazendo, encontrar eco em seus sentimentos.

O prêmio: Um dia você se dá conta de que pensa no(a) seu(sua) namorado(a) quando acorda, toma banho, almoça, caminha na rua, lê o jornal, escuta uma canção. Tem vontade de ligar para contar uma novidade, perguntar algo ou só pra ouvir a sua voz. Conta as horas para ficarem juntos no final de semana. Descobre então, quase sem acreditar, que ganhou na loteria. Está amando. O Dia dos Namorados é para pessoas como você. Parabéns!

9 de junho de 2011

Quero me sentir aceita, bem-vinda

Tenho 50 anos, duas filhas, uma mãe velhinha, algumas rugas, três quilos acima do peso, dois procedimentos estéticos. Posso dizer que já passei por alguns relacionamentos. Chorei, sorri, me apaixonei, namorei, amei, odiei, casei, separei, casei de novo, enviuvei, morei junto, morei separado, até relação homoafetiva já experimentei. Já fui ciumenta, possessiva, desconfiada, vingativa, curiosa, dependente, submissa. Em cada vínculo aprendi algo, hoje sei bem o que quero e o que esperar desta vida.

Quero acordar algumas manhãs e, sonolenta, de olhos ainda fechados, conversar bobagens com ele por cinco minutos antes de sair da cama. Se der tempo, ainda podemos fazer amor, como se fosse a última e única vez.

Quero que ele saia com os amigos, tome cerveja, e na manhã seguinte, se estiver de ressaca, me chame, porque quer estar entre meus braços e contar que havia uma menina no bar que flertava com ele.

Quero voltar para casa depois de uma noitada com as amigas, receber um beijo, deitar com ele e usar suas pernas como travesseiro.

Quero rir com ele. Quero fazer planos juntos, mesmo que não os realizemos. Quero fazer coisas que não fiz com ninguém e com ele sentir-me segura. Quero ser sua melhor amiga.

Quero ficar em silêncio a seu lado. Quero que ele me faça falar e depois fale dele. Quero ouvi-lo dizer que me ama e, sobretudo, poder sentir e dizer o mesmo. Quero contar meus segredos e guardar os dele. Não quero ter assunto proibido. Quero me sentir aceita, bem-vinda, livre. Quero fazer amor e depois dormir sentindo seu corpo no meu. Quero me sentir inteira e não metade. Quero que ele me queira como eu o quero.

Não tenho a ilusão de um amor eterno; o que não posso mais aceitar é sofrer por amor. Aliás, nem é preciso amor. Sei que vai parecer estranho, vou tentar explicar. A justificativa mais comum para um relacionamento afetuoso estável é o amor. Diz a sabedoria popular que, se houver amor e for correspondido, nada pode dar errado. Acho isso muito superficial. Colocamos responsabilidade demasiada no amor, sentimento com milhares de definições, nenhuma completa e todas perfeitas para quem as estabelece.

Considero o amor como um sentimento, e, como tal, oscilará entre altos e baixos, tapas e beijos, bem-querer e ódio. Existem amores incompetentes para a convivência, amores que se prometem eternos e não perduram, amores que aparentam fraqueza e com o passar do tempo se agigantam, amores frouxos, amores que cobram, amores doentios. Só sentir amor não basta para que a relação seja bem-sucedida.

Relacionamento significa conexão, ligação, parceria, sintonia, confiança, dedicação, tempo, atenção, afeto. No meu caso, química também é determinante. Consegui alcançar tudo isso com ele. A convivência mostrou que somos tão inseguros e imperfeitos quanto qualquer ser humano.

Assim como já tive várias vidas nesta vida, ele também esteve com dezenas de mulheres, mas é comigo que agora quer ficar. Ele se preocupa quando chego tarde, quando estou triste, quando as coisas não estão dando certo. Nem sempre concorda, mas sempre escuta. Nem sempre estamos bem, mas não desistimos. Ele brinca dizendo que nunca pensou em divórcio, mas de vez em quando cogita um possível homicídio. Eu me divirto dizendo que ainda assim o amo, mas só por hoje. Por tudo isso, mesmo que ninguém entenda, que muitos não concordem, com ou sem amor, estamos juntos.

Nosso relacionamento funciona como um pacto, não de sangue nem de nada que se possa ver, ouvir ou tocar. Um comprometimento invisível, mas com força suficiente para sustentar aquilo que calorosamente chamamos de amor. As emoções podem ir e vir, a aliança da cumplicidade permanece. Um pacto de eternidade por aquele supostamente frágil, momentâneo e incerto *te amo hoje*. Nem todos os sentimentos são permanentes. Nem todas as relações são duradouras. Não sei como será a nossa. Talvez um dia nossos caminhos se separem, mas a relação será, para sempre, eterna. Aliás, já é.

3 de abril de 2018

Portas abertas

Recebi algumas críticas sobre meu último artigo, "Ainda estamos juntos". Falavam que sempre deixo uma mensagem no ar, um espaço para interpretações, e, neste caso específico, a frase final "quando existe amor, as portas nunca fecham" seria um recado velado ou, até mesmo, superdireto para alguma pessoa em especial.

Aceito todas as críticas com muito respeito, mas preciso esclarecer que, quando escrevo, minha intenção nunca é fechar a questão ou as portas. Quero provocar o leitor a pensar, discordar, ir além do texto. A graça de ser escritor é poder conduzir a imaginação do leitor e, quanto mais longe eu conseguir levá-lo, melhor.

Se o texto for um recado, uma teoria, uma história, não faz a menor diferença; o objetivo do escritor é criar, na medida de suas possibilidades, meios de comunicação entre as ilhas de seu arquipélago, construindo pontes, fornecendo embarcações, ensinando a nadar.

Aproveitando o assunto *portas*, gostaria de contar a história de duas namoradas do passado. Faz tanto tempo que talvez esqueça alguns detalhes propositadamente.

A primeira morava a trezentos metros de minha casa, levava exatamente dois minutos para chegar lá. Então começava a romaria. Precisava que o porteiro fizesse contato, então ela autorizava minha entrada no prédio, para depois liberar a senha do elevador e, finalmente, chegar no décimo andar, onde tocava a campainha, esperava que ela conferisse através do olho mágico e assim destrancasse a porta. Tudo isso vigiado por câmeras.

Para chegar na casa da segunda, que morava no litoral, precisava viajar quase uma hora e meia, mas, em compensação, estava sempre na porta da garagem me esperando. Não havia grades, muros, senhas ou dificuldades para entrar. Assim como eram as casas, também funcionavam as namoradas, uma trancada, outra aberta.

Enquanto uma exibia sua segurança, encarcerada na prisão domiciliar, a outra mostrava seus medos na beira da praia. Uma pedia comida embalada por tele-entrega, a outra cozinhava retirando todas as suas cascas.

A vizinha não conseguia expressar seus sentimentos, dizia que me amava, mas seus olhos não transmitiam afeto. Fechava-se em sua armadura corporal e fortaleza residencial, criando uma distância intransponível. Beijava de olhos abertos para conferir o ambiente, abraçava mantendo-me afastado, não tirava os olhos do celular. Tentei usar senhas, chaves, códigos, palavras, carinhos, mas seus escudos a preservavam, tornando-a impermeável. Ao invés de uma mulher, uma muralha. Não houve intersecção. Tão perto, mas tão longe.

Apesar da distância, a praiana sempre esteve mais próxima. Não precisava falar para que eu a entendesse. Ao contrário da outra, não havia segredos ou defesas; mostrou-me todas as suas caras, sonhos, frustrações, inseguranças. Não tinha vergonha de demonstrar seu afeto. Não havia espaço para dúvidas, era transparente. O tempo gasto para chegar em sua casa, ao invés de ser uma romaria burocrática de identificação, era uma espera ansiada, uma estrada sem barreiras, uma contagem regressiva.

Quando fiquei gripado, a vizinha telefonou dizendo que evitaria me encontrar para não se contaminar. A praiana veio para minha casa, deitou a meu lado e me aqueceu. Uma se protegia, a outra se entregava. Uma vestia máscara, a outra se despia.

Um dia, no mês de abril, a namorada vizinha decidiu trocar a senha do elevador, descadastrar meu nome e mandar um *e-mail* dizendo que não queria mais ser minha namorada. Fechou de vez a porta que nunca abrira. Nem precisava, porque, aos poucos, também fui perdendo a vontade de entrar. Deixei de querer. Ainda estamos juntos? Nunca estivemos.

E a namorada praiana? Nunca houve portas, estaremos sempre juntos, por mais longe que estejamos.

Para evitar constrangimentos, esclareço que as histórias acima são "provocações literárias" fictícias; qualquer semelhança com pessoas ou fatos seria lamentável.

9 de dezembro de 2016

Desencontros que aproximam

Que casal lindo, como se conheceram?

Na verdade ainda não nos conhecemos direito, estamos em processo de conhecimento um do outro. Pedimos até ajuda para um terapeuta. Vamos juntos lá uma vez por semana. Conversamos, contamos o que rola no dia a dia, dúvidas, desconfortos, expectativas, então ele tenta traduzir e simplificar o que não entendemos ou não sentimos adequadamente em relação a nós mesmos e ao outro. Estamos gostando da experiência de nos conhecermos com suporte profissional qualificado. É um aprendizado terceirizado.

Entendo, vou modificar a pergunta. Como se encontraram?

Trabalhamos no mesmo hospital. Sou médico anestesiologista, ela enfermeira. Por vezes somos escalados para atuar na mesma sala de cirurgia. Numa dessas ocasiões, ao quebrar uma ampola de medicamento, cortei a mão. Sangrava muito. Ela prontamente veio em meu socorro com gazes, água oxigenada, álcool, ataduras. Segurou minha mão com firmeza, estancou a hemorragia e fez um belo curativo.

Perguntei a ela se quando a mão ficasse boa poderia segurar sua mão novamente com mais carinho e menos ansiedade, para agradecer o atendimento. Ela respondeu com um sorriso e um piscar de olhos. Ali nos encontramos. Roubei um sorriso, e ela me prendeu com uma atadura. Nossas mãos nunca mais se separaram.

E já se desencontraram alguma vez?

Decidimos caminhar e seguir em frente juntos. De vez em quando surge uma encruzilhada, ele quer ir por ali, eu por aqui. Não discutimos, cada um segue sua intuição e nos encontramos mais adiante. Se um demorar em aparecer, o outro volta atrás para buscá-lo. É no desencontro dos pés que se acerta o passo. Não existe um único caminho certo; existe o caminho que nos faz bem. Somos o resultado dos desencontros que nos aproximaram.

Já fiquei exausta no caminho e precisei sentar um pouco para descansar. O passo dele é bem mais rápido que o meu. Ele me espera lá na frente com um bom lanche, uma cama confortável, uma massagem nos pés e um abraço supercarinhoso. Amar é se encontrar no caminho sem nunca ter andado pela estrada.

Pretendem se casar?

Todas as manhãs quando acordamos pergunto a ela se quer casar comigo. Ela responde sim, então casamos. Casamos todos os dias. Casamos na cama, eu, ela e Deus. Sem cartório, sem igreja, sem festa, sem Facebook.

Planos para o futuro?

Sim, nosso plano é não fazer planos. O futuro é o hoje. Amanhã é outro dia. Posso estar de plantão, ela pode precisar ficar em isolamento por ter entrado em contato com pacientes contaminados com Covid. Nunca sabemos como será nosso amanhã. Quando escolhemos trabalhar com medicina ou enfermagem, já sabíamos que não seríamos donos de nossos horários e que nossos planos poderiam ir por água abaixo a qualquer momento.

Nada pode ser controlado, nem o passado, nem o presente, tampouco o futuro. Cada dia que conseguimos estar juntos é uma dádiva, um presente. Temos plena consciência disso. Vivemos hoje, amanhã pode ser tarde. Brindamos ao inesperado e às diversas formas de seguir em frente. Não faço a mínima ideia de como será meu futuro; só sei que quero que ela esteja comigo.

Alguma mensagem final?

Lavem as mãos. Usem máscara. Evitem aglomerações.
Vacinem-se.
Amem-se.
Não acreditem em tudo que leem ou escutam.

19 de maio de 2021

Conversa boa pra ca... sar

Quando nos obrigaram a ficar recolhidos em casa para o tal vírus não nos contaminar, recorri à Internet para fugir da solidão. Entrei num *site* de relacionamento e conheci uma pessoa adorável. Tirei a sorte grande; há mais de cem dias que conversamos dia e noite sem parar. Temos tempo de sobra para nos conhecer, estamos trabalhando de casa. Desde então, solidão nunca mais.

Compartilhamos quase tudo. Contou-me sua vida, amores, desamores, desilusões, projetos, trabalho, família. Sei que horas acorda, o que toma de café, como está o tempo em sua cidade, marca do xampu, posição política, doenças, pratos preferidos, time pra que torce, manias, traumas, crenças.

Estamos lendo os mesmos livros, assistindo aos mesmos filmes, escutando as mesmas músicas, fazendo ginástica juntos, trocando receitas, conselhos, favores, temores. Assim que acordamos nos falamos e antes de dormir nos despedimos vagarosamente. Às vezes, no meio da madrugada, quando um está com insônia, acorda o outro e nos fazemos companhia.

Seria muita ingenuidade pensar que já nos conhecemos suficientemente bem apenas pelas conversas que estamos trocando pela Internet ou telefone. Existem milhares de relatos de golpes, maus-tratos e assassinatos entre pessoas que se conheceram e foram seduzidas e enganadas através de *sites* de relacionamento. No entanto, como conhecer alguém à distância senão conversando?

Acredito que discutindo filmes, livros e conversando sobre os mais variados assuntos, em algum momento, se a pessoa estiver mal-intencionada, vai cometer um ato falho e se entregar. Confesso que já vasculhei seu nome no Facebook, Instagram, Google e não descobri nada comprometedor. Além disso, é a pessoa com quem mais tempo conversei, abri e entreguei meus sentimentos. Sinto sinceridade em suas palavras, passa-me confiança. Mesmo assim, fico com um pé atrás.

O fato é que encontrei alguém que se importa comigo, está disponível e me faz tão bem que nem sinto os dias passarem. Minha autoestima está ótima, e a quarentena não podia estar melhor, nem quero que termine. Dizem que se deve casar com quem a gente goste de conversar, porque, quando a beleza, a juventude e o vigor sexual se forem, tudo o que restará serão os bons momentos de conversa com alguém que riu, chorou, escutou e lhe falou palavras certas no momento certo.

Já tenho tudo isso. Estes últimos cem dias estão sendo os melhores e mais conversados de minha vida. Como não devo satisfação de meus atos a ninguém nem sei se sobreviverei a esta pandemia, resolvi arriscar e cometer um ato de desvario e coragem. Fiz um pedido de casamento via Internet, mas havia uma condição, uma cláusula pétrea: casaríamos, porém jamais nos encontraríamos pessoalmente.

Pra que mudar algo que está dando certo? Em time que está ganhando não se muda nada. Se tentar melhorar, estraga. Pra minha surpresa e felicidade, o convite foi aceito sem restrições. Talvez você esteja se perguntando como ficou a questão sexual. Acordamos que cada um resolve como quiser, não faz parte do casamento; assim evitamos ciúme, traição, culpa, arrependimento. Nossa união está em outro patamar.

Casamos ontem, só os dois, cada um em seu monitor, num ritual bem íntimo. Não contei antes porque achamos que não era hora de nos expormos. Quanto menos público o relacionamento, mais íntimo e mais nosso seria. Não foi necessário juiz de paz ou qualquer tipo de documento para validar nosso sentimento. Como igrejas, sinagogas e mesquitas estão fechadas, a união foi abençoada dentro de nossos corações. E, finalmente, como aglomerações estão proibidas, não houve festa, sequer temos fotos do casal juntos.

Esperamos que você comemore conosco e que nossa união, ao invés de um desvario, seja um encontro diferente e elevado de almas. Não me faz diferença idade, sexo, raça ou conta bancária de meu amor; poderia até mesmo ser um computador com inteligência artificial, mas isso importa? Estamos radiantes. Casados, separados e próximos, muito próximos. Felizes, até que a conexão nos separe.

16 de julho de 2020

Nós

A primeira a sair da casa dos pais foi ela. Queria um pouco mais de privacidade. Convidou o namorado, que, pego de surpresa, titubeou. Disse que ficaria com ela nos finais de semana, mas nos outros dias ainda moraria com o pai. Namoravam há quase cinco anos; ele foi o primeiro namorado dela e vice versa.

O projeto dele deu certo por alguns meses. Aos poucos foi ficando mais um dia, outro mais e, quando se deu conta, voltava na casa do pai só pra buscar alguma roupa, livro ou vinho que estava precisando. Mais cinco anos se passaram até que num belo e iluminado dia decidiram casar.

O que teria motivado o casal a tomar essa decisão? Afinal, já moravam juntos, eram felizes e tinham pacto pré-nupcial bem assegurado. Sonho de casar de véu e grinalda? Uma festa para família e amigos? Receber a bênção divina? Oficializar uma situação de fato para conseguir cidadania italiana? Deixar um caminho preparado para os futuros filhos? Nada, nem ninguém os pressionava.

O motivo não importa. Resolveram casar e pronto. Uma bela decisão! Casar não é para os fracos e também não diz respeito aos demais, só aos noivos. Eles devem saber o porquê e, se não souberem, também não importa. Estão felizes, já é o bastante. No entanto, queria dar minha versão filosófica sobre a decisão de casar.

Quando decidiram sair da casa dos pais, ela disse que precisava de privacidade, ele disse que iria morar com a namorada. Ela pagava o aluguel, ele as despesas da casa. Ela fez concurso público, ele foi contratado num emprego. Ela disse que queria um cachorro, ele disse que se ela cuidasse, limpasse e levasse para passear, tudo bem. Ela, ele, ela, ele, ela, ele. Aos poucos foram percebendo que a dor dela era dele também, sentiram que o problema dele repercutia nela, a alegria de um contagiava o outro, as contas não estavam mais sendo divididas na ponta do lápis, a sujeira que o cachorro fazia era problema dos dois. Passaram a sentir falta um do outro; mais que isso, tinham necessidade do companheiro. Descobriram que ele e ela haviam se transformado em nós. Alguns chamam isso de amor, mas nem todos reconhecem.

E o casamento acontece justamente quando ocorre a transformação do *eu sou* em *nós*. Vire a página de cabeça para baixo; se não conseguir, vire a cabeça mesmo:

sou

Não é preciso que a vida vire de cabeça para baixo para isso acontecer. Também não é preciso abrir mão da individualidade. Acredito que o momento certo de casar, ou melhor, acredito que o casamento acontece justamente quando o surgimento do nós se manifesta. Se for com uma semana de namoro, cinco anos morando juntos, depois de uma viagem, cada casal tem o seu tempo. A formalidade de assinar um contrato, fazer uma festa ou receber uma bênção é apenas o detalhe.

Casamento são os nós que vão se formando no lugar dos eus. Isso leva tempo, não é fácil e não é para quaisquer dois. Muitos casamentos não têm nós algum. Casar não é ser feliz para sempre; isso é conto de fadas. Casar é estar juntos. Casar é crescer juntos. Casar é você + eu = nós. Que os nós se atem para sempre.

14 de novembro de 2019

Apesar e por causa de

Apesar de tudo que aconteceu. Dos defeitos, dos erros, do medo, das incoerências, contradições, incertezas. Apesar de você, apesar de mim, apesar dos outros, apesar de todos, ainda assim, te amo.

É possível amar apesar de tantas impossibilidades, ou o amor precisa ser politicamente correto? E, se o afeto verdadeiro for algo mais alternativo, não tão equilibrado, que envolva um certo choque e rompa a etiqueta? Que sentimento é esse, difícil de definir, de aplicação muito ampla e quase sempre utilizado de maneira ambígua e leviana?

Algumas pessoas se curam por amor, outras adoecem. Alguns decidem morrer por amor, outros matam. Alguns fazem mágica com o amor, mostrando um pouco dele para logo depois o fazer desaparecer. Como conseguem realizar isso? Alguns jamais conhecerão o amor, outros se confundirão e raríssimos o desfrutarão por toda a vida.

Embora muitos jamais o alcancem ou reconheçam, o amor é uma necessidade tão básica e vital para o ser humano quanto comer e beber. O que os sedentos e famintos fazem em nome da saciedade? Atacam, disputam, se expõem, vão à luta. Sem medo. Sem vergonha. Sem noção. E os carentes de amor, o que fazem?

Alguns se retraem, se escondem, amedrontam-se, envergonham-se, vão para os livros, psicólogos e caem na solidão. Outros se atiram em viagens, drogas, festas, trabalho, esportes. Alguns vão procurar na rua, outros em *sites* de relacionamento. Quantos livros, especialistas e desculpas ainda será preciso ler, consultar e utilizar até que se aprenda a escolher o que sentir por alguém?

Não tenho a menor pretensão de achar que, justo eu, um médico, estudioso da alma humana, tenha descoberto a receita secreta do amor. Assim como um mapa não ensina ninguém a viajar, artigo ou livro algum ensinará a amar.

Não há um modelo ou definição universal de amor. Cada indivíduo tem sua maneira singular e única de sentir, dar e receber amor. Tentar se enquadrar em um manual ou protocolo, julgando e condenando condutas que se afastem do padrão é um convite para o fracasso.

Dona Maria era casada há quinze anos, mas tinha convicção de que o marido não a amava, pois, para ela, quem ama faz carinhos, beija, abraça, dorme de conchinha, e seu marido não praticava nada disso.

Seu José, o marido, demonstrava seu amor comprando presentes, viajando com a família, escrevendo poemas apaixonados. Adorava passar as noites conversando e jogando cartas com a esposa, que, cansada, quase sempre recusava o convite e ia para a cama mais cedo.

Ele também passou a desconfiar que a esposa não mais o amava. E nesse círculo vicioso de melindre e suspeita, permaneciam casados e descontentes. Como seria bom se alguém pudesse esclarecer e traduzir para o casal que suas formas de amar eram diversas, porém válidas e genuínas.

Abigail diz que quem ama cuida do outro, Benedita pensa que amor é se entregar, Diamantina sustenta que amar é admirar, Gladis afirma que amar é não ter segredos, Salomé não admite um amor sem tapas e beijos, Matilde espera muitos filhos de seu amor, Ofélia quer ficar com seu amor até o fim da vida, Ismália precisa de muitos telefonemas e presentes para amar, Conceição diz que amar é não ter vergonha de se sentir ridícula... Tudo isso é amor. Todas estão certas, mas isso é assim para elas. Não necessariamente para seus pares, nem para mim, nem para você. Não há nada de errado nisso.

Aprendi na minha prática anestésica que, quando um paciente se queixa de dor, precisamos acreditar que está doendo. Ainda que não exista motivo aparente, que pareça simulação, que tenhamos convicção de que não pode estar padecendo tanto, se o paciente diz que dói, é porque dói. Em algum lugar. Talvez no coração, no cérebro, na alma. É preciso investigar e tratar.

Da mesma forma o amor. Quando alguém ama, vai amar do seu jeito, por algum lugar. Talvez pelo sensorial, pela emoção, pela razão, pela loucura. Não existe uma maneira única e correta de amar, a mesma que sirva para todos. E quase nunca se ama da maneira que o outro imaginava ou gostaria. Cada um se enamora e demonstra seu amor de acordo com sua experiência de vida.

Um abismo separa dois amantes, por mais que se considerem almas gêmeas. Cada qual terá suas manias, crenças, expectativas e formas de encarar a vida e o amor. A tendência é que, no início, essas diferenças naturais entre ambos os atraiam, mas, depois, criem um distanciamento.

Para Slavoj Zizek, filósofo esloveno, a construção de uma ponte, tentando reduzir ao máximo esse abismo, seria a fórmula do amor, atravessando a parede que separa um e outro até encontrar o amor.

Encurtar o abismo, atravessar paredes, permitir que alguém possa te destruir e confiar que isso não vai acontecer ainda me parecem conselhos teóricos e poéticos. Para amar é preciso algo mais prático.

Felizmente, amamos como podemos, e não como deveríamos ou como recomendam os conselheiros sentimentais. Essa é a graça do amor. Amar do nosso jeito, do jeito que conseguimos ficar perto, do jeito que nos serve. Sem regras, sem necessidade de acertar de primeira. A superação da impossibilidade é a cola *superbonder* do amor. Se grudar, nada mais vai separar.

Para mim, acredito que amar seja a evolução do casal crescendo e permanecendo juntos, apesar de tudo. Repito, apesar de tudo. Dos defeitos, dos erros, do medo, das incoerências, contradições, incertezas. Mais que isso, amar é viver apesar de, mas especialmente, por causa de. Se não conseguiram ficar juntos, talvez não tenha sido amor, talvez só um tenha amado... Mas isso é apenas uma hipótese.

E, para você, como funciona o amor?

16 de fevereiro de 2016

Vocês são ridículos

Em qualquer tipo de civilização, cada costume, objeto material, ideia ou crença satisfazem alguma função vital.

B. Malinowski — antropólogo polonês

Vou tentar validar esta proposta analisando o casamento. Será que alguns costumes realmente foram criados visando a contemplar a função do acasalamento? A virgindade pode servir de exemplo. Na antiguidade não existia a pílula anticoncepcional, as mulheres mal conheciam seu corpo, não sabiam o que era orgasmo, e o resultado de uma noite de sexo tinha grandes chances de terminar em gravidez. A mulher que sonhasse em ter seu príncipe encantado deveria se manter virgem para evitar filhos indesejados antes do casamento.

Além disso, os homens eram educados para ter uma mulher em casa e quantas quisessem na rua, enquanto as meninas deveriam casar virgens e se manter fiéis e obedientes aos maridos. Quando alguma jovem experimentava transgredir essas regras, era expulsa de casa, rotulada de vadia, e provavelmente não encontraria marido. Resultado prático e funcional: mulher decente só fazia sexo depois de casar e, no mais das vezes, com a função de procriação.

Como os maridos teriam certeza da paternidade dos filhos se naquela época não existiam exames desse tipo? Simples, casavam com uma mulher virgem e a mantinham em casa, sempre grávida, cuidando da prole.

Outro exemplo, o casamento religioso. Desde a época romana, o casamento era visto como uma forma de transmissão sobre propriedades e bens, incluindo nesses *bens* as mulheres, que muitas vezes eram prometidas para os futuros sogros e maridos antes mesmo de nascerem. Como os contratos envolviam patrimônio (muito mais importante que amor na época) e eram estabelecidos para fortalecer as famílias e durar para sempre, a Igreja foi requisitada para abençoar a união e regulamentar os contratos. As exigências eram a pureza familiar, a indissolubilidade do casal e a procriação. Resultado prático e funcional: casamento virou um sacramento, seu rompimento um pecado, propriedades e bens assegurados.

Enquanto as funções vitais de procriação e manutenção patrimonial eram satisfeitas, outras, consideradas menos importantes ou desconhecidas, foram sendo enterradas, tendo como consequências submissão, infelicidade, depressão, adultério, brigas, assassinatos, suicídios, filhos ilegítimos e outras tantas manifestações de insatisfação com a falsa moralidade imposta por esse tipo de casamento.

É claro que, em algum momento, haveria uma reação. Assim como filhos únicos costumam compensar sua solidão formando famílias numerosas, pais que tiveram infâncias sofridas e pobres exageram nos presentes e regalias para os filhos, cada geração procura corrigir as atitudes e crenças que lhe foram impostas, a seu ver injustamente, por seus antepassados. Durante séculos, a força, o poder e o medo reprimiram essas reações, mas a partir dos anos 60 cada filho passou a desafiar os pais ou educadores de uma maneira diferente, tentando modificar o mundo à sua volta.

Algumas reações foram tímidas, outras superdimensionadas. Justificadas ou descabidas, exitosas ou fracassadas, geraram tumultos, protestos, prisões, greves, excomunhões, dissoluções de famílias, crimes. Enfim, as funções vitais passaram a mostrar todas as suas faces.

Sexo não só para procriação, mas também por prazer e por amor; separação e divórcio quando o matrimônio não mais funcionar; virgindade por opção e não por imposição; contratos desvinculando patrimônio dos relacionamentos; casamento não mais como pré-requisito para viver juntos ou ter filhos; casais homossexuais; aborto; afastamento e até negação da religião; reprodução assistida em laboratório; testes de paternidade; vários *casamentos* ao longo da vida ou concomitantes.

Algumas reações são fáceis de explicar e até mesmo de prever, outras ainda precisarão de tempo para mostrar ao que vieram. Alguém sabe explicar o que significa, que sinal de protesto ou qual função vital representa *ficar* com 10 ou 15 garotos ou garotas na mesma noite? O que a geração anterior fez ou está fazendo para tamanha compensação? Ah, ia esquecendo um ditado importante que há séculos pais escutam de seus filhos: "Vocês não me entendem", "Vocês não sabem nada", "Vocês são ridículos".

28 de março de 2011

Casamento descartável

"Eu os declaro marido e mulher até que a morte os separe".

Religiosos de todas as crenças, espalhados pelo mundo e por toda a história, repetiram e repetem essa declaração na celebração de união entre dois amantes. As estatísticas estão aí para mostrar que mais da metade dos casais não cumprem os votos. Mas nem sempre foi assim; casamentos costumavam durar por toda a vida.

Durante quase toda a história da humanidade, as pessoas morriam antes de completar 30 anos de idade. Assim, casamentos tinham uma duração máxima de quinze anos, ou seja, quase toda uma vida. Quando as pessoas não morriam por doença, as guerras faziam sua parte, deixando viúvas jovens e crianças órfãs.

Além disso, o respeito pela religião e pela opinião alheia era muito grande; poucos ousavam desafiar os deuses e a sociedade cometendo o pecado de dissolver um casamento. Mesmo com relacionamentos amorosos emocionalmente arruinados, casais permaneciam juntos até o final de um dos cônjuges. "Casaram e foram felizes para sempre", final glorioso de livros e novelas no passado, começou a não funcionar na vida real.

Os últimos 50 anos transformaram o mundo. A expectativa de vida dobrou. A medicina trouxe tecnologia de vacinas contra o câncer, transplantes de órgãos e células-tronco, marca-passos antidepressão, medicamentos antienvelhecimento, cirurgias estéticas, diagnósticos precoces. Estudos demonstram a possibilidade futurista de homens de 130 anos de idade, com energia e potencialidades físicas semelhantes às de um adulto contemporâneo de 50. Diferenças de idade superiores a 50 anos não serão problema para futuros casais.

Mudanças no estilo de vida e nas crenças também aconteceram, e a devoção religiosa já não é a mesma. E muito mais está por acontecer.

Sem o vértice do pecado e com possibilidades centenárias de vida, homens e mulheres não estão conseguindo mais se manter casados. Monogamia e perenidade são achados arqueológicos.

A grande dificuldade da evolução é do ponto de vista psicológico. O ser humano não está nem um pouco preparado para a velocidade e magnitude das modificações que aconteceram e das que estão por vir. O conhecimento médico duplica a cada cinco anos, computadores ficam obsoletos em dois anos, vestidos saem de moda em três meses, revelações fotográficas são instantâneas, lentes de contato são descartáveis, relacionamentos duram uma noite.

O cérebro humano não consegue acompanhar a velocidade da evolução tecnológica. Sentimentos, emoções, crenças, preconceitos não andam tão rápido e também não são descartáveis como sapatos, garrafas e vestidos. De um lado, perspectivas infinitas de futuro e, de outro, crenças trazidas de nossos antepassados. De um lado casamento eterno, de outro, relacionamentos descartáveis. Uma perna no passado, outra no futuro, e a cabeça no presente, sem saber para que lado ir. Confusão total.

Não podemos culpar o amor. Grande parte dos casamentos acontecem por paixão e são desfeitos sem nunca chegar perto do amor. Outros casais, embora se amando profundamente, não conseguem conviver e terminam por se separar. Separação com amor dói muito, e é o que está lotando consultórios psicológicos, causando depressão e deixando milhões de pessoas culpadas, frustradas e solitárias. Talvez não seja o fim do amor o grande vilão dos divórcios. Talvez a descartabilidade, a sedução das possibilidades e a falta de paciência tenham mais responsabilidade na confusão gerada entre casais do que a falta de amor propriamente dita.

O estilo de vida moderno, retirando do casamento a pesada carga emocional e responsabilidade social de *ser para sempre* e de *ter de ser feliz*, não pode ser considerado um sacrilégio. Milhões de casais tiveram a oportunidade de refazer suas vidas.

Não podemos fechar os olhos para a evolução. Não podemos frear o progresso. Se a mentalidade moderna exige esse comportamento, não podemos ignorá-lo. O verdadeiro crescimento consiste em aumentar a bagagem de conhecimentos e experiências com uma base forte para sustentá-las. Se não houver raízes, não podemos crescer. Nem tudo poderá ser descartável.

A sustentabilidade das relações hoje em dia não está mais baseada em crenças e novelas. Também não está presa a leis ou religião. A responsabilidade e as atitudes são agora os determinantes de uma relação estável. A melhor maneira de algo ser duradouro é se renovando dia após dia. O segredo para um casamento eterno é descartá-lo logo após uma maravilhosa noite de amor, para reconquistá-lo na manhã seguinte. Descartar com consciência, conquistar com responsabilidade, amar com paixão. Um dia chegamos lá.

30 de junho de 2008

Aliança e compromisso

Antes de colocar esta aliança em tua mão, preciso te contar algumas coisas sobre meu passado e nosso futuro.

A aliança funciona como um símbolo de compromisso do casal, uma representação visível de algo invisível, mas muito real, o nosso amor. O casamento civil também é uma maneira de materializar o compromisso; noivos e testemunhas assinam o documento. De uma forma ou outra, ambos servem para representar essa relação com o transcendente. E, por serem visíveis, concretos, reconhecidos publicamente, por vezes acabam por colocar em segundo plano o que foi a sua origem: o compromisso por amor e para amar.

Mas que compromisso é esse? Vou te dizer o que significa para mim e, se concordares, gostaria de poder vestir esta aliança em nossas mãos com a excitação que este momento pede e com a tranquilidade de saber que esta troca está acontecendo contigo. O compromisso é simples; exige apenas dedicação para termos a cada dia a certeza da escolha de estarmos verdadeiramente juntos.

Para evitar confusões, sugiro que nosso compromisso seja visível e palpável. Faremos um contrato, mas será escrito em braile. Cada vez que nossas mãos se tocarem, escreveremos uma palavra; quando meu braço envolver tua cintura, será uma frase; acariciar teu pescoço significará um parágrafo. O beijo será nossa assinatura. Palavras não serão necessárias; gestos e atitudes darão validade ao contrato, que assim escrito dificilmente terminará nos tribunais. A aliança de ouro branco apenas simbolizará a preciosidade de uma relação que sonha ultrapassar o tempo e se manter fiel ao que agora sentimos um pelo outro.

Pode parecer bobagem ou caretice, mas é assim que imagino nós dois no futuro. Será que conseguiremos? Quero antecipar a resposta. Algumas coisas me dizem que sim. Tornamo-nos aprendizes um do outro, nossas diferenças, ao invés de atrapalhar, transformaram-se em ganhos. Tornou-se fácil olhar atentamente para ti, respeitar o tempo, questionar a dúvida, dividir os sonhos, incitar o encantamento. Devagar, sutilmente, através do toque, fizemos a leitura um do outro e nos traduzimos. Hoje já consigo ler em ti muito daquilo que vai em mim. Sinto que estamos nos tornando cúmplices no desejo e na forma. A nossa forma ímpar de ser um par.

Em um mundo de incertezas, riscos, descréditos, separações, o fato de juntarmos nossas fichas nesta aposta é um bom começo. Sugiro ter na aposta a primeira cláusula do nosso contrato. Qual a segurança que teremos? Não sei, mas, se mantivermos a aliança formada pelo abraço de nossos corpos, a franqueza de nossas conversas e a confiança mútua, nossas chances são grandes. Apesar do trocadilho, o sucesso dessa aliança está exclusivamente em nossas mãos.

Mais ainda, além de celebrarmos tátil e emocionalmente esse contrato, podemos ser também as testemunhas. Que cada um saiba que terá no outro a validação de seus atos, desejos, inseguranças, alegrias... Já pensou? Seremos testemunhas da vida do outro. E cúmplices também. E amantes, é claro.

Antes que perguntem, vou antecipar. Escrevi este artigo na solidão de um quarto de hotel, enquanto pensava nos casamentos fugazes e descartáveis que costumam acontecer em Las Vegas e ao redor do mundo. Coloquei, então, no papel aquilo que gostaria de dizer, sentir e ouvir no momento de assumir um compromisso de amor, mas achei que não era a hora de publicar.

Guardei o artigo com a convicção de que um dia encontraria a pessoa para a qual aquelas palavras estavam destinadas e a ela entregaria, em primeira mão, a proposta do *nosso compromisso*. Foi uma sábia escolha. Ela diz que preferiu ouvir a ler. Confesso também que foi mais fácil falar que escrever. Quem é ela? Aqui pouco importa. Os símbolos é que são colocados para serem vistos por todos; o compromisso é só entre nós dois.

30 de novembro de 2010

Relacionamento sério

Tenho pena das pessoas que estão num relacionamento sério. Não sei se a palavra *pena* seria a mais adequada, talvez fosse melhor dizer que lamento saber que, entre tantas opções, escolheram entrar justo numa relação desse tipo. E fica pior ainda quando essas mesmas pessoas orgulhosamente compartilham seu *status* na mídia social — #em um relacionamento sério#.

Relacionamentos sérios são cautelosos, vigilantes, sisudos. Envolvem posse, ciúme, cobrança, julgamento, competição para saber quem é mais inteligente, mais esperto, mais esclarecido. Uma guerra sem exército, disputada dia a dia para definir quem vai mandar em quem. Não é permitido falhar, estão sempre em guarda, sempre devendo, fiscalizando, reclamando. Nunca tiram folga para se querer, desejar, amar. Nem quando estão juntos, tampouco quando se separam.

Relacionamentos sérios vão se consumindo dia a dia. São contratos, acordos, fugas, silêncios, distâncias, dissimulações estrategicamente construídas e egoisticamente preservadas para manter a aparência de um relacionamento estável e perfeito, coagindo, conscientemente ou não, o amor a calar, chorar, desabar, definhar e morrer.

Relacionamentos sérios se abraçam, mas não por muito tempo. Beijam de olhos abertos, conferindo o ambiente. Deitam juntos, apenas pra dormir. Conversam sem ter o que dizer e não escutam o que o outro fala. Admiram-se, mas se incomodam com os pequenos defeitos. Andam de mãos dadas, mas nunca estão seguros.

Estão juntos por estar, mas vivem em mundos diferentes. Discutem a relação durante horas, dias ou meses, até finalmente chegarem num cessar-fogo, ambos cedendo um pouco, cada um matando um pedaço da vida do outro e, sem perceber, morrendo também. Depois, celebram com um beijo, um abraço e um sorriso forçados e postam nas redes sociais a utópica felicidade conjugal. Sério e falso demais. *Fake news*. Pena que fotos não registram sentimentos.

Relacionamentos divertidos são mais sadios. Simplesmente vão acontecendo, e a graça é o afrodisíaco da relação. Não existe mau tempo, haja o temporal que houver. Se precisar forçar, cobrar, comparar, é porque não está do tamanho adequado. Isso serve para anéis, sapatos, profissão e principalmente relacionamentos. Os melhores momentos de uma relação acontecem quando um está ao lado do outro e não por cima do outro.

Relacionamentos divertidos não precisam explicação, não têm hora marcada, nem dia ou local definido para acontecer. São sentidos sem precisar fazer sentido. Não existem certezas, tampouco dúvidas. Não há medo do ridículo, não há vergonha em demonstrar afeto. Os erros tornam-se acertos, o longe se torna perto, o tarde vira cedo, o frio se converte em calor, o ruim se transforma em bom.

Nada é garantido numa relação divertida. Acontecem erros que valem a pena cometer, dores que fazem crescer, suores bem aproveitados e lágrimas que jamais deveriam correr. As únicas certezas são muitas gargalhadas e zero cobrança. Os diálogos se fazem mais com sorrisos do que com a dimensão das palavras. Sentem que estão vivos e inseparáveis. Na alegria e na tristeza, na saúde e na doença. Juntos não vão dar chance nem pra tristeza, nem para a doença.

Posso até estar enganado, mas relacionamentos sérios me transmitem uma sensação defensiva, portas trancadas, afetividade lá embaixo. Relacionamentos divertidos são diferentes; funcionam como um convite, uma porta escancarada para o diálogo, uma via sem volta para a alegria de viver. Já experimentei os dois tipos de relação. Hoje brinco de ser sério, mas não levo a sério a brincadeira.

Meu estado civil? Feliz.

14 de maio de 2019

Limites ou horizontes

— Nosso relacionamento é aberto ou fechado?
— Por mim tanto faz.
— Desculpa, mas para mim não é assim. Só consigo me relacionar se houver fidelidade conjugal. Relacionamento fechado.
— OK, combinado. Vamos fechar, mas precisamos esclarecer algumas questões. Se meu *personal trainer* convidar para um café depois da aula e eu aceitar, isto é considerado infidelidade?
— Claro que não.
— Preciso lhe contar sobre o café? Não aconteceu nada; conversamos sobre dieta e exercícios.
— A princípio, não é necessário que eu saiba tudo sobre sua vida. Tudo certo, querida.
— Na outra semana, o *personal* me convida pra jantar. Não vai rolar nada proibido; ele só quer me apresentar um programa de treinamento para a maratona de abril. Preciso lhe contar? Você acha isso uma forma de infidelidade conjugal?
— Confio em você, querida, não precisa contar.
— Quinze dias depois, você vai viajar e o *personal* me convida para assistir a um filme sobre a maratona de Paris em seu apartamento. Oferece-me um vinho, fico um pouco tonta e durmo com ele. Quando você retorna, exponho o que aconteceu e comunico que nosso relacionamento, antes fechado, agora deixou de ser. Você acha que ao narrar o fato fui fiel ou infiel a você?

Limite é uma linha que delimita, separa, divide, afasta. Fisicamente pode ser representado por cercas, paredes e grades que dificultem a passagem de penetras indesejados. Dependendo do contexto, podem proteger ou vulnerabilizar. Minha dúvida é saber se, de fato, limites afastam ou são convites para invasões. Assaltantes preferem invadir mansões protegidas por muralhas ou casebres indefesos?

Cercas existenciais também são divisões que colocamos em nossas vidas e na vida dos outros. Servem para manter pessoas fora ou para aprisionar dentro. São bem menos delimitadas e muito mais frágeis que cercas físicas. Podem ser questionadas, alteradas, esticadas, ultrapassadas e até mesmo destruídas com o poder da palavra. Promessas e bons argumentos costumam remover paredes, mas os resultados nem sempre são promissores.

Para alguns, fidelidade é uma cerca existencial que se resume apenas ao lado hormonal. Relacionamento sexual fora do casal é traição. Ponto final, todo o resto é permitido. Para outros, fidelidade abrange bem mais que contato físico. Envolve também pensamentos, confiança, cumplicidade, sentimento, valores, preconceitos. Para esses, a cerca é quase uma muralha.

Até onde vai a fronteira da fidelidade? Será que João não traiu Maria todas as vezes que foi indiferente aos limites que impunha e ela questionava ameaçando transgredi-los? Ultrapassar limites seria um erro maior do que ficar aquém desses?

Aceitar um convite para jantar é um gesto de educação, mas qual o limite das concessões sociais? Às vezes o terreno é pantanoso, e, onde o piso aparenta ser firme, uma taça de vinho pode desequilibrar a estrutura.

Vivemos uma época de limites nebulosos e até mesmo ausentes. Alguns casais, inseguros no relacionamento amoroso, precisam a todo custo colocar uma baliza qualquer para validar seus valores morais e sociais. Idealizam cercas para se aprisionar mutuamente, sem se dar conta de que estão se posicionando como controlador e propriedade.

A obrigação de não ultrapassar o limite imposto faz com que o amor fique em segundo ou terceiro plano. Muitas vezes, é justamente a retirada do balizamento que determina de fato e de direito o limite que não deveria ser a cerca, e sim o sentimento e a sensibilidade. Relacionamentos deveriam ter limites ou horizontes?

Portas abertas nem sempre são convite para entrar ou sair.

13 de novembro de 2017

Encontro

— Quer namorar comigo?
— Namorar pra quê?
— Pra gente se conhecer melhor.
— Conhecer melhor pra quê?
— Pra saber se você é a pessoa certa para mim.
— Certa pra quê?
— Pra ter um relacionamento sério.
— Não entendi, você não acha namoro um relacionamento sério?
— Não, namoro é uma experiência, um ensaio para a coisa real. Namoro é a melhor maneira de se conhecer e escolher a pessoa certa.
— Fala sério, você acha mesmo que namorar várias pessoas pode dar mais experiência e levar a um casamento melhor? Namoro longo significa conhecer efetivamente o parceiro? Ir ao cinema, restaurante, clube, *shopping*, viajar, jogar cartas, andar de mãos dadas, apresentar para a família, dormir juntos seria a fórmula para revelar ou decodificar pessoas? Gostar das mesmas coisas é garantia de sucesso num futuro relacionamento?
— Certeza não se pode ter, mas é assim que as pessoas se conhecem.
— E se essa experiência der errado?
— É o preço que se paga pelo aprendizado.
— E se um dos dois se envolver loucamente pelo outro e for abandonado, seria justo? Não acha um preço muito caro pela experiência? Namorar por experiência pode machucar.
— E de que outra maneira um casal pode se conhecer?
— Olha só, namorar pode dar experiência de como namorar, mas não vai ensinar compromisso. Durante o namoro as pessoas revelam a sua melhor parte, querem impressionar, seduzir, mesmo que

inconscientemente. Só quando o relacionamento é pra valer, quando não é mais experiência, é que a máscara começa a cair.

— Nem todas, não é? Não vamos generalizar.

— Hoje, a possibilidade de um casal recém-casado se divorciar é de 60%. Nem quero falar daqueles que, mesmo infelizes, permanecem casados. Será que essa experiência de namorar está valendo a pena? Se namorar funcionasse para conhecer o futuro parceiro, milhões de casais não estariam devorando livros de autoajuda como *Homens são de Marte, e Mulheres são de Vênus*.

— Você está sugerindo casar ou morar junto sem que as pessoas se conheçam, sem um namoro prévio? Fazer como os casamentos de antigamente, que eram arranjados pelos pais ou casamenteiros?

— Definitivamente não. Estou dizendo que namorar por experiência não funciona e não é bom. Ou você se joga num relacionamento pra valer ou, se não estiver pronto, não estiver a fim, nem comece. Não namore ninguém como quem espera por algo melhor. Não desperte um amor se não for capaz de alimentá-lo.

Quando você se relaciona de verdade, cria uma abertura para a intimidade, compartilha, torna-se vulnerável. Se a experiência não funcionar e terminar, claro que vai doer. Dói porque você deixa uma parte de si com o outro, e uma vez que você deu, aquilo não mais lhe pertence, você não pode simplesmente pegar de volta. Toda aquela energia que estava sendo investida no relacionamento agora não tem mais para onde ir, você não sabe mais onde colocá-la, e por um tempo você pode ficar sem chão.

Se o namoro não for levado a sério, for levado apenas como mais uma experiência improvável, você não vai sentir nada com a separação e, como um bom cientista, passará ansiosamente para a próxima experiência.

— Ainda não entendi onde você quer chegar com toda esta conversa?

— Não quero chegar a lugar algum. Quero andar junto com você, passo a passo. Estou querendo dizer que, se decidir entrar num relacionamento, será para amar e não para namorar. Amor é algo que acontece porque você faz acontecer, você decide amar.

Tenho uma prima que está estudando em Melbourne, Austrália. Conheceu um rapaz boliviano muito legal e decidiram noivar. Quando telefonou para os pais contando a novidade, eles ficaram muito felizes e, ao final da conversa, a mãe disse: "Querida, quero que você saiba que nós a amamos e amamos seu noivo também".

Como pode a mãe dizer que ama alguém que nunca viu e não sabe quase nada a seu respeito? Simples, a mãe escolheu amar, porque antes de virar sentimento, o amor é uma escolha. Uma mãe escolhe amar seu filho antes do nascimento, até mesmo antes da concepção. Quando o filho nasce, o amor já vem com ele. Também no relacionamento pode ser assim. Escolho amar antes de começar a namorar. O que sustenta uma relação não é o amor, é o amar.

Amar é um quebra-cabeça de muitas peças; sentir o amor é a maior delas, mas não a única nem a mais importante. Amar também envolve trabalho, confiança, dedicação, cuidado, paciência, compromisso, amizade, e por aí vai. Sentir amor é a parte mais fácil, não é preciso fazer nada, só deixar acontecer. Juntar, manter firmes e, especialmente, adaptar todas as peças é a parte difícil, mas é neste momento que se reconhece quem tem habilidades para desfrutar o quebra-cabeça do amor e quem não tem. Aliás, não é preciso quebrar a cabeça; basta abrir o coração.

— Você está me confundindo. Perguntei se você queria namorar comigo e só queria um sim como resposta. Estamos conversando quase uma hora e ainda não sei se você vai aceitar ou não.

— Calma lá, não estou te enrolando. A maioria das pessoas em sua busca desabalada por namorar pula uma etapa fundamental nos relacionamentos: tornar-se alguém que possa ter um envolvimento comprometido e queira ceder espaço para outra pessoa no centro de sua vida. Ou seja, antes de namorar, é preciso que a pessoa se torne uma versão melhorada de si mesmo.

— E qual a participação do outro nessa melhora?

— O papel do outro é um desafio, uma missão. Não há certeza alguma de que tudo vai rolar legal, nada é certo, mas ambos partilham de um segredo e um compromisso. O segredo: sabem que não são perfeitos. Uma pessoa perfeita está feita, é monótona, não tem o que melhorar. Uma relação entre dois perfeitos está condenada, será imperfeita. O compromisso: deixar de procurar a pessoa perfeita no mundo e começar a encontrá-la no companheiro. O papel de cada parceiro na relação não é querer mudar ou transformar, mas fazer o outro melhor a cada dia. Sentir que estar junto contribui, de alguma forma, para que seu par seja uma pessoa melhor. Só isto já é motivo mais que suficiente para ter valido a pena ter entrado na vida dela.

— E, se no meio do caminho ficar pesado, houver traição, desinteresse, a rotina tomar conta do casal?

— Não te preocupes antes da hora. Deixa o destino decidir se é para sempre ou não. Faz a tua parte, ama. E que a única rotina do casal seja amar.

— Legal. Acho que entendi. Não sei se estou preparado, mas acho que contigo ao meu lado vai ser mais fácil. Vamos fazer a nossa parte, vamos ceder espaço para o outro?

— Ceder não. Nunca me empresto ou me cedo, me dou. Não quero ser aquela que seduz, leva pra cama e depois vai ou manda embora. Quero chegar pra ficar. Quero ser aquela que chega ao coração, que conversa com a alma. Por mais diferente que seja o assunto (política, filosofia, gastronomia), quando falar, ou mesmo quando silenciar, quero estar amando, porque o conteúdo da conversa ou do silêncio será sempre nós, e não eu ou você. Mesmo que não haja toque, mesmo que ninguém perceba, os corpos estarão mais agarrados do que nunca. Os melhores momentos de um casal são passados ao lado um do outro e não por cima um do outro. Sei que sou diferente das outras. Sei que posso parecer difícil. Sei que posso estar te assustando. Sei que falei demais. Sei que podemos falhar. Sei que posso não estar preparada. Nem sei o que sou, mas quero ser sua. Para sempre!

4 de fevereiro de 2019

O que ela tem que eu não tenho?

Sou jovem, bonita, magra, elegante, inteligente, culta, viajada, analisada, independente, bem-humorada e desimpedida. Ano passado nos conhecemos e namoramos por um certo tempo, depois rompemos. Ontem te vi acompanhado de uma mulher bem mais velha e um tanto fora de forma. Pareciam muito felizes. Poderias me contar o que ela tem que eu não tenho, ou o que ela faz que eu não fiz?

Claro que posso contar, sem problema algum.

Ela tem 50 anos, 56 kg, algumas rugas, um doutorado, duas filhas, um Beagle e uma mãe bem velhinha que precisa de atenção. Tem também a consciência de que, assim como a vida de sua mãe, nossa relação não vai durar pra sempre. Física e/ou espiritualmente, um dia vai terminar. Não adianta cuidar, agradar, presentear, fazer as vontades, se embelezar, submeter, comprometer. Poderíamos até mesmo tentar mais filhos. Tudo isso pode ajudar, mas não é garantia de união eterna.

Não está em nossas mãos. Não temos controle sobre nossos sentimentos, por vezes nem mesmo sobre nossas atitudes. Conseguimos conviver bem com o desafio de manter o equilíbrio entre a vontade do amor fechado na relação com o parceiro e o desejo de ser livre para viver novas experiências. Uma disputa entre simbiose e autonomia. Alguns podem pensar que é desamor, desapego, amor líquido, descartável. Não concordamos. Combinamos desde o início que nossa relação seria erguida na vontade de estar com o outro, brincando, namorando e crescendo juntos.

Até quando vai durar? Não sabemos, não nos afligimos, não forçamos a barra. O que temos do outro é só o instante. Aproveitamos cada momento sagrado, e isso vale o tempo de toda uma vida. Não temos um porto seguro e feliz de chegada, vivemos no abrigo protetor do abraço, e isso nos carrega para outros mundos.

Por que a necessidade de firmar um compromisso formal escorado em algo tão frágil e efêmero como a paixão?

Por que a esperança de controlar algo tão poderoso como o amor mediante contratos e juras quebradiças e transitórias?

A paixão numa relação costuma ser proporcional ao grau de incerteza que cada um pode tolerar. Para alguns, quanto maiores a dificuldade e a insegurança, tanto maiores o fascínio e a atração. Superado o obstáculo, esvaziada a paixão. Para outros, essa vulnerabilidade é insuportável. As juras de amor trocadas funcionariam como analgésicos, fornecendo uma aparente sensação de estabilidade num sentimento usualmente incerto e sedutor como a paixão. Optamos por abrir mão de seguranças ou garantias em troca da liberdade, do desejo e da emoção que possa nos surpreender a cada instante em que estivermos juntos. Gaiolas são o lugar onde as certezas ficam presas. Trocamos gaiolas por asas, e estamos voando.

Quando ela diz que me ama, complementa sempre com a expressão *só por hoje*. Quando brigamos, nos afastamos gracejando *só por hoje*. Cada um sabe que o outro não lhe pedirá o que não pode pedir, sabemos que há um limite e o aceitamos. Para que nada nos separe, nada nos una, exceto o sentimento invisível que nos liga. Ela não tem quase nada. Ela me tem por inteiro. Só por hoje, que pode ser infinito.

5 de março de 2018

Problemas de casamento

Aconteceu com meu pai, e só fui saber agora, dois anos depois do seu falecimento. Certa vez uma noiva ao entrar na igreja desencadeou uma crise de falta de ar tão intensa que precisou ser levada ao hospital. Foi atendida por meu pai, especialista em asma e alergia, porém não conseguiu se recuperar a tempo de retornar à cerimônia. Infelizmente, o casamento teve que ser cancelado. Convidados e familiares ansiosos, constrangidos e preocupados, aguardaram na igreja até receberem a notícia de que a noiva passava bem e remarcaria uma nova data para o evento. Imaginem a situação do noivo.

Passada a crise, Anita, a noiva, iniciou um tratamento medicamentoso à base de vacinas dessensibilizantes e, concomitantemente, uma terapia de apoio, pois ataques de asma podem ser provocados por abalos emocionais. Combinaram que a data do matrimônio seria marcada quando médico, psicólogo e noivos estivessem tranquilos de que aquela cena não mais se repetiria.

Três meses depois, Anita casou sem intercorrências, escoltada por meu pai, que, de prontidão, sentava-se de modo conveniente na primeira fila. Zeloso, carregava em uma das mãos sua maleta de médico repleta de remédios e, na outra, carinhosamente o braço de minha mãe, que o acompanhava na ocasião. Durante a festa os noivos vieram agradecer a atenção dedicada, lamentando que meu pai não pudesse ter vindo acompanhado da esposa, trazendo em seu lugar a filha.

Não perceberam a mancada, mas, antes de voltar para casa, meu pai parou numa farmácia e comprou tintura para cabelos. Precisava dar um jeito de esconder sua cabeça branca e aparentar ser marido, e não pai de minha mãe. Pintou os cabelos e ficou casado até o fim de sua vida.

Este outro episódio aconteceu com um colega terapeuta, durante o atendimento a um noivo nas vésperas de seu casamento. Seu problema eram os intestinos, que entravam em desarranjo toda vez que ficava nervoso. Com a aproximação do matrimônio, sua ansiedade aumentava e tinha certeza de que durante a cerimônia não conseguiria segurar seu intestino, fazendo fiasco em pleno altar, à frente de todos os convidados. Essa insegurança psicológica e intestinal fazia com que pensasse até mesmo em cancelar a solenidade, casando apenas no cartório.

A terapia consistiu em roteirizar todos os passos do noivo, desde a porta da igreja até o altar. Analisaram onde, em caso de emergência, seria o banheiro mais próximo, ensaiaram cada detalhe em minúcias. Quantos passos precisaria dar, quem manteria o caminho desimpedido, até onde conseguiria se segurar, como o padre contemporizaria a situação, como a noiva se comportaria.

Praticaram, treinaram, repetiram exaustivamente até que o noivo, na medida do possível, sentisse firmeza e confiança. Na hora H, tudo funcionou perfeitamente, noivo e noiva se casaram com naturalidade. O banheiro permaneceu intocável e esquecido. O intestino nunca mais desarranjou, e o casamento permanece seguro.

Quem dera todos os problemas de casamento se resumissem a pulmões e intestinos gritando por socorro ou a cabelos pedindo por tintura. Medicamentos e apoio psicológico dariam conta desses males. Entretanto, sabemos que o furo é mais embaixo. O problema não está na cerimônia, sequer no casamento propriamente dito, instituição que rotula o relacionamento, estabelece compromissos formais e exige solenidade. Muitos confundem casamento com amor. Assinam documentos, realizam liturgia, convocam testemunhas, mas não estão convictos do sentimento ou do passo que estão prestes a dar. Então o corpo se manifesta, implora por ajuda e pede um tempo para entender a dubiedade estabelecida. Eis o quebra-cabeça. As alianças trocadas no altar não precisam ser de ouro, diamantes ou ter nomes gravados. Podem até ser invisíveis, mas é vital que sejam autênticas, reais e desafiadoras. O resto é detalhe.

4 de setembro de 2017

A serpente que nos traduz/seduz

Eva era uma mulher metódica e compulsiva; para ela as coisas deveriam ser pretas ou brancas, oito ou oitenta. Não havia meio-termo. As pessoas eram solteiras ou casadas, amigos ou namorados. Ignorava situações como *ficante*, *peguete* ou *amizade colorida*, que seriam representadas pela cor cinza. Para ela, cinza era uma mistura de cores, uma situação indefinida, uma transição para o autêntico. Nada a ver. As situações da vida precisavam ter cor definida, rótulo e, se possível, carimbo de autenticação. Preto ou branco, solteiro ou casado, amor ou nada.

Conheceu Adão em uma festa, trocaram telefones, conversaram muito durante três semanas, sentiram vontade de se ver mais uma vez e marcaram um encontro para a sexta-feira seguinte. Gostaram tanto um do outro que combinaram sair de novo no sábado. No domingo, beijaram-se. Ao se despedir, no portão de casa, Eva perguntou se estavam namorando, pois, para ela, amigos não se beijam. Preto era sinônimo de amigo e branco significava namorado.

Adão, surpreso com a cobrança, argumentou que ainda estavam se conhecendo; já considerava Eva mais que uma amiga, porém menos que uma namorada. Era muito cedo para assumirem um namoro. Eva ficou confusa, pois não conhecia aquela cor, era um cinza-muito-escuro, quase preto. Perdeu até a vontade de beijar. Comunicou que, diante do exposto, seriam apenas bons amigos virtuais, não trocariam mais carinhos, e retornou para seu branco-existencial.

Pressionado, Adão assumiu o namoro, mas foi logo avisando que terças-feiras jogava futebol com os amigos, quartas frequentava a maçonaria, quintas tinha plantão no hospital e sábados cuidava da mãe, que era doente. Namorariam na segunda e na sexta-feira à noite. Domingos iriam juntos à igreja e passariam a tarde juntos.

Eva entendia que namoro significava quartas, sextas, sábados e domingos juntos. Além disso, tinha outro credo religioso. Mais uma vez, seu branco pretendido não tinha nada a ver com o preto de Adão, surgindo um cinza-escuro, diferente do anterior, mas ainda muito longe da tonalidade pretendida. Perdeu um pouco do entusiasmo, mas decidiu experimentar essa forma rasa e descolorida de namoro.

Em poucas semanas o namoro começou a ficar confuso demais para Eva, que cobrou a presença mais efetiva de Adão na relação. Este alegava que o importante era a qualidade dos encontros e não a frequência, mas para ela aquilo não era preto nem branco e preferiu terminar de vez, apagando aquela cor estranha de sua vida. Disse ainda que não seriam nem mais amigos, pois ela o desejava como namorado e não tinha mais condições de manter a amizade.

Certo dia, na tela preta imaculada de seu computador, Eva recebe uma mensagem de Adão pedindo para se encontrarem. Recusou, mas disse que poderiam conversar por mensagens. Aquilo representava apenas uma manchinha cinza, muito clara em seu preto-existencial.

Logo as conversas esquentaram, foram clareando a tela de Eva, que pressionou mais uma vez Adão. Voltariam a namorar desde que ele largasse o futebol e a maçonaria. Ainda não era o branco desejado, mas Eva já respirava mais aliviada.

Durou pouco tempo essa fase mais clara. Adão quis fazer sexo, Eva pretendia casar virgem e de branco. Acinzentou tudo. Sexo antes do casamento era uma nuvem cinza muito feia, uma tempestade sujando seu vestido branco. Terminaram o namoro, Eva queimou as fotos do casal, devolveu os livros que estavam em sua casa e solicitou que ele nunca mais a procurasse. Quase o expulsou de casa. Demorou uns dias, o cinza foi sumindo, porém nunca mais o branco nem o preto de Eva foram os mesmos.

Ainda tentaram mais algumas vezes transformar o preto no branco sonhado por Eva, mas ela não conseguia suportar os tons cinzas da transição. Adão se esforçava, mas não sabia como fazer, não era pintor, tampouco mágico. Sua natureza acabava sempre escurecendo o branco sonhado por Eva, que com o tempo já era desbotado e sujo. Eva sonhava com o paraíso, mas estava longe disso.

O tempo passou e um belo dia o destino aprontou. Uma serpente muito esperta explicou a Eva que o branco e o preto, convencionalmente designados por cores, nada mais eram que o resultado da presença ou ausência de luz, que em sentido figurado significava conhecimento, sabedoria, tranquilidade, amor. Não eram cores autênticas. O branco é a luz pura, onde há uma mistura total das sete cores e, o preto, a ausência total de luz.

Além disso, a serpente explicou o conceito de Yin e Yang no taoismo. Duas forças opostas que expõem a dualidade de tudo que existe no universo. Esses dois polos arquetípicos são representados pelo branco e preto, claro e escuro, representando o inflexível e o dócil, o acima e o abaixo. No entanto, não existe simetria estática no diagrama. As cores estão em constante movimento cíclico. Dentro do polo branco, existe um pequeno ponto preto, e, no polo negro, um pequeno ponto branco fazendo o contraste, simbolizando a ideia de que, toda vez que uma das forças atinge seu extremo, manifesta dentro de si a semente de seu oposto.

Complicou demais a cabeça de Eva. Preto e branco, que sempre foram seus limites para a vida, deixaram de ser referência e até mesmo cores. O preto em que antes vivia agora significava uma ausência de cor, de luz e de amor. O branco que sonhara seria uma mistura e não a pureza imaginada?

Estonteada, confusa, Eva perdeu o sono. Não sabia mais no que acreditar. Andou um tempo sem rumo, tropeçou, caiu na cama de Adão. Este a acolheu, envolveu em seus braços, manchou seu vestido existencial de vermelho. Eva entregou-se e nunca mais foi a mesma. Virou mulher, finalmente. Adão também nunca mais foi o mesmo, transformou-se em companheiro. Estão felizes. Às vezes é preciso fechar os olhos para clarear a visão e perder o rumo para encontrar o sentido. Conduzidos pela serpente, Adão e Eva retornaram ao paraíso, um lugar onde todas as cores combinam e os preconceitos se calam.

11 de julho de 2017

Ser livre é ter um amor pra se prender

Todos passamos por mudanças. Cada fase de nossas vidas é como uma espécie de adaptação na forma de encararmos o mundo, de resolvermos nossos impasses, de tentarmos um crescimento pessoal. E essas mudanças são percebidas em todas as pessoas. O famoso artista espanhol Pablo Picasso, por exemplo, não fugiu à regra e pincelou cada metamorfose com cores e estilos diferentes. Sua juventude lírica deu origem à fase rosa da pintura, a guerra espanhola foi retratada sob a forma expressionista, e assim ele foi pintando suas telas de azul, preto, marrom, conforme as cores de sua vida. Também eu me modifico, e por meio das palavras tento entender-me e expressar minhas ideias.

Neste momento sinto necessidade de escrever na primeira pessoa. É a fase do *eu*. Preciso esclarecer que nem tudo necessariamente aconteceu da maneira literal como está escrito. A veracidade ou não dos fatos é um privilégio ou sacrilégio de poucos com quem divido minha intimidade, mas a mensagem e os sentimentos descritos são absolutamente fiéis.

Gosto muito de praticar a corrida. Correr é um exercício completamente diferente de caminhar, e a diferença não é somente na queima de calorias, mas principalmente no tipo de emoção despertada. Quando se caminha, um pé fica firme no chão enquanto o outro está no ar, fazendo o movimento para o próximo passo. Um dos pés sempre está na terra. Na corrida, os dois pés, em determinado momento, ficam no ar. E essa sensação assemelha-se a um voo, a ser livre. Quem já experimentou correr e sentiu essa liberdade não quer mais voltar a caminhar.

Imaginemos agora um casamento. Papéis estabelecidos e, juntamente com eles, a divisão de espaços e desejos com um parceiro. Aos poucos vai surgindo uma sensação de sufocamento, e um dos cônjuges começa a sonhar com um mundo livre, sente vontade de sair e pegar o ônibus para a *Estação Liberdade*. Comportamento mais do que natural, pois as melhores ideias sobre liberdade foram escritas no cárcere.

Depois de mais de uma década de casamento tradicional, o divórcio atinge em cheio o casal. Junto com ele, a fase inicial de novas amizades, festas, relações sem maiores compromissos e o já conhecido discurso de que não voltarão mais a morar com outra pessoa. Aconteceu comigo e com mais de metade da torcida do Flamengo. Acostumados a caminhar no casamento, com a separação experimentamos correr e sentimos o gostinho da liberdade. Um sabor maravilhoso, tentador e que vicia a ponto de tornar o usuário seu escravo.

Quero poder tomar um choppinho com os amigos quando tiver vontade e sem hora pra voltar, assistir ao programa da Hebe sem culpa, cortar as unhas do pé em privacidade, namorar só quando um estiver a fim de ver o outro e não precisar mais dar satisfação pra ninguém. Aquele velho blá-blá-blá de sempre. Caminhar nunca mais, casar nem pensar, compartilhar virou palavrão... Será que isso é liberdade?

Um dia você conhece uma pessoa interessante, atraente, que lhe desperta aquela admiração que precede a paixão. Você a convida para um fim de semana na serra, tomam banho juntinhos, dançam coladinhos, conversam fazendo cafuné, assistem a um filme no sofá, fazem juntos um brigadeiro de panela e dividem lambendo os dedos um do outro. Voltam já apaixonados. No outro final de semana, ele(a) quer repetir a dose. Você também, mas ao mesmo tempo não quer perder o jogo de futebol, a festa da turma da academia, o almoço com a família. A tentação da liberdade começa a perturbar a relação e, sem que você perceba, joga um balde de água fria na paixão e acena com outras opções mais interessantes que não vão atrapalhar seus planos. Você escolhe os amigos e as possibilidades futuras. Isso é liberdade?

Ser livre nem sempre é só seguir a sua própria vontade; às vezes consiste justamente em fugir dela. A prisão não são as grades ou o compromisso com alguém, e a liberdade não são os amigos, a rua e as festas. É uma questão de escolhas. Ser livre é sentir a tranquilidade de estar acompanhado de alguém com quem se pode ficar em silêncio sem que nenhum dos dois se sinta incomodado, é poder cair pregado de sono logo após o jantar sem precisar ficar seduzindo, é contar uma fraqueza, pedir um conselho, derramar lágrimas de alegria e também de tristeza... "Ser livre nesta vida é ter um amor pra se prender" — Carpinejar —, e eu acrescentaria, "escolhendo e construindo juntos o tamanho e o modelo da prisão em que vamos nos prender".

E voltando à analogia inicial, se a corrida nos dá a sensação maravilhosa de liberdade, de voar com o vento batendo na face, a caminhada também tem seus atrativos. Numa caminhada podemos conversar comodamente com outra pessoa, podemos dividir as impressões que a paisagem nos causa, podemos compartilhar sutilmente um toque de mãos (experimente correr de mãos dadas...), podemos dividir as tristezas e as alegrias e, o mais importante, com alguém que caminha no mesmo passo... No treino da vida, há de se ter a sensibilidade para perceber o momento certo de iniciar uma tresloucada corrida, como também a hora de acalmar os passos e caminhar de mãos dadas. Todo bom atleta sabe disso, e o bom amante também.

Frase-título de autoria de Fabrício Carpinejar.

29 de março de 2010

Não sou nem quero ser o seu dono

History contada por um amigo. Ao chegar ao bar da moda, uma mulher logo chamou sua atenção. Aproximou-se, pediu licença para sentar-se ao lado dela e iniciaram uma animada conversa. Passados alguns minutos, surge um homem irritado e lhe pede para se afastar, pois aquela mulher era *dele*. Sem demonstrar nervosismo, meu amigo pediu desculpas, argumentando que a mulher não havia lhe dito que tinha dono, mas gostaria de saber onde fora comprada, o preço pago, quantos anos de garantia... Acredite se quiser.

Contei essa história para ilustrar o sentimento de posse que, em maior ou menor intensidade, costuma aparecer nos relacionamentos. Será que o fato de carinhosamente se chamarem de meu amor, minha querida, meu namorado, minha esposa, meu fofo vai lentamente incutindo a sensação de que "o outro é meu"?

Depois de um tempo juntos, o esperado é que amantes conquistem reciprocamente o amor um do outro. Até aqui tudo perfeito. É muito bom conquistar o coração do(a) amado(a) e sentir-se depositário único desse amor. O problema começa quando o casal passa a guardar esse amor como um troféu em algum lugar do imaginário, se esquece de lustrá-lo e confunde o amor construído com o sentimento de posse.

A vida vai acontecendo até que de repente uma situação qualquer de afastamento ou desatenção do(a) amado(a) dá o sinal de alerta: aquele amor que se imaginava tão tranquilo não está se comportando assim na prática. A falsa sensação de segurança veiculada através da posse imaginária começa a cair por terra e, no intuito de proteger sua *propriedade*, alguns se machucam e outros saem feridos. Certas pessoas ficam tão perdidas que para elas parece certo fazer tudo errado.

No filme *Encaixotando Helena*, um renomado cirurgião cria um acidente para que a vítima, por quem era obcecado, seja levada para sua casa. Cada vez que pensa na possibilidade de ela ir embora, vai mutilando-a até deixá-la presa, sem os membros, dentro de um caixote. Não pensava mais no amor, na beleza, nos momentos felizes; sua vida resumiu-se a alimentá-la, prendê-la e ter a sua posse. Essa história extrema mostra como o sentimento de posse é destrutivo e não condiz com o relacionamento amoroso. A partir do momento em que se apossou da amada, esta perdeu o sentido de viver e passou a definhar, perder brilho, murchar.

É preciso reconhecer uma legitimidade no temor da perda de quem se ama e, até certo ponto, da proteção e manutenção daquilo que nos é importante. Agir como dono da vida do outro pode ser tentador para quem ama, mas pode ser fatal num relacionamento. Será assim tão difícil conciliar amar com não se sentir um pouco proprietário ou propriedade do outro?

Um escritor, um pintor, quando consegue fixar numa página ou num quadro a essência do seu sentimento, perpetua aquele momento. O amor, a dor, a raiva tornam-se visíveis, palpáveis, tangíveis e passam a pertencer ao acervo do artista, que abre mão dessa posse para que a obra seja apreciada, valorizada, reconhecida. É assim que ambos crescem e ganham o mundo. Fernando Pessoa em seu *Livro do Desassossego* já dizia: "Quando se trata de amor, possuir é perder. Sentir sem possuir é guardar, porque é extrair de uma coisa a sua essência". Na medida em que os amantes conseguem sentir o prazer de estar juntos, trocar afetos, desejarem-se, o casal se pertence e não existe mais necessidade de ninguém ser proprietário de ninguém. Quando essa essência de amor inexiste, é pura perda de tempo tentar se apropriar do outro. Possuir é perder. Possuir é prender. Libertar é amar. A verdadeira felicidade de um casal provém do sentimento de ter sem jamais precisar possuir, ou, como dizia Dalai-Lama: "Dê a quem você ama asas para voar, raízes para voltar e motivos para ficar".

29 de abril de 2011

Produção independente

Quando pensei que nada mais me surpreenderia, minha teoria desabou. Uma amiga muito querida me convidou para um jantar a dois. Conversa tranquila, leve, descontraída. Depois da sobremesa, enquanto saboreávamos um delicioso café, veio a surpresa: ela queria fazer uma *produção independente*, e eu tinha sido escolhido para realizar a tarefa e ser seu parceiro. Confesso que nunca, nem em minhas fantasias mais secretas, imaginei ser protagonista desse tipo de projeto; por outro lado, confesso também que fiquei envaidecido com a proposta.

Esse tipo de decisão não é fácil. Fiquei paralisado emocionalmente. Não consegui falar, perguntar, raciocinar. Pedi alguns dias para pensar. E não consegui fazer outra coisa. Por qual motivo teria sido eu o escolhido? Beleza, inteligência, saúde, charme, simpatia, humildade, amizade... Deveria eu perguntar quais eram as razões? Faríamos de maneira intensiva ou seria um projeto a ser concluído sem pressa? Conseguiria eu ser um mero figurante, sem envolvimento algum? A amizade se manteria igual?

A confusão foi aumentando; então tentei sair do plano pessoal e pensar apenas do ponto de vista profissional. Quando uma empresa contrata um consultor para uma tarefa temporária importante, essa pessoa consegue ser absolutamente técnica em seu trabalho? Não vibra com os resultados positivos? Depois de concluído o trabalho, faz um acompanhamento, mesmo que não remunerado, como curiosidade e até mesmo como uma espécie de pós-venda de seu serviço? Um jogador de futebol ao ser transferido de clube consegue simplesmente esquecer ou renegar seu passado?

Tentei, então, pensar em como as empresas escolhem os consultores. Realizam uma pesquisa de mercado e selecionam aqueles que reúnem as melhores condições ou contratam de acordo com o orçamento disponível? Poderia eu sugerir o nome de alguém que pudesse se adaptar melhor às necessidades de minha amiga? No âmbito profissional, as respostas não me deixaram satisfeito, as ideias se embaralharam e optei por voltar a pensar no lado sentimental da vida.

Quantas vezes hesitei e não consegui jogar fora aquelas calças velhas, os tênis usados, as conchas recolhidas na praia, as rolhas de vinhos bebidos? De alguma forma me marcaram e não quis me desfazer das lembranças. Cuido do meu carro, de minha casa, da planta no jardim. Se tivesse um gato ou cachorro, cuidaria também. Como iria conseguir fazer uma produção independente sem me envolver? Como não acompanhar seu desenvolvimento? Como não ficar imaginando como será o rostinho do bebê? Como doar um órgão para alguém e não se sentir gratificado, não se tornar meio-irmão do receptor?

Se a doação fosse anônima, talvez conseguisse fazer algo absolutamente técnico, mas não se tratava de algo impessoal. A receptora tem nome, endereço, CPF, é minha amiga, fez o convite olhando direto nos meus olhos e me liberou de qualquer compromisso. Sei que muitos pais colocam filhos no mundo e depois somem. Mães também desaparecem. Alguns física, outros emocionalmente. Isso não me serve de consolo, nem como desculpa. Pelo contrário, aumenta ainda mais a responsabilidade de minha decisão.

Depois de muitas horas de indecisão, ficou clara para mim a impossibilidade de aceitar o convite e não me envolver com o projeto. Se aceitasse, iria me jogar de cabeça e ser pai de verdade. Acontece que aprendi na escola e nunca mais esqueci que a coisa mais importante que um pai pode fazer pelo seu filho é amar a mãe dele. O que não era o meu caso, nem o de minha amiga. É a intenção, e não a doação, que faz o doador. Se fosse para doar, gostaria de dar amor e não sêmen.

Amigos são para todas as horas. Na alegria, na tristeza, na riqueza, na pobreza, na saúde, na doença, no restaurante, no desejo, no sonho, na cama, no abraço, na conversa... A produção independente ainda vai acontecer? Não sei. Serei o doador? Provavelmente não. Continuamos amigos? Mais do que nunca. O filho ainda não fizemos, mas as conversas sobre o tema estão sendo ótimas.

28 de fevereiro de 2010

Just do it

18 de janeiro de 2020, sábado, 20 horas.

O casal Sílvia (47) e Marcos (52) se prepara para ir ao cinema e depois comer uma *pizza* num restaurante recém-inaugurado. Os filhos André (25) e Laura (21) estão passando o fim de semana com amigos na praia. O filme foi ótimo, o jantar maravilhoso, degustaram um ótimo vinho, estão felizes, alegres, apaixonados, deitam na cama e fazem amor sem preocupação com a hora de acordar no outro dia.

12 de dezembro de 2020, sábado, 20 horas, nove meses de pandemia.

Devido ao isolamento imposto pelo coronavírus, casal e filhos se obrigaram a ficar em casa. Juntos assistem a filmes, jogam cartas, montam quebra-cabeças, cozinham, lavam louça, conversam. Tempo é o que não falta para se divertirem na convivência familiar. Olhando assim, de longe, podemos ter a impressão de que, apesar de todos os problemas trazidos pelo isolamento, nem tudo é ruim; há uma luz compensatória no fim do túnel. Pais e filhos podem ficar mais tempo juntos, conviver e estreitar seus laços de afetividade.

Mas não. Sílvia e Marcos não têm relação sexual há quatro meses e vinte e um dias. Os motivos podem ser os mais variados, mas o que importa aqui é o fato de que agora, apesar de estarem muito mais tempo juntos, deixaram de fazer sexo, e pior, nem conversam sobre o assunto. Simplesmente ignoraram, foram deixando esfriar, fazendo de conta que estava tudo bem. Deitam-se na cama, cada um vira para seu lado, desejam boa-noite, apagam a luz e dormem (ou fingem que dormem). Nenhum dos dois se queixa; parece que estão conformados com a castidade, cansados de tudo, sobrevivendo, esperando a vacina chegar.

Quando o carro estragou, logo levaram para a oficina. Quando o chuveiro queimou, em poucas horas já compraram um novo. Assim que souberam da Ivermectina, correram para a farmácia e em seguida tomaram a medicação. Tudo funciona muito bem e com presteza na casa, exceto a intimidade do casal; assunto proibido, desconsiderado e empurrado com a barriga até o final da pandemia. Será que estão imaginando que, quando a vacina chegar, além de acabar com o vírus, ressuscitará também o amor quase falecido?

Talvez, quem sabe? Às vezes a própria convivência em demasia pode ser causa da diminuição do desejo mútuo. Sair para a rua, voltar a ver amigos, ir ao *shopping*, jantar fora, viajar são situações que podem estimular a libido adormecida. Existe um pressuposto anônimo e controverso sugerindo que os homens traem para se manterem no casamento fracassado, já as mulheres, quando traem, o fazem para acabar com o fracasso do casamento. Não há um manual ou receita de bolo com garantia de cem por cento de sucesso. Desculpem-me os terapeutas, mas acredito que os problemas sexuais de um casal podem ser mais facilmente resolvidos por eles na privacidade da cama, entre quatro paredes.

Uma das piores sensações experimentadas por um casal no relacionamento íntimo acontece quando você ama seu(sua) parceiro(a), está carente, quer carinho, precisa de afeto, se aproxima e é rechaçado porque o outro não está com vontade. Nesse momento bate uma solidão indescritível, você perde o chão, fica mirando o teto, surgem mil dúvidas sobre o sentimento e, não raro, inicia-se a desconexão. Aquele que rechaçou quase nunca percebe o estrago que está causando, pois entende que é apenas uma questão de não estar a fim de sexo naquele momento. Triste engano. O que está acontecendo é muito mais que isso, o furo é mais embaixo. Bastaria uma simples tradução das intenções: para um, sexo para o outro, acolhimento.

Talvez um dos múltiplos efeitos psicológicos colaterais desta pandemia seja a diminuição do desejo sexual entre casais. O desejo ainda existe, está ali, quieto, adormecido, sem força suficiente para iniciar o sexo. E, quanto mais tempo passar, mais enfraquecido ficará, menor intimidade, maior dificuldade em se iniciar o envolvimento. Talvez cada parceiro esteja esperando o outro tomar a iniciativa. Ambos estão presos na armadilha do silêncio conjugal e, se não fizerem algo, já podemos antever a narração da crônica da morte anunciada do amor.

Talvez devessem colocar na cabeceira da cama um quadro com o *slogan* da Nike: JUST DO IT! Na ginástica e na corrida funciona muito bem. No início é difícil começar o exercício, mas aos poucos o corpo vai esquentando, hormônios vão sendo liberados e o que antes era um sacrifício se transforma em prazer. Claro, isso não funciona assim para todos. Também não quero que pensem que estou comparando corrida com sexo ou amor; por favor, não confundam. Inicie a conversa, os toques, a aproximação, mantenha o bom humor e deixe os hormônios rolarem. Vai que funciona e, quando menos se espera, o desejo volta a correr solto na cama. *Just do it.*

O ser humano, embora não perceba, necessita de conexão, mais até que de comida ou abrigo. Não é preciso estar junto para ser um casal, mas estar junto não significa formar um casal. Sílvia e Marcos, por força da pandemia, estão próximos em muitos momentos, mas não estão ligados um ao outro. Falta conexão, acolhimento, paixão, amor, diálogo, sexo e até mesmo esperança. Moram na mesma casa, mas não habitam a mesma cama. Dividem a cama, mas não compartilham seus corpos. Fazem as refeições, mas não alimentam suas almas. Estão juntos tentando sobreviver à pandemia, mas não são mais um casal; são parceiros nessa batalha.

Sobreviver é não viver, para assim continuar vivo. É assim que pensam chegar ao fim da pandemia? Nadar, nadar e morrer na praia.

16 de dezembro de 2020

O que é que há?

Estamos casados há três anos. Sou *designer* de interiores, e meu marido trabalha com organização de grandes eventos (*shows* em ginásios e estádios). Não temos filhos. Nossa rotina, até bem pouco tempo, era acordar cedo; enquanto um tomava banho o outro preparava a mesa do café, saboreávamos juntos e, em seguida, cada um partia para seu trabalho. Encontrávamo-nos à noite e sempre inventávamos algo diferente pra fazer. Nossa vida era maravilhosa, praticamente ainda estávamos em lua de mel, mas, como nada dura para sempre, surgiu esta pandemia do coronavírus e estragou tudo, nossa vida virou de ponta-cabeça.

Eventos com aglomeração de pessoas foram cancelados por tempo indeterminado e sem previsão de retorno das atividades. Com isso, cessaram todas as rendas de meu marido e os afazeres profissionais também. Vivia em reuniões, ensaios, apresentações, viagens, o telefone não parava de tocar; agora, os negócios estão parados, e ele paralisado. Com medo de se contaminar pelo vírus, fica trancado em nosso apartamento esperando por dias melhores.

Eu também. Meu trabalho como designer já estava andando devagar, agora estacionou de vez. Quem vai pensar em investir na decoração da casa ou do escritório numa hora destas? Não tenho emprego, trabalho como profissional liberal e meus ganhos e compromissos também zeraram. Possuímos algumas economias guardadas que podem nos sustentar por um bom tempo, mas este não é o problema maior.

Estamos confinados dia e noite há mais de noventa dias num apartamento de cento e vinte metros quadrados. Conhecia meu marido como um empresário bem-sucedido, ativo, alegre, romântico, carinhoso, autoestima elevada, sempre com projetos novos para o futuro, rodeado de amigos e familiares. Aos poucos ele foi mudando, transformando-se e já não é mais o homem pelo qual me apaixonei. Pensando bem, nem posso dizer que foi aos poucos; essa metamorfose toda aconteceu em menos de dois meses.

Também devo ter mudado, e provavelmente pra pior. Não me arrumo como antes, briguei com o espelho, com o cabeleireiro, com a depiladora. Briguei também com o aspirador e a pia da cozinha. Devo estar meio depressiva, não tenho vontade de conversar, cansei de assistir a noticiários, *lives* e filmes na TV. Tenho muito sono, choro escondida no banheiro, estou me achando uma gorda. Não tenho ânimo pra nada. E, pra piorar, desconto minhas angústias em quem está mais próximo, ou seja, no coitado do marido, e ele devolve descarregando toda sua ansiedade e insegurança em mim.

Estou com medo do que pode acontecer conosco. Já não brigamos mais, não discutimos, mas também quase não estamos nos falando. Prefiro ficar zapeando algo no celular que falar com ele; não temos mais assunto pra conversar. Há dias em que me odeio, porque sinto que estou boicotando a relação. Fazemos as refeições juntos, olho para ele, mas não consigo encarar, não sinto mais aquela admiração. Sexo nem pensar. Sessenta dias no seco. Acredito que a falta de desejo seja mútua, porque ele também não me procura nem toca no assunto.

Às vezes comparo nossa situação com o Big Brother, programa em que as pessoas são obrigadas a conviver num ambiente restrito. No início tudo é festa, mas depois de um tempo a hiperconvivência inevitavelmente gera conflitos, nervos ficam à flor da pele, emoções aumentam de intensidade e não é preciso muita coisa para explodir uma revolução conjugal. Sinto-me ameaçada tanto pelo vírus quanto pelo desamor; não sei qual o mais impiedoso. Meu marido deve estar sentindo o mesmo, e o pano de fundo de nossas emoções é o desamparo, a solidão acompanhada.

Não posso dizer que a situação esteja desesperadora ou insustentável, mas nenhum dos dois está confortável. Não era assim que imaginava um casamento. Talvez nossos silêncios estejam conversando em silêncio, talvez o emudecimento seja nossa forma de externar o medo do amanhã. Tomar uma medida drástica neste momento pode trazer sérias consequências e arrependimentos, especialmente porque a quarentena é uma situação artificial, imposta contra nossa vontade. Tenho muito claro que não é uma condição perene, mas temporária e com prazo de validade de no máximo mais um ano. Renato Russo já cantava: "É preciso amar as pessoas como se não houvesse amanhã, porque, se você parar pra pensar, na verdade não há". Quem sabe?

Assim como num par de meses viramos mutantes, podemos reverter a situação mais rápido ainda quando traduzirmos nossos silêncios, quando conseguirmos nos adaptar ao novo normal ou quando quisermos voltar a nos amar.

O mais difícil foi termos nos encontrado nesta vida. Levamos décadas para nos achar, não é justo que alguns meses de confinamento nos separem. Quando todos falam em distanciamento físico, o que sinto é um distanciamento emocional. Tenho um abraço outrora querido e amoroso a centímetros de distância e não o acolho nem resgato. Tenho todo o tempo do mundo para expressar meus sentimentos, mas covardemente os sonego. Tenho a oportunidade de, pela primeira vez, amar sem olhar para o relógio e desperdiço. O que é que há? O que é que está se passando com esta cabeça? E com este coração?

A culpa disso tudo não é do vírus, minha, dele, do governo ou da quarentena. A culpa é de todos e de ninguém. Apesar de estarmos dentro de nosso lar, fomos expulsos de nossa zona de conforto e não sabemos ainda como lidar com isso. Estamos perdidos, precisamos nos reinventar e nenhum manual de sobrevivência disponível é confiável. Quero voltar a acreditar em nós dois. Quando não há o presente, lembrar o passado pode ser o atalho para um amanhã melhor. O amor só acaba quando um dos dois não tem mais força para pegar o coração do outro no colo. Quero ter forças. Não está sendo fácil, mas vamos ficar bem. Vai passar.

Trilha sonora recomendada para escutar durante ou após a leitura:
O que é que há — Fábio Jr.

15 de junho de 2020

Oito ou oitenta

Se há algo que não podemos negar é que juntos nunca fomos meio-termo. Éramos oito ou oitenta, paraíso ou purgatório. Tínhamos lá nossos vinte e poucos anos de idade, hormônios, sonhos, vitalidade, rebeldia, espírito de liberdade espumando por todos os poros. Desde o primeiro instante em que nos conhecemos, nos reconhecemos e abusamos de todos os temperos.

Assim que entrei no salão, meus olhos se fixaram em ti e não pararam de seguir-te. A mulher mais linda da festa, só que acompanhada. Abanquei-me numa mesa comprida, daquelas coletivas e, para minha surpresa, sentaste a meu lado. Tímido e ao mesmo tempo respeitoso pelo casal vizinho, não pratiquei nenhum galanteio, fiquei na minha.

Perguntaste meu nome, e a conversa engrenou sem fim, só interrompida por um longo e inevitável beijo na boca.

Teu acompanhante, percebendo o clima, cedo abandonou a mesa e não mais voltou.

Madrugada alta, luzes apagadas, festa encerrada e nós, ignorando o tempo e o vento, continuávamos trocando salivas, conversas e abraços. Eu, sem carro e sem dinheiro; você sem a carona que te trouxera, juntos nada nos perturbava. Não querias ir embora, disseste que a noite era uma criança para nós. Concordei de imediato. Lembrei então de um amigo que morava perto e, ignorando o avançado da hora, toquei no porteiro eletrônico e pedi carro e dinheiro emprestados. Não podia explicar, mas era por uma boa causa. Uma excelente causa.

Agora, já em situação mais confortável, rodávamos enamorados pela cidade, quando propus continuarmos a conversa e terminarmos a noite num motel. A proposta não poderia ter sido mais inconveniente. Ficaste desconsolada. No mesmo instante me pediste que te levasse para casa. Pior, querias saltar do carro. Havia quebrado todo o encanto. Estávamos recém nos conhecendo e eu já queria te levar para a cama. O percurso até tua casa foi em silêncio sepulcral, na despedida bateste a porta do carro sem olhar para trás.

Passamos do céu ao inferno, num piscar de olhos, em razão de um convite apaixonado, a teu ver, machista. É bom lembrar que essa história se passa no final dos anos 70 e esse tipo de convite não era muito convencional para um primeiro encontro.

Fiquei confuso. Noite fantástica, final terrível. Onde havia falhado? Não era um homem experiente com mulheres e, dentro da minha ingenuidade, achava que já havíamos avançado tanto até aquele momento, nossos corpos já haviam se esquentado além da conta, a conversa fluía tão leve, que não via maldade, sequer timidez ou vergonha em fazer o convite.

Duas semanas sem nenhum contato. Não lembro quem tomou a iniciativa, mas como sou eu a contar o romance, vamos fazer de conta que, enlouquecido de vontade de te rever, enviei flores com um pedido bem meloso de desculpas. Retomamos, voltamos ao céu.

Não durou muito. Nossa relação era mesmo oito ou oitenta. Quando estávamos juntos, éramos tudo de bom, danados, incendiários, infinitos. Escapávamos pelas janelas, rolávamos na areia, amassávamo-nos no banco traseiro do carro, pegávamo-nos em qualquer canto escuro. Não queríamos nos separar. Até que, surpreendentemente, um dos dois dizia ou fazia algo de que o outro não gostava, iniciava uma discussão, e nosso mundo mágico desabava. Cada um ia para seu canto; ainda morávamos com nossos pais.

Talvez *desabar* não seja a palavra mais adequada, mas era assim que me sentia, em pedaços. Quando afastados, ficava noite e dia pensando em como fazer para reatarmos, como reconstruir nosso paraíso abatido, como evitar futuras discussões. Não sei dizer o que sentia na época.

Éramos muito jovens, eras irresistível. Acho que não era amor, mas estava completamente apaixonado, gostava demais de estar contigo e te odiava mais ainda quando nos separávamos.

Não sei quanto tempo ficamos nessa gangorra. Desculpa minha falta de memória, não sou bom com datas e números. Talvez uns três anos.

Vai ver que gostávamos, éramos felizes e não sabíamos. Mas o destino enviou uma carta e nos expulsou do parque de diversões.

Estávamos numa das temporadas de distanciamento, tinha ainda um pouco de raiva por tua intransigência em algum assunto hoje irrelevante, quando nos encontramos ao acaso. Andávamos sem nos procurarmos, mas sabíamos que iríamos nos encontrar. Dessa feita, foi a tua vez de fazer uma proposta nada convencional. Havias conhecido um homem que te pedira em casamento. Romperia com ele se voltássemos, mas, com uma condição, teríamos de casar.

Espantado, assustado, perplexo, respondi imediatamente, sem demora e sem pensar nas consequências, com um convicto e ressonante *Não*. Viraste as costas e partiste. Estraguei meu dia, estava te perdendo. Um acanhado *Sim*, um gaguejado *vamos conversar*, um medroso *deixe-me pensar uns dias* teria mudado o final desta história. Um *Não* dito da boca pra fora, que o coração nunca aceitou e a alma até hoje não entendeu.

Socorre-me, protege-me.

Jonas, meu amor.

És meu marido, meu melhor amigo, meu confidente, meu mais profundo amor. Não me exiges nada, me conquistas todos os dias. Não consigo imaginar minha vida sem ti; escrevemos nossa história juntos, colocaste sentido na minha existência, propósito em minha vida. Sabes me ouvir, sabes falar e, o mais importante, sabes quando não falar.

Quero envelhecer contigo, viajar contigo, dormir contigo, acordar contigo, chorar contigo, sorrir contigo. Quero-te comigo. Quando pegas minha mão, posso andar de olhos fechados, estou completamente segura. És o melhor pai do mundo, serás o melhor avô, quero estar ao teu lado brincando com nossos netos. Não quero te perder, o meu futuro precisa de ti. Serás o meu para sempre, mesmo que ele não chegue.

Mas há algo em nós que não controlamos, são os sentimentos. Não há nada a fazer, não escolhemos o que sentir, pois sentimento é puro acontecimento. Amo-te e a nossos filhos sem um motivo especial e por todos os motivos do mundo. O amor é maior que qualquer raciocínio que eu possa tentar imaginar.

Lembras do Pedro, aquele meu melhor amigo da escola? Vivia lá em casa, éramos como irmãos. Ele e a esposa retornaram ao Brasil em agosto. Quinze dias atrás ele me procurou, e começamos a conversar pela Internet. Foi como se voltássemos no tempo, a conexão se refez imediatamente. Gosto muito dele. Você é a metade da minha laranja, e ele parece ser minha alma gêmea. Terça-feira nos encontramos, ele me beijou, e acabamos dormindo juntos. Ontem voltamos a nos encontrar.

És meu melhor amigo, nunca tive nem quero ter segredos contigo. Tinha que te contar, tinhas de saber. Não consigo viver escondendo ou mentindo para ti. Preciso urgente da tua ajuda e compreensão. Não quero te perder e não queria te magoar. Quem ama cuida e quer a felicidade do outro, fica feliz com a felicidade do parceiro. Creio que não somos posse um do outro, estamos juntos porque nos amamos e cada um está se esforçando para dar o melhor de si na relação.

Gosto do Pedro e gostaria de continuar me encontrando vez ou outra com ele. Eu ficaria bem e em paz se sentisse que você entende essa situação e também fica bem. Não é uma questão de cama ou alguma carência; você supre todas as minhas necessidades. É apenas um sentimento de afinidade muito forte. Como já disse, não há a menor possibilidade de eu largar você por ele. Você é imprescindível, insubstituível, único, especial.

Ele já conversou com a esposa, explicou a situação e querem nos conhecer. Por favor, Jonas, cuida de mim, me ajuda, não sei o que fazer. Socorre-me, protege-me, segura minha mão, me abraça, me deixa segura, não me abandona.

Me ama.

Cada casal se entende à sua maneira, é julgado pelos vizinhos e condenado pelo porteiro.

Mentiras, dúvidas e traições

— Você já morou só?
— Sim.
— Onde?
— Em algumas histórias de amor.

Ciúme

Sempre achei que ciúme era um sentimento baixo e jamais me atingiria. Confiava na altura do meu *taco* e na mulher que estava a meu lado. Até o dia em que tudo mudou. Fui atacado por um sentimento de perda, uma ameaça de abandono, um medo de não mais ser amado. Algo não andava bem.

Seria ciúme ou quem sabe algum outro sentimento parecido? Talvez inveja, ansiedade, depressão... O nome do que sentia nem era tão importante, mas como desprezava tanto o ciúme e tinha vergonha de estar sendo contaminado por esse monstrinho de olhos verdes, procurei ajuda.

Para se caracterizar como ciúme é preciso o envolvimento de no mínimo três pessoas. Aquela que sente, a pessoa de quem se sente e o motivador do ciúme. A diferença entre ciúme e inveja é que o primeiro traz o sentimento de propriedade a ser perdida e o segundo, o instinto de apropriação indevida. Não restava dúvida, estava com ciúme; o que me confundiu é que o ciúme não era por uma mulher, era por um filho.

Inverno, final de tarde, meu filho entra em casa vestindo um sobretudo lindo, elegante, sofisticado. Chique demais para um menino de 19 anos. Disse-me que seu padrasto lhe havia emprestado. Imediatamente o sangue me subiu à cabeça; passei a enxergar tudo com lentes de aumento e imaginar meu filho experimentando, vestindo e gostando de usar as roupas do atual marido de minha ex-mulher. O próximo passo seria ele se afeiçoar mais a ele que a mim. Instintivamente falei que estava com ciúme e pedi que não mais usasse o sobretudo, pois lhe compraria um novo.

Ciúme de perder o amor de meu filho e inveja do sobretudo garboso. Antes que me perguntem, já vou esclarecendo: o ciúme era do amor de meu filho. Nada a ver com o relacionamento atual da mãe dele.

Precisei de um tempo para entender que o sobretudo era apenas uma roupa bonita que meu filho poderia pedir emprestado sem problema algum. Já o amor dele por mim não tem negociação, é propriedade nossa, têm valor inestimável e não se pode emprestar, dividir ou perder.

Assim como se investe em roupas de qualidade e no cuidado com elas, o mesmo precisa ser feito com a relação. Estava desconfortável, com medo e precisava dividir esse sentimento. Minha crise de ciúme serviu pra nos divertirmos muito e, depois de resolvida, até fazer piada, dizendo que liberava meu filho para usar, sujar, gastar, rasgar as roupas do outro e deixar as minhas limpinhas no armário. Porém, mais importante do que isso, a crise serviu pra confirmar que nosso amor estava acima da moda e cada vez mais clássico.

Será que num relacionamento de casal o corpo do companheiro também pode ser encarado como um sobretudo? Pode ser emprestado ou não? Depois de usado voltará a ser o mesmo? É melhor saber ou ignorar? Alguns vão espionar, questionar, sofrer, procurar a mentira, buscar a indiferença e padecer na dúvida até o dia em que descobrem o segredo que vai confirmar sua infelicidade. Outros tratam de ser felizes cuidando de suas próprias roupas. E você, o que está vestindo hoje?

Já ouviu falar da expressão *ciúme do cão*? Uma amiga e colega de literatura escreveu um bem-humorado texto sobre o assunto. Por favor, não fiquem com ciúmes da Cláudia Marques por escrever tão bem.

Você tem um ciúme do cão?

Uhmmmmmm, situação grave, mas possível de ser solucionada. Aprenda a conviver com um gato. Isso mesmo, um felino, um bichano.

Não quero criar polêmica do tipo donos de cães *vs.* donos de gatos, mas acredito que os felinos têm muito a ensinar aos ciumentos, principalmente aos ciumentos que ultrapassam aquela tênue linha do *ciúme inocente* ou *ciúme saudável*.

Gatos são animais semidomesticados. Carinhosos, ronronantes, sedutores, mas totalmente independentes e cheios de personalidade. Gatos só fazem o que querem e não se sujeitam a nossos desejos ou vontades.

Não podemos fazer chantagem emocional com um gato, ameaçar, ter chiliques, pitis ou alguma reação violenta. A única coisa que conseguiremos com isso é um abanar de rabo nada satisfeito e uma retirada silenciosa e rápida. Claro que eles voltam, mas só depois que a fome bater e a poeira baixar.

Não ameace seu gato dizendo que, se ele não ficar em casa com você e preferir jogar futebol com os amigos (ou caçar alguns ratos na rua), está tudo acabado entre vocês. Poupe-se do ridículo; o gato vai sim caçar ratos e voltar feliz e satisfeito mais tarde. Espero que o seu mau humor já tenha desaparecido nessa hora, porque senão ele vai comer e procurar um lugar mais tranquilo para dormir.

Acredito que uma das características dos "donos" (sim, donos entre aspas, doce ilusão) de gatos é a capacidade de não ser o centro das atenções, por isso são pessoas com melhor autoestima e menos propensas a ciúme doentio. Sabem ocupar suas vidas e seu tempo com interesses próprios e não precisam que o outro esteja sempre por perto. Pelo contrário, vivem independentes da atenção do outro, são pessoas interessantes, o que faz o gato sempre voltar.

Gatos ficam com as pessoas quando querem, porque querem, se quiserem e por quanto tempo desejarem, e tudo isso se forem bem tratados. Gatos são como pessoas, demonstram afeto sim, mas do modo deles. Assim como as pessoas demonstram seu amor de maneiras diferentes, uns por palavras, outros por atitudes, os gatos podem demonstrar seu amor indo tirar uma soneca ao seu lado ou roçando nas suas pernas. Gatos exigem respeito, não são o melhor amigo do homem.

Gatos não se submetem ao capricho dos donos (ou melhor, aos seus humanos de estimação), não se sentem obrigados a ficar ao nosso lado por gratidão ou submissão. Na verdade, os gatos desconhecem completamente o significado da palavra *submissão*. Não amaríamos os gatos se fossem submissos, não teríamos respeito por eles. Por que então desejar que a pessoa que amamos se submeta aos nossos caprichos? Gatos nos fazem praticar o desapego. Amar sem esperar muito em troca. Quem consegue viver bem com um gato e gostar de ter um gato consegue ter um bom relacionamento a dois. Os gatos adoram passear e não nos avisam nem pedem permissão para sair. Por que exigir isso das pessoas? Por que não deixar livre e, como diz uma frase famosa e meio brega, "dar asas para voar e motivos para voltar"? Por isso, se você tem um ciúme do cão, aprenda com um gato.

25 de abril de 2013

Fui traído, e agora?

Responda com sinceridade: você tem uma pessoa na qual pode confiar cegamente, entregar a chave de sua casa, passar uma procuração de seus bens, contar seus segredos mais íntimos? Não vale pai, mãe, filho, irmão. Tem que ser uma pessoa sem laços de consanguinidade.

Eu achava que tinha, até o dia em que fui pego de surpresa. Uma pessoa da minha inteira confiança me traiu. A dor foi grande, nem tanto pelo ato em si, mas pela indignação, pois jamais esperava isso dela. Fiquei muito mal, não sabia como me comportar. Engoli tudo em seco e não tomei nenhuma atitude em represália. Acho que estava em estado de choque.

Tinha três opções dali para frente:

1) enquadrar essa pessoa como traidora, transformando aquele episódio no acontecimento mais desgraçado de minha vida, focando todos os holofotes no monumento erguido em homenagem à dor e à mágoa;

2) desperdiçar tempo e saúde arquitetando vingança e recontando mil vezes a velha história na tentativa de difamá-la; ou

3) colocar-me no lugar dessa pessoa e procurar não só entender, mas também sentir sua fraqueza.

Enquanto as feridas da traição ainda sangravam, não tive sanidade para pensar. O tempo foi passando, e nada acontecia. Silêncio e inércia bilateral. Se nenhum dos lados se movimentasse, esta seria mais uma dentre tantas histórias que desacreditam na humanidade e falam que errar é humano e perdoar é só com os deuses.

Lentamente comecei a elaborar o processo de perdão. A vida moderna, globalizada, tecnológica, competitiva, instantânea, descartável não permite muito tempo pra pensarmos nos prós e contras de todas as nossas ações. Em determinada situação, mesmo a pessoa mais ética e bem-intencionada pode se confundir, surtar, descompensar e trair a si própria e a todos que a rodeiam. Todos estão sujeitos a isso, em maior ou menor grau.

Quase nunca a traição é resultado apenas de estresse, surto ou alguma contingência especial. Na maioria das vezes é falta de caráter mesmo, mas, nesses casos, a pessoa vai dando sinais ao longo do tempo, que, analisados em retrospectiva, deixam clara a diferença. Não era o caso dessa pessoa, que jamais apresentara um deslize ético, e merecia uma chance.

O problema é que eu não conseguia perdoar. Racionalizava o que poderia fazer para corrigir a injustiça ou deixar de ter feito para evitar todo o sofrimento, mas nada fazia, sequer pensava em qualquer tipo de aproximação ou absolvição. Nesse processo de condenação fiquei sofrendo por um longo tempo, sendo o meu próprio verdugo e do outro também. Quem somos nós para julgar alguém?

Nem tudo precisa ter lógica ou explicação. Essa é a graça da vida. O *lado bom* de sofrer a traição, se é que pode existir, foi ter recebido o privilégio de genuinamente aprender a perdoar. Alguns confundem perdoar com esquecer, outros perdoam da boca para fora. Não existe receita exata de como perdoar; precisa surgir de dentro das entranhas. É um processo de foro íntimo, unilateral e para uso interno. Não se perdoa porque isso fará bem ao outro, mas porque faz bem a quem perdoou. Assim o fiz: lenta e silenciosamente desvencilhei-me dos sentimentos nocivos, deixei de ser vítima e acabei perdoando.

Perdoar é humano, assim como errar também. Perdão não significa aceitar o comportamento errado, nem tampouco a renúncia aos valores violados. Perdão é o encontro do amor com a justiça. Obrigado, amiga, por ter me dado a oportunidade de crescer. Aprenda com seu erro, cresça também e fique em paz.

Texto fictício; qualquer semelhança com pessoas e fatos é mera coincidência.

15 de outubro de 2011

A vida como ela é. Calar ou contar?

O destino inevitavelmente nos coloca em algumas situações complicadas. Verdadeiros dilemas éticos. Immanuel Kant, filósofo alemão, diz que deveríamos nos comportar de tal maneira que o motivo que nos levou a agir pudesse ser convertido em uma lei universal.

Leis universais, manuais, religião, filosofia não conseguem particularizar todas as situações. Quando somos colocados frente a uma *sinuca de bico*, a sensação é de que a responsabilidade toda está em nossas mãos. Precisamos saber o que fazer. Precisamos mesmo?

Casados há muito tempo, João e Maria sempre viveram bem. Ele trabalhava enquanto ela cuidava da casa e dos filhos — relação tradicional com papéis bem definidos. Em um desses momentos de crise, João perdeu o emprego, e Maria foi procurar trabalho. Atrasada para uma entrevista, Maria esquece uma pasta e volta para casa correndo. Onze horas da manhã. Encontra João no quarto, na cama, com outra. Acabou o casamento. Fato verídico, nomes fictícios.

Terça-feira à noite, saio para jantar. Restaurante pequeno, aconchegante, de bairro. Sento-me à minha mesa preferida. Ainda degustando o primeiro gole de vinho, a porta se abre, e entra Antônio marido de Fernanda, abraçado a uma loira. Fernanda é morena. Cumprimento formalmente com a cabeça, peço a conta e vou embora.

Será que fiz a coisa certa? Existe um manual de como agir nessas situações?

Nos exemplos acima, qual deveria ser a lei universal? Maria, casada há anos, deveria mesmo se separar? E, no caso do jantar, deveria ter permanecido no restaurante e aproveitado a noite ou ir embora, como fiz?

Já pensaram se por acaso a loira que acompanhava Antônio fosse minha amiga Fernanda de peruca ou cabelos tingidos, e eu não a reconheci? E se resolvo contar a ela o episódio do restaurante, e Fernanda, que já desconfiava mas estava acomodada em sua vida fica agora na obrigação de tomar uma decisão?

E se Antônio propositadamente desfilou com a loira para ser visto e denunciado e assim configurar uma traição que levasse a uma separação, que covardemente ele não conseguiu discutir com Fernanda?

Pensando bem, o que leva homens como João e Antônio a traírem suas esposas? Seria correto apresentarmos a situação somente sob esse ponto de vista, onde colocamos as mulheres no papel de vítimas e os homens como pecadores universais? Será que Maria nunca havia desconfiado que a relação andasse mal? E Fernanda, também não?

Teríamos nós, simples mortais, baseados em um encontro casual, a capacidade e o discernimento necessários para avaliar as situações descritas e, como num passe de mágica, através de um telefonema fatídico ou de uma conversa elucidativa, lançarmos a semente da separação no futuro do casal?

Decidir esse tipo de coisa não é o mesmo que decidir o que jantar ou que roupa vestir. É preciso ter cuidado, pois as decisões tomadas podem levar a danos irreversíveis.

Talvez a saída para esses dilemas seja tentar se colocar no lugar do outro. Imaginar o que sentiríamos se estivéssemos em suas peles, dar ouvidos para as emoções e tomar a decisão capaz de deixar nosso coração em paz... Porque, embora nem todos saibam, a função das emoções é qualificar nossas mais sábias decisões. Dormir de consciência tranquila não é a mesma coisa que estar com o coração sereno e sem dor. E, na pressa de resolvermos ou nos livrarmos de dilemas, decidimos escutar a razão ou as cobranças impostas pela sociedade, enquanto o coração continua sofrendo e chorando baixinho.

Quem dera tivéssemos a capacidade de nos transmutarmos para a vida de outrem. Certamente o mundo seria bem mais justo e condescendente. Imagino que aplicar os ensinamentos de Kant, numa sociedade pouco evoluída e cheia de nuances como a nossa, não seja ainda algo totalmente viável. Quando um homem e uma mulher decidem se tornar um casal, experiências individuais, preconceitos e conflitos existenciais passam a ser compartilhados. Isso acaba gerando diferenças e sentimentos, um campo que se presta a surpresas e interpretações, muitas vezes impossibilitando uma coerência pura e simples da relação afetiva, podendo levar a uma traição daquilo que chamamos de ética ou lei universal.

Explicando de outra maneira, as emoções, que deveriam servir de sustentação para uma relação ética, às vezes podem transformar-se justamente no estopim para uma transgressão. Não existe, portanto, a possibilidade do pesar frio e calculista, de uma e somente uma forma de agir, de uma lei universal, visto que cada relação apresenta suas peculiaridades, e os contratos silenciosos estabelecidos pelo casal são únicos.

Nossos personagens: infratores, permissivos, traidores ou não, já devem estar sofrendo por conta de como administram suas relações e seus afetos. Falta-lhes apenas a coragem para tomar as rédeas de suas vidas e acertar o rumo que os fará felizes.

Espero que este texto possa alcançar e ajudar a todos os Joãos, Marias, Antônios e Fernandas, no sentido de não deixarem mais seus corações a sofrer e a causar dor em quem lhes foi um dia importante.

E... Por favor, Antônio: não deixe para os outros resolverem o problema de seu coração. Ninguém merece!

Artigo escrito em parceria com a educadora Eda de Maman.

7 de outubro de 2009

Na cama de outro

Um pouco antes de iniciar a pandemia, um amigo me procurou pedindo ajuda. Estava tendo um caso extraconjugal e foi descoberto pela esposa. Confusão formada, separação iminente. Arrependido, não sabia mais o que fazer, não queria se separar, já havia implorado o perdão, no entanto o clima não estava nada favorável. Magoada, a esposa pediu que ele saísse de casa.

Conversei algumas vezes com o casal tentando ajudá-los. Devido à quarentena, houve certa dificuldade para ele encontrar um lugar onde morar de imediato, então foi ficando. Ele dormindo na sala, ela no quarto. Entreguei a eles um texto e pedi que lessem juntos, se possível à noite, bebendo um bom vinho tinto e depois fossem dormir. Não era necessário discutir o assunto; apenas ler. Estranharam o pedido, mas não recusaram.

Ontem recebi um vídeo em que ele a pedia em casamento pela segunda vez. Ela aceitou. Ambos estavam abraçados, chorando e sorrindo de felicidade. Autorizaram-me a publicar o texto no intuito de quem sabe ajudar algum outro casal que possa vir a passar pela mesma situação. Então aí vai.

Acho que precisamos falar sobre adultério. Ato universalmente condenado, globalmente praticado, muito comentado quando descoberto, mas pouco entendido em sua essência. Pode trazer consequências desastrosas, vocês são testemunhas. Antigamente adúlteros eram humilhados, apedrejados, queimados vivos, expulsos da comunidade. Era considerado crime no Brasil até o ano de 2015, quando foi extinto do Código Penal. Mas por que houve essa alteração? O que mudou?

A origem da palavra *adultério* vem do latim *ad alterum torum*, que significa "na cama de outro". E isso é importante frisar: adultério tem a ver com cama; alguém deitou na cama de outro. Para configurar adultério é necessário que tenha ocorrido contato físico com relação sexual entre os envolvidos. João tem uma relação estável com Maria e, sem que ela saiba, foi para a cama com Estela e ali consumaram o coito. Adultério é o sexo ligando três pessoas sem que uma saiba. Os nomes aqui foram trocados para preservar as identidades.

Historicamente os casamentos eram arranjados por razões econômicas; não havia amor. Por isso, nasceu o adultério. Os homens procuravam no adultério o afeto e o carinho de que precisavam e, além disso, tinham uma certa licença da sociedade machista para trair com poucas consequências. A monogamia que exigiam das mulheres nada tinha a ver com amor; o objetivo era saber a origem dos filhos para ver quem herdaria seus bens.

Enquanto o casamento era uma entidade econômica, o adultério funcionava como uma fonte de amor; agora que o casamento envolve amor, ironicamente, o adultério mudou de posição e virou uma ameaça à segurança emocional do casal. Se os casais estão juntos por amor, então por que cônjuges ainda arriscam destruir a relação praticando o adultério?

Antes de tentar responder, é preciso diferenciar adultério de traição. Adultério implica relação sexual, traição é algo mais amplo, envolve deslealdade, infidelidade no amor, quebra de confiança. Traição começa com conversas escondidas e necessariamente não precisa envolver beijo na boca ou sexo; pode ser simplesmente a quebra de certos acordos. Nem toda traição configura adultério.

Todos nós já fomos traídos e traímos alguma vez na vida. A diferença é que alguns sabem e outros não. Só o inimigo nunca trai; este diz descaradamente na sua frente que vai lhe aprontar. Ah, ia esquecendo, cães também não traem. Um relacionamento amoroso deixa implícito que o casal vai se amar, cuidar, respeitar, admirar e mais um montão de coisas boas. Na alegria e na tristeza, na saúde e na doença. Só que, depois de um tempo, as promessas começam a se quebrar e surgem indiferença, negligência, desprezo, atrasos, esquecimentos, violência, mentira, decepção, e por aí vai. O excitante período da conquista acaba, e se instala a rotina. Por ironia, e o amor é cheio delas, o fato de saber que é possível fazer sexo a qualquer momento significa fazê-lo com menor frequência.

A traição sexual é apenas um modo de trair e magoar o parceiro. Alguns casais vão aguentando essas pequenas traições, permanecendo juntos numa tortura psicológica, até que um deles, por fraqueza, imaturidade ou exaustão comete o adultério. Sair pela porta seria bem melhor que pular a cerca. Só que às vezes a porta está tão trancada que a pessoa encarcerada, ao menor descuido de seu parceiro, vai pular a cerca, não importando onde vá cair. Algumas traições são sentenças de morte tanto para quem trai como para o relacionamento que já estava morrendo aos poucos.

A vítima da traição extraconjugal nem sempre é a vítima no casamento. Geralmente os dois são vítimas. Lembrem-se disso, meus queridos.

Existem outras razões para infidelidade conjugal. Antigamente as pessoas, especialmente as mulheres, faziam sexo pela primeira vez depois do casamento. Hoje, antes de casar, as pessoas já tiveram tantas experiências sexuais que o casamento funciona como um marco onde devem parar de fazer sexo com outros parceiros e se fechar na relação com o cônjuge. Nem sempre conseguem. Talvez o preço que estamos pagando pelo sexo fácil seja a perda da capacidade de amar de maneira profunda.

Antes monogamia significava ter uma só pessoa por toda a vida; agora substituímos pela monogamia em série, ou seja, as pessoas vão trocando de parceiro na medida da insatisfação. Vivemos em uma época em que nos sentimos no direito de ir em busca de nossos desejos; a cultura do eu mereço ser feliz. Traímos não por estarmos infelizes, mas para saber se poderíamos estar ainda mais felizes. Já ouviram falar no amor líquido? É mais ou menos assim que funciona.

Fomos criados na crença de que somente através da relação amorosa monogâmica é que vamos nos sentir completos. É o tal do ideal romântico, no qual contamos com o parceiro para ser o melhor amante, amigo, confidente, conselheiro, pai/mãe, provedor, companheiro. Além disso, também precisa ser atraente, gentil, educado, íntegro, honesto, charmoso, paciencioso, espiritualizado, engraçado, equilibrado, leal. Tudo aquilo que era suprido através de muitos antes do casamento agora é tarefa exclusiva de um só. Nem sempre as expectativas são correspondidas; o amor romântico quase nunca consegue sobreviver à realidade de um amor de verdade.

Não sei por quê, mas casais costumam evitar conversas transparentes sobre o relacionamento; geralmente um dos dois odeia discutir a relação e as frustrações do tão ambicionado casamento perfeito. Surge um conflito entre valores, promessas, expectativas e comportamento, e isso pode ser a porta de entrada para o adultério. O que conta para tornar um casamento feliz não é tanto o grau de compatibilidade, mas a forma como lidam com as incompatibilidades.

Um caso extraconjugal nem sempre é, como muitos dizem, falta de caráter do traidor. Pode ser uma expressão de privação. Uma busca de conexão emocional, intensidade sexual, proximidade, liberdade e autonomia perdidas ao longo do casamento. Um desejo de atenção, de ser especial, ser importante, se sentir vivo e assim recuperar partes perdidas de si mesmo. Nem sempre se está buscando por outra pessoa; a busca é por um outro eu diferente daquele que se tornou ao longo da convivência. A linguagem do amor é a mesma da traição: vulnerabilidade.

Na maioria dos casos, depois da traição, o casal ainda continua junto, apenas sobrevivendo. Suportando o insuportável, dois estranhos no mesmo espaço físico. Um desgaste contínuo em que o casamento traz mais frustrações que alegrias. No tempo de meus avós, separar era muito difícil, o divórcio carregava todo um peso de vergonha. Hoje a nova vergonha é ficar quando se pode partir. Isso vale tanto para o traidor como para o traído.

Mas nem tudo são lágrimas numa traição. O casal pode escolher entre ficar chorando pelas rachaduras ou olhar a luz que brilha através das fendas. Partir ou ficar? Perdoar ou cultivar a dor? Ainda é possível resgatar a confiança? Ainda resta amor? O que é mais difícil, perdoar, esquecer ou amar? Não são simples escolhas; são paradoxos que precisam ser gerenciados. É preciso saber se estão dispostos a refazer o casamento em outros moldes, nos quais afeição, intimidade, preocupação, cuidado e amor estejam por baixo dos lençóis da cama, que é o leito sagrado e profano só do casal. Um lugar onde ambos se devorem e emocionalmente se protejam.

Entretanto, vale a pena lembrar os versos de Vinícius de Moraes, que alertam:

Da primeira vez ela chorou
Mas resolveu ficar

É que os momentos felizes
Tinham deixado raízes no seu penar
Depois perdeu a esperança
Porque o perdão também cansa de perdoar

Não sei qual será o destino de vocês, mas torço para que consigam sair bem dessa. Rápido e sem maiores cicatrizes. Amar não é para os fracos. Amar não é se acostumar um ao outro e ficarem juntos por conveniência ou aparência. Amar não é um fenômeno natural e espontâneo; caso fosse, não haveria tantos livros sobre o assunto. Amar é aquilo que cada um de vocês pode alcançar ao longo de suas vidas.

Assim como a pandemia, o adultério foi uma catástrofe, mas também é um sinal, um alerta para redirecionarem seus sentimentos. Fomos feitos para amar, não para trair ou odiar. Baixem a guarda. Abram as portas e as mentes. Sejam felizes.

Juntos ou separados.

14 de fevereiro de 2021

Quando todos julgam, ninguém é inocente

Troquei os nomes para não comprometer, mas a história é verídica.

Pedro (21) e Ana (18) conheceram-se no verão em Atlântida. Foi numa daquelas baladas que se iniciam depois da meia-noite e só terminam ao amanhecer. Ele se aproximou, ela não se afastou. Ele pegou sua mão, ela não retirou. Ele chegou mais perto, ela o beijou. Não se soltaram mais. Um só tinha olhos para o outro. Fizeram mil planos, realizaram quinhentos, refizeram duzentos, esqueceram os outros trezentos. Não importa, estavam felizes.

Um desses planos era uma viagem no mês de julho para Porto de Galinhas, Pernambuco. Queriam escapar do frio no inverno gaúcho. Economizaram, utilizaram pontos para comprar a passagem aérea, reservaram uma pousada perto do mar e partiram para uma lua de mel de quinze dias.

Foi a viagem dos sonhos, voltaram ainda mais apaixonados. Ficaram especialmente encantados com um passeio de jangada que percorria um mangue até chegar a um parque ecológico onde existe uma área de preservação de cavalos-marinhos. Puderam observar e até mesmo tocar os pequenos animais.

Ficaram sabendo que cavalos-marinhos só se relacionam sexualmente com um parceiro por toda a vida. Quando um dos dois morre, o outro se isola e fica solitário até morrer também. Além de escolherem um único parceiro, nessa espécie é o macho quem engravida, possuindo uma bolsa incubadora onde carrega os ovos depositados pela fêmea. Alguns estudos em cativeiro desmentem a fidelidade dos cavalos-marinhos, mas isso também pouco importa.

Pedro e Ana adoraram os bichinhos e resolveram se tatuar homenageando os cavalos-marinhos, perpetuando a viagem e celebrando seu amor eterno. Pedro pintou o macho em seu ombro esquerdo, e Ana desenhou a fêmea no lado direito. Caminhariam e dormiriam sempre com Ana ao lado esquerdo, assim os cavalos-marinhos estariam continuamente lado a lado.

Boas histórias são feitas de imprevistos, e o imprevisível aconteceu. Pedro e Ana, que haviam jurado e tatuado amor eterno, separaram-se, encontraram outros pares e seguiram suas vidas. Até aqui nenhuma novidade, situações assim acontecem todo dia. Agora é que vai começar a bela história.

Alguns verões mais tarde, Pedro e Laura (companheira atual) caminhavam mansamente pelas areias de Atlântida, quando cruzaram com Ana e Marcelo (companheiro atual). Educadamente cumprimentaram-se, trocaram algumas palavras, despediram-se.

A conversa não durou três minutos, tempo mais que suficiente para Laura perceber um cavalo-marinho idêntico ao de Pedro no ombro de Ana. Aliás, Laura percebeu a tatuagem nos primeiros dez segundos, os outros dois e pouco minutos foram gastos contendo a raiva para não avançar em Pedro e Ana.

Laura estava indignada, enfurecida, mal conseguia falar. Considerou uma traição Pedro nunca ter comentado a existência de uma tatuagem igual no ombro de uma ex-namorada e exigiu que ele retirasse aquela mácula do corpo. Pedro tentou argumentar, mas nada a convencia. Laura não dormiria mais na mesma cama com aquela tatuagem, outrora angelical e meiga, agora diabólica e traiçoeira. Não houve alternativa. Depois de muitas discussões e desgaste, contra a vontade de Pedro, o pobre do cavalo-marinho foi removido.

Pedro e Ana deveriam ter pensado melhor antes de fazer uma tatuagem gêmea em seus braços? Namorados erram ao marcar definitivamente o nome de seus pares em seus corpos?

Pedro falhou ao não contar para Laura que existia um cavalo-marinho igual ao seu no ombro de uma ex-namorada?

Pode ser considerada traição omitir uma informação do passado afetivo?

Quem define a relevância do que deve ser dito ou silenciado?
Laura tem o direito de exigir a retirada da tatuagem?
Pedro deveria remover a tatuagem para agradar Laura?
O que você pensa a respeito?
Quando todos julgam, ninguém é inocente.

Quer saber o outro lado da história? Marcelo e Ana estão muito bem. Ana tem mais quatro tatuagens espalhadas pelo corpo, e Marcelo, que possuía um corpo imaculado, sentiu que faltava algo. Havia uma incompletude latente, uma busca permanente. Uma noite, enquanto observava Ana dormir a seu lado, encontrou a resposta. Bem cedo pela manhã, correu para uma oficina e pediu para tatuar um belo cavalo--marinho em seu ombro esquerdo. Pronto, a busca estava encerrada, o casal estava completo novamente, o macho reencontrara sua única e eterna fêmea. Cavalos-marinhos fora do cativeiro são fiéis sim. E provavelmente inocentes, mas para Marcelo e Ana isso não tem a menor importância.

Quando ninguém julga, todos são inocentes.

3 de julho de 2018

A senha do paraíso

Quando completamos um mês de namoro, Marta pediu a senha de meu celular. Alegou que seu telefone era desbloqueado, não tinha nada a esconder e gostaria de reciprocidade. Foi além, disse que concederia alguns dias para que excluísse conversas e fotos comprometedoras do passado, pois não gostaria de abrir meu aparelho e encontrar outras mulheres me abraçando, mesmo que esses fatos houvessem ocorrido cinco, dez ou quinze anos atrás.

Fui pego de surpresa com esse pedido, realizado sem anestesia nem aviso prévio. Aliás, na hora não consegui distinguir se aquilo era um pedido, uma ordem ou brincadeira. Confesso que também nunca havia pensado direito no assunto, mas uma coisa posso afirmar: não gosto de receber ordens, muito menos de uma namorada de trinta dias. Não sabia o que responder, talvez até liberasse a senha, mas imaginava que aquilo deveria ser iniciativa minha.

Pressionado por seu olhar inquisitivo, contestei com a primeira obviedade que me veio à cabeça. Sabendo que meu telefone seria fiscalizado periodicamente, é evidente que se praticasse alguma transgressão, apagaria todas as pistas. Seria perda de tempo ela ficar procurando rastros ou vestígios. Não convencida, contra-argumentou advertindo que um dia haveria de me descuidar; então seria pego na malandragem. No entanto, relaxou concedendo-me um prazo maior. Quando completássemos seis meses de namoro, gostaria de receber como presente a maldita senha.

A discussão não parou por aí. Na semana seguinte, comuniquei a Marta que lhe concederia a senha, mas antes gostaria de lhe contar uma história bíblica, o Gênesis. Depois disso, se tivesse vontade, poderia revirar meu telefone ao avesso.

No sexto e último dia da Criação, quando tudo já fora criado e estava em seu devido lugar, o Todo-Poderoso criou o homem. Adão tinha inúmeros talentos e virtudes. Não era uma pessoa como nós. Nasceu para ser imortal e viver livre de preocupações, esforços e sofrimentos. Era um ser primariamente espiritual e mantinha uma ligação direta com o Criador. Vivia no Jardim do Éden, o Paraíso.

Mas ainda faltava algo para a plenitude. Uma companheira para Adão. Imprescindível e vital para os planos do universo. Quando este adormeceu, o Todo-Poderoso lhe retirou uma costela e criou Eva, sua mulher. A obra agora estava completa, um mundo celestial e primoroso, dois seres perfeitos, com espiritualidade ímpar, que mantinham uma ligação direta e constante com o Criador.

A tarefa de ambos era cultivar e desfrutar do Jardim, com uma única proibição: não comer do fruto da Árvore do Bem e do Mal. Aparentemente era apenas um mandamento simples, uma única demonstração de obediência, no entanto, menos de vinte e quatro horas após terem sido criados, Adão e Eva sucumbiram à tentação oferecida pela serpente e provaram do fruto proibido. A transgressão não foi mero erro ou descuido. Tinham uma relação íntima e direta com o Criador, que lhes comunicava suas diretrizes. Sabiam exatamente os riscos que estavam correndo. Se comessem do fruto proibido seriam expulsos do Paraíso e perderiam a imortalidade.

O que muitos não sabem é que a proibição era temporária. Adão e Eva ainda não estavam preparados para conviver com a maldade. Haviam sido criados naquele mesmo dia e só conheciam o bem, o que não significa que o mal já não existisse no mundo. A astuciosa serpente, encarnando a maldade, aproveitou a ingenuidade do casal e habilmente os seduziu.

Morderam o fruto interditado e, imediatamente após sentirem seu gosto, perderam a inocência; o bem e o mal se fundiram no interior de seus corpos e se tornaram conscientes da culpa e da vergonha. O Criador cumpriu sua promessa e os expulsou do Jardim do Éden, mas essa não foi a única punição.

Adão foi condenado a tirar da terra, com o suor de seu rosto, durante todos os dias de sua vida, o seu sustento. Acabou a mamata de tudo do bom e do melhor cair do céu. Além disso, ficou determinado que

Adão voltaria a se transformar em terra, matéria de onde fora criado. "Havia sido pó e ao pó retornaria", ou seja, o Criador manteve sua palavra e condenou-os, junto com todos os seus descendentes, à morte.

Quanto a Eva, o Criador reservou outros mistérios. Multiplicou os sofrimentos do parto e ordenou que os desejos da mulher a impulsionassem para o marido, que passaria a dominá-la. Queridos leitores, não estou inventando essa passagem bíblica, podem conferir — Gênesis 3:16.

Não parou por aí: o Criador colocou uma relação de amor e ódio entre a mulher e a serpente. A mulher íntegra dominaria a serpente do mal, pisando em sua cabeça, mas, quando a cobra fosse mais esperta, esta morderia o calcanhar da mulher, que se submeteria a seu encantamento.

O domínio da mulher pelo marido, o fascínio dessa pela tentação e a condenação à morte podem ter várias interpretações. Não é preciso levar o texto ao pé da letra; Adão e Eva não morreram no dia em que comeram o fruto proibido; pelo contrário, viveram muitos e muitos anos após terem sido expulsos do Paraíso. Segundo a Bíblia, Adão viveu 930 anos.

O Criador não falhou, tampouco hesitou. A história da humanidade precisava seguir, e o propósito da Criação só iniciou, de fato, quando o casal deixou o Jardim do Éden e começou a ter filhos. Nesse exato momento, desencadeou-se na humanidade o processo de morte que acontece com todos nós: ao nascermos, começamos a morrer. Ou, interpretando por outro viés, muitos Joãos e Marias conseguem viver fisicamente até os noventa anos, mas suas almas morreram lá atrás, aos vinte anos. Quem pode afirmar que, ao serem expulsos do Paraíso, Adão e Eva não tenham sido condenados à morte espiritual?

Nessa altura da narrativa, não sabia quanto Marta estava conseguindo associar a expulsão do paraíso com nosso convívio. Não era uma tarefa fácil transplantar o Gênesis para a tecnologia atual e entender que, às vezes, a senha do celular, se mal utilizada, pode trancar definitivamente as portas do Paraíso.

Precisei ser mais explícito. Expliquei que havíamos completado um mês de namoro, estávamos vivendo como no Jardim do Éden, plenos de expectativas e paixão, fazendo promessas, descobertas e desfrutando o Paraíso aqui na terra. Entretanto, éramos imperfeitos e tínhamos um passado a preservar e um futuro a construir. Não apagaria meu passado da lembrança, tampouco da memória do celular. Da mesma forma, não me atreveria a comprometer nosso futuro bisbilhotando sua intimidade.

Até mesmo no Paraíso existiram regras. Nosso namoro também precisaria respeitar algumas normas de harmonia, intimidade e confiança. Marta teria a escolha de vasculhar ou ignorar conversas e fotos em meu aparelho celular, arcando com as consequências de sua curiosidade e invasão de privacidade.

Seis meses se passaram. Marta cumpre religiosamente seu ritual. Antes de dormir, ao invés de rezar, ler um livro ou fazer carinho em seu marido, digita a senha e rastreia sinais de maldade, safadeza, deslealdade ou traição. Um dia vai encontrar. Ou inventar. Marta está casada com outro, bem longe de mim. Cada um tem o Paraíso que procura.

1.º de maio de 2018

A mentira mais cruel

Já imaginaram como seriam as relações se os pensamentos fossem abertos e pudessem ser lidos pelos outros? Provavelmente a convivência se tornaria impraticável. Atração, desejo, amor, fantasia ou suas ausências seriam captadas por telepatia instantaneamente. Raiva, desprezo, falta de admiração e ímpetos de terminar um relacionamento não teriam a possibilidade de dissimulação. Quem sabe assim teríamos um mundo mais honesto, mas estamos preparados para isso?

A resposta é um categórico NÃO. Desde que o homem começou a falar, inventou a mentira romântica. Aquela que é dita dentro de um relacionamento amoroso para agradar ou não magoar o outro. Funciona como uma forma de ilusão, ajudando a formar casais, construir famílias e viver em sociedade. Talvez o nome *mentira romântica* não seja o mais adequado, pois mentira não tem nada de romantismo, mas, enfim...

A maioria das pessoas não tem sequer a coragem de discutir os problemas do cotidiano, os sentimentos, as mudanças no desejo e em seu objeto, e não quer encarar a situação. Isso leva parceiros a mentir para que o assunto *nós dois* seja adiado indefinidamente. Uma mentirinha aqui, outra ali, uma omissão acolá, e todos saem mais ou menos felizes. Ninguém ferido mortalmente. Uma solução fácil, rápida e sem muito sofrimento. Será mesmo?

A mentira romântica se tornou um mal necessário e até mesmo uma rotina em nossas vidas. Funciona como uma espécie de calmante, formando uma nuvem de fumaça colorida, com efeito sedativo imediato e quase sempre de confusão a longo prazo. Assim como o álcool, esse tipo de mentira também é tolerado em doses pequenas, pois existe um reconhecimento não formal de que nem sempre nossos sentimentos são compatíveis com o modo tradicional de relacionamento e com as regras que nós mesmos criamos. Assim, a falsa moral releva e até perdoa essas *pequenas mentiras*, que passaram a ser usadas quase que sem pensar em suas consequências.

Atire a primeira pedra quem nunca falseou com a verdade para não desagradar ao outro. Talvez algumas raras e virtuosas pessoas jamais escondam seus sentimentos, mas, para a maioria dos seres humanos, mentir é simplesmente inevitável.

Acontece que não existem mentiras pequenas ou meias-mentiras. Nesse território insalubre só existem duas possibilidades: verdade ou mentira. E a mentira tem um preço. Não gostaria de entrar no mérito da quebra de confiança ou nas consequências das ditas mentiras criminosas, intencionais, premeditadas, do tipo não roubei, não traí, não fui eu... O foco aqui são as mentiras sentimentais, românticas, utilizadas como amortecedores contra a dura verdade. O preço a pagar é a omissão de uma parte dos sentimentos em troca de falsas declarações. Pensar algo e dizer o contrário.

Muitas vezes quando um parceiro pergunta ao outro se está gordo(a) ou bonito(a), na verdade gostaria de saber se ainda é amado(a), apesar da imagem corporal que esteja apresentando. Se o companheiro tenta agradar e desonestamente responde que está bonito(a), quando o(a) percebe gordo(a) e desengonçado(a), pode estar criando um problema para ambos. Não seria mais correto afirmar: *eu te amo, mesmo com esses quilinhos a mais...?*

Ao dizer aquilo que não se pensa estamos praticando uma agressão, mas não contra quem recebe, e sim contra quem a pratica. Será que não dói dizer *eu te amo* quando o que existe mesmo é dependência econômica, insegurança e medo da solidão? Ou não dizer quando o amor é mais do que evidente? A traição é contra os próprios sentimentos, contra a honestidade e contra o eu interior, que se tiver um pouco de integridade e consciência vai ter que escutar a voz contrariada dos sentimentos reclamando das palavras ou atos praticados. O grande problema talvez nem seja a mentira propriamente dita, mas os motivos que nos levam a mentir, pois as mentiras mais cruéis são aquelas que dizemos para nós mesmos, em silêncio.

12 de fevereiro de 2010

"Te perdoo por te traíres"

> *Se quiseres ser feliz por um momento, vinga-te;*
> *se quiseres ser feliz pelo resto do teus dias, perdoa.*
> Tertuliano

A lavanderia manchou seu vestido, o computador novo apresentou um defeito de fábrica, clonaram seu cartão de crédito, seu candidato não cumpriu as promessas de campanha, o gato do vizinho arranhou seu carro, você foi traído(a) por seu companheiro(a). Calma, não é seu dia de azar; são apenas exemplos para pensar se é fácil perdoar indiscriminadamente ou se algumas situações são mais graves que outras e, por esse motivo, não merecem perdão.

Seja honesto agora; você ficaria mais feliz se perdoasse ou se pudesse se vingar para que sentissem a mesma ou ainda mais dor que lhe causaram?

Provavelmente a gênese da maioria das situações que envolvam perdoar ou não está em promessas descumpridas. Amantes que fazem juras de amor eterno e depois descumprem, produtos e serviços que não correspondem ao anunciado, erros e falhas humanas, etc. Mal-intencionadas ou não, essas promessas descumpridas refletem a imperfeição humana. Não só dos outros, mas nossa também ao nos iludirmos, ao não compreendermos exatamente o que nos dizem, ao nos comportarmos diferente do esperado.

Sendo assim, a culpa pela traição é somente do traidor? Nem sempre. O traidor também pode ser a vítima. A primeira pessoa a se trair é sempre o próprio traidor, pois, antes de ferir ao outro, está renegando uma promessa por ele feita. Está primeiramente traindo a si próprio. Outras vezes, a traição é a única ou a última alternativa que restou ao traidor para resolver determinada situação, pois a traição nem sempre é realizada somente por quem realizou o ato; atitudes inspiram atitudes, tanto para o bem como para o mal.

Não estou defendendo a traição como solução final de problemas nem pregando sua absolvição, apenas ponderando que a culpa pela traição necessariamente não é apenas do traidor. Chico Buarque de Holanda em um verso célebre já abordava a questão quando cantou "te perdoo por te traíres".

Nem sempre temos uma parcela da culpa, mas é bom que façamos uma autocrítica antes de sairmos acusando. Colocar-se no lugar do outro, inverter os papéis, pode ser um bom exercício antes de qualquer julgamento precipitado.

Mas o que dizer do assaltante, do estelionatário, do estuprador? Vamos perdoá-los, e assim seremos felizes? Não, perdoar não significa aceitar o comportamento que nos prejudicou, tampouco a renúncia aos valores violados. Perdoar não significa simplesmente indulto, desculpa, remissão de pena. Perdoar é uma virtude. Não é somente dizer as palavras *Eu perdoo*, colocar o bandido atrás das grades, ou aceitar o(a) companheiro(a) de volta e esquecer tudo. Para perdoar é necessário paciência, tolerância, compaixão e tempo. Não estamos falando em tempo para esquecer. Perdoar e esquecer são coisas diferentes. Perdoar não é esquecer algo doloroso que aconteceu.

Ficar nutrindo rancor e desejando vingança é como tomar o veneno e esperar que o outro morra. Perdoar é a decisão racional de se desvencilhar desses sentimentos nocivos, deixar de gastar energia sobre coisas que não se pode mudar. Liberar a dor, o ressentimento e a raiva que estavam sendo carregados como um fardo e que acabavam por ferir a própria pessoa. Mágoas envelhecidas transparecem no rosto e nos atos, e acabam por moldar toda uma existência.

Perdoar é recuperar o poder, pois o que aconteceu deixa de ser relevante e não tem mais influência alguma. Perdoa-se também para manter viva a memória do mal praticado, como um sinal de advertência. Sem o perdão, a memória seria dolorosa, e por vezes insuportável. Pode-se até dizer que o perdão é a superação do passado em benefício do futuro. Resumindo, não se perdoa às pessoas porque isso fará bem a elas, mas porque fará bem a quem perdoou. Deixa-se de ser vítima.

Perdoar não é algo tão simples que possa partir de uma leitura, uma boa educação e uma predisposição por um mundo melhor. Talvez os seres humanos esqueçam mais do que perdoem. Talvez os seres humanos perdoem a maioria das vezes mais por fraqueza do que por virtude. Talvez perdoar seja somente para os deuses. Talvez pela falibilidade humana de uns e pela fraqueza e incapacidade de um perdão sincero de outros, não consigamos atingir a felicidade absoluta. Talvez ainda tenhamos muito que aprender em relação ao perdão, mas o único pecado sem perdão, certamente, é pecar contra a esperança.

31 de outubro de 2010

Sensações

*Às vezes te desejo
ao meu lado.
Às vezes dentro.*

O melhor beijo do mundo

A conversa corria solta no botequim quando uma amiga contou de um tio muito experiente em baladas noturnas e especialista em beijos. Havia lhe ensinado o melhor beijo do mundo e agora também ela desfrutava desse segredo. Beijava com tamanha desenvoltura, que o prazer transmitido retornava imediatamente em seu favor, criando um clima de satisfação mútua inesquecível. Como beijar não é o tipo de conversa que homens costumam ter enquanto bebem, por conta disso, o assunto não progrediu. Achamos que ela estava se exibindo ou até mesmo oferecendo seus préstimos. O fato de uma conversa não ir adiante não significa que o recado não tenha sido dado; pelo contrário, a curiosidade permaneceu agendada em meu cérebro.

Como seria o tal beijo? Demorado, olhos fechados, molhado, mordido, línguas em labirinto, ininterrupto? Estilo Hollywood? Roubado, decidido, precedido de uma conversa, um carinho, um olhar? As opções eram tantas que me confundiram e desestimularam. Além disso, nunca havia recebido uma reclamação, estava satisfeito com meu modo de beijar e achei que classificar um beijo como o melhor do mundo era algo muito pessoal e não merecia maiores pesquisas. Registrei e me diverti com as possibilidades imaginadas.

O destino quis que o assunto progredisse e criou a oportunidade. Sábado à noite, final de festa, lei seca, ofereci carona para minha amiga e seu parceiro. Sentaram-se no banco de trás e partimos. Comecei a escutar barulhos estranhos, estalos, gemidos, sucções, e percebi que o tal beijo estava sendo colocado em prática. Pisquei para minha namorada com certa cumplicidade e decidimos ficar quietos para não atrapalhar a performance. Tentei olhar pelo espelho retrovisor, mas era noite escura e não pude visualizar quase nada.

Enquanto dirigia, meus pensamentos iam e vinham, mas uma certeza eu pude ter: aquele beijo deveria ser muito bom mesmo, pois os ruídos eram fantásticos. Quando chegamos em casa, até tentei praticar com minha namorada, mas o som de nosso beijo era discreto demais.

Não resisti à curiosidade e no dia seguinte pedi à amiga que me ensinasse a técnica utilizada no beijo da noite anterior. Detalhe importante: solicitei uma explanação teórica, nada mais. A explicação foi rápida, não durou mais de trinta segundos, e foi mais que suficiente. Saí dali convicto de realmente ter aprendido o melhor beijo do mundo.

Querem saber? Estou em dúvida se conto agora ou deixo meus leitores meditando até o próximo artigo; afinal de contas, grandes ideias podem surgir nesse intervalo. Uma coisa eu garanto, funciona. Façamos assim, já que esperaram até agora; mais alguns dias não vão fazer diferença. Beijar é uma maneira de compartilhar intimidades, de sentir o sabor do outro, de interromper a fala quando as palavras se tornam supérfluas, de dizer mil coisas em silêncio. Pratiquem, criem situações novas, conversem com os companheiros, mandem sugestões. Vou ficar esperando. Logo, logo, ensino a técnica.

30 de julho de 2012

O que te impede de beijar assim

A ideia de escrever um texto contando como foi meu aprendizado do *melhor beijo do mundo* e deixar a revelação da técnica em suspense tinha a intenção explícita de estimular a fantasia dos leitores, porém a proposta era ainda maior. Gostaria também que refletissem acerca de quem, como, quando e por que estão beijando ou deixando de dar e receber esse presente.

Não existe a fórmula do beijo perfeito ou descrição da melhor forma de beijar; a qualidade está muito mais na cabeça dos parceiros que dentro das bocas. Sentimento e emoção são os ingredientes; sem isso o beijo torna-se morno, insosso, indiferente, vazio. O gosto do beijo vai melhorando na exata medida da entrega dos amantes e da veracidade do sentimento.

O segredo que minha amiga ensinou para tornar cada beijo único e inesquecível é beijar sempre como se fosse a última vez. A derradeira despedida. Vivenciar o instante com toda a intensidade, sentir que precisa preservar o momento, segurar o outro com a língua, envolver e ser envolvido, beijar já sentindo a falta e, finalmente, transformar aquele beijo apaixonado em um beijo sagrado. Um beijo inteiro. Um beijo infinito.

Não há beijo melhor. Se você acha que isso é uma explanação teórica, romântica e sem fundamento, das duas uma: ou você esqueceu como é um bom beijo, ou precisa experimentar. E aqui está o problema, as pessoas pensam que vão viver para sempre, esquecem que não são proprietárias dos outros e não se dão conta de que relacionamentos precisam ser alimentados e bem tratados. Apesar de vivermos quase um século, esse tempo não é suficiente para realizarmos todos os nossos sonhos, dizermos tudo o que precisaríamos, beijarmos como realmente gostaríamos. Vivemos procrastinando.

Cada dia que nasce é o primeiro para uns e será o último para outros, mas, para a maioria, é apenas um dia a mais. Steve Jobs conta que ficou muito impressionado com uma frase que dizia: "Se você viver cada dia como se fosse o último, um dia isso vai acontecer" e, a partir dali, todos os dias se olhava no espelho e perguntava: "Se hoje fosse o meu último dia, gostaria de ter feito o que fiz hoje?" Se a resposta fosse *não* por muitos dias seguidos, sabia que precisava mudar.

Nada na vida continua, tudo recomeça. Sei que as palavras *nada* e *tudo* são fortes, mas esta é a intenção. Viva cada dia como último e renasça a cada manhã. Faça suas 24 horas valerem a pena. Serão seus melhores dias. Seus beijos não serão automáticos nem monocórdios, mas intensos e definitivos. Morrendo a cada dia, você vai ansiar por voltar a viver. Vai dar valor às pequenas coisas boas e também o devido valor às pequenas coisas ruins que receberam tamanho exagerado. Talvez aprenda que alguns dias têm sido inúteis enquanto alguns momentos, por mais fugazes e simples que pareçam, têm o poder de mudar uma vida. Uma única palavra, um simples carinho, um perdão sincero, um sorriso espontâneo, uma lágrima escorrida, um beijo de verdade. Momentos definitivos.

A vida é curta para quem a mede em anos,
e longa para quem a mede em segundos — Mario Quintana.

13 de agosto de 2012

Beijo de máscara

Em julho de 2012 escrevi um artigo ensinando como dar o *melhor beijo do mundo*. Apesar da pouca modéstia e enorme presunção do pretenso escritor, o texto fez sucesso na época, tendo sido chamado para entrevistas no rádio e na televisão. Passei também por situações constrangedoras e inesperadas: eventualmente no meio de uma palestra ou reunião algum engraçadinho perguntava se haveria demonstrações práticas.

Na verdade, não inventei nada de novo, nem me julgava um grande beijador; apenas me inspirei na música da compositora mexicana Consuelo Vélazquez, que aos dezesseis anos de idade declarou para seu amado:

Besame, besame mucho, como se fuera ésta noche, la última vez
Besame, besame mucho, que tengo medo a perderte, perderte después.

O segredo do beijo maravilhoso não está na técnica, na boca, nos lábios ou na língua. É a cabeça quem potencializa o beijo. Imaginar que talvez aquele beijo seja o último, quiçá nunca mais se repita, faz com que se aproveite ao máximo aquele encontro de bocas e seja sustentado com todo ardor. As bocas se prendem de tal forma, que não há como se desvencilhar, tampouco esquecer.

Passaram-se os anos, mudaram os conceitos. Durante uma conferência sobre relacionamentos afetivos, surgiu a proposição de que "o melhor beijo do mundo seria aquele que você interrompe o sexo para beijar". Não faça julgamentos precipitados; é uma definição mais carnal, mas pense bem, por mais que você discorde, há um fundo de verdade na citação. Mas não é por esse caminho que pretendo seguir.

Passaram-se mais alguns anos e agora estamos confinados em uma quarentena sanitária; beijos e abraços estão contidos com medo de contaminação. O beijo corriqueiro, o abraço comezinho, antes tão naturais, agora encontram-se racionados, controlados e até mesmo proibitivos;

por isso mesmo, passaram a ser objetos de desejo. Lembrei-me então do beijo inesquecível. Cada vez mais começa a fazer sentido a canção *Besame mucho*. Beijar como se fosse a última vez.

Beijar sem sentimento pode até ser bom, mas é indiferente para a alma. De que vale um beijo que não faz vibrar a alma, perder o fôlego, gelar o estômago e voar desenfreadamente borboletas coloridas? Muitos falam que estão sentindo falta de beijos e abraços, mas de quais beijos estão falando? *Selinho* ou *Não desgruda*? Abraços *protocolares* ou abraços *de urso*?

A graça de um beijo é ser desejado, conquistado, esperado. Beijo roubado não conta; vale como proeza para se gabar, mas é vazio, insosso, nada mais. *Selinho* então nem se fala, nem merecia ser chamado de beijo. Ansiamos, suspiramos, sonhamos em dar e receber o melhor beijo do mundo, mas como fazer isso agora quando bocas estão separadas por máscaras e corpos por dois metros de distância?

O beijo não começa quando as bocas se tocam; inicia bem antes. Primeiro surge um sentimento, seguido por um desejo, refletido por um pedido e retornado por um consentimento ou negação. Na prática acontece assim: você olha firme nos olhos da outra pessoa; se ela estiver sintonizada vai entender seu pedido. Pode até baixar os olhos envergonhados, levantando logo em seguida para consentir. Você confirma o pedido entregando sua alma com o olhar. Pronto, o beijo está dado, agora é só desfrutar. Não é preciso falar, tocar, nem mesmo beijar a boca.

Sabe aquela máxima de ter os olhos maiores que a barriga, quando uma pessoa come uma boa refeição com os olhos? Chega a salivar de tão saboroso. Funciona assim com o beijo. Experimente beijar sem a boca. É mais difícil, pode até ser breve e durar pouco, mas é tudo. O gosto do beijo com os olhos vai melhorando na exata medida da entrega dos amantes e da veracidade do sentimento.

Em tempos de pandemia, escutar é o novo jeito de abraçar. Continuar ligado ao outro, envolvendo e sendo envolvido, já é um bom começo. Transformar um beijo contaminante num beijo sagrado, uma grande vitória. Beijar por inteiro, sentindo-se completo e já sentindo a falta, um caminho para a cura. Viver esse momento como infinito, a consagração. O melhor beijo do mundo não é o mais demorado, o melhor abraço do mundo não é o mais apertado. O melhor é aquele dado na pessoa certa.

1.º de setembro de 2020

O olhar que beija

O poder da mídia é inquestionável e ao mesmo tempo assustador. Através de mensagens diretas ou subliminares, recebemos em média trezentas sugestões diárias de como tornar nossa vida melhor e sermos mais felizes. Quase todas indicando dois endereços bem pontuais: consumo e beleza física. Quanto maiores a capacidade de consumo e a proximidade da perfeição estética, maiores também serão o grau de satisfação pessoal e a admiração dos outros. Certo ou errado? A pretensão aqui não é entrar no mérito dessa discussão; apenas comentar as implicações desses comportamentos nas relações afetivas.

Uma mentira repetida mil vezes pode acabar parecendo verdade. Depois de bombardear o público durante um mês com o comercial do *pop-star* vendendo determinado produto ou estilo de vida, a mensagem acaba sendo assimilada e o desejo de compra passa a ser uma consequência lógica. É mais ou menos assim que somos induzidos à mudança de hábitos ou comportamentos.

Quase tudo nos é oferecido de maneira instantânea, com promessa de satisfação imediata. Cada vez mais as pessoas utilizam seu tempo livre para navegar em sítios de compras, de sexo explícito, salas de bate-papo, interagindo apenas virtualmente. Um olho no monitor e outro no teclado, buscando o imediatismo, o já, o agora.

Essa instantaneidade invadiu também as relações afetivas, uma vez que a escolha do sujeito da cobiça amorosa tem se restringido a um simples passar de olhos, um relance, com vista apenas, na maioria das vezes, em patrimônio, medidas de busto, coxa e quadril.

Um outro tipo de olhar foi esquecido. Aquele olhar que não tem pressa, porque sabe que vai precisar de tempo para atravessar a retina, sondar a alma, devassar os segredos, deixar seu recado e buscar o brilho ou a escuridão do retorno. Enquanto a pupila de um vai pedindo licença, a do outro vai dilatando, e vão se deixando conhecer, abrindo passagem, esquentando, querendo, gostando, encaixando. E *clac*.

Sustentar o olhar do outro não é para qualquer um, ou quaisquer dois. É preciso parceria, a verdade de um olhar encontrando eco na verdade do outro e novamente refletindo para dentro de cada um.

Notem como hoje se tornou mais fácil beijar, tirar a roupa, se deixar tocar, ficar, comprar, viajar, fazer cirurgia plástica do que sustentar por mais de dez segundos o olhar de alguém. Ao que tudo indica, nessa nova ordem da instantaneidade e felicidade comprada, pode-se adquirir, mostrar e tocar quase tudo, menos o olhar.

Qual seria, então, a parte mais sedutora e, se tivesse preço, mais cara do ser humano hoje em dia? Sem dúvida que seriam os olhos. Aquele olhar de quem se entrega, conseguindo assim falar melhor que a boca, escutar além das palavras, sentir acima e abaixo da pele e enxergar bem mais que as aparências. Quando esse brilho atinge o outro, é chegada a hora de fechar as pálpebras e deixar que os lábios se busquem, para de outra forma enxergar o que os olhos já haviam visto.

Beijar sem antes olhar fundo é como comprar no escuro. É um beijo roubado. Beijar com a luz apagada, então, é um assalto. Beijar de olhos fechados só tem sentido se antes houver o espelhamento das retinas. Encarar antes e depois de um beijo é um prazer tão grande que talvez palavras não consigam expressar, mas chega a ser melhor que o próprio beijo. Enfim, acertar o foco é uma questão de tempo, direcionamento do olhar e, mais do que tudo, vontade de enxergar e se ver ao mesmo tempo.

Artigo escrito em parceria com Maria Janice Vianna.

29 de julho de 2010

Deixa-me calar-te com um beijo

A palavra mais utilizada da língua portuguesa deve ser o *porquê*.

O ser humano precisa de uma explicação lógica para quase tudo, e o *porquê* é a ferramenta predileta para esclarecimentos, seja perguntando ou respondendo. Se a resposta iniciar com um belo *porquê*, metade do trabalho já está pronto, nem precisa esclarecer direito. Existindo um *porquê*, por mais absurdo e sem sentido que seja, a coerência parece refeita. O *porquê*, por si só, tem o poder intrínseco de acalmar o interlocutor.

Por que o voo está atrasado? Porque o avião precisou fazer uma revisão nas turbinas. A atendente do balcão responde, e o passageiro se satisfaz com a explicação, que justifica o atraso, mas não resolve o problema. Segundo Nietzsche, precisa existir um *porquê* e então a gente aguenta qualquer *como*.

O problema é que quase nunca existe um único *porquê* ou um *porquê* definitivo para determinada situação. Geralmente respondemos com o *porquê* mais instantâneo ou desenvolvemos uma explicação conforme a vontade do freguês.

Por que você fez isso? Nem sempre a pessoa que fez sabe. Simplesmente deu vontade, foi lá e fez. Pode ter feito por impulso, raiva, vingança, maldade, ingenuidade. Na hora de responder, avaliará a melhor opção, aquela que satisfaz sua consciência e possivelmente sossega a ansiedade do outro, e iniciará seu discurso com um solene *porquê*. Se a explicação não for suficiente, imediatamente surgirá um novo *porquê* exigindo um *contraporquê* de réplica. E, assim, sucessivamente os *porquês* se multiplicam.

Você sabe exatamente por que ama ou deixou de amar alguém? Por que se apaixonou ou desapaixonou? Por que comprou aquela bolsa caríssima? Por que torce pelo Flamengo e não para o Botafogo? Você não sabe. Garanto. Imagina que sabe, racionaliza, produz um *porquê* razoável, anestesia a consciência e segue a vida.

Nem todo o saber segue a lógica e a razão. *Saber* deriva do latim *sapere*, que tem o duplo sentido de *saber* e *sabor*. O recém-nascido começa a explorar o mundo pelo sabor, sugando o seio materno de olhos fechados. Para o bebê não existem palavras, não existem imagens, o mundo é um objeto de deleite. Um mínimo de saber e o máximo de sabor possível.

Mais adiante, passa a conhecer o mundo com os olhos e quer entendê-lo através das palavras. Surgem então os famigerados *porquês* e começam a desaparecer os sabores. Os pais não aguentam tantas interrogações nem conseguem respondê-las adequadamente. Um *porquê* vai arrastando outro e o saber que agora vale é aquele que pode ser descrito com palavras. O mundo começa a perder sabor.

A criança come um mingau de banana, mas faltam-lhe palavras para dizer o gosto da banana. Começa a confusão. Sabores não se definem com palavras; são segredos incomunicáveis através da linguagem. Tente descrever o sabor de uma banana. Um *porquê* jamais vai transmitir um sabor. Segundo Rubem Alves, para saber o sabor de algo, é preciso ir além das palavras, chegar ao lugar onde o prazer acontece.

Talvez aqui esteja o porquê do fracasso dos *porquês*. Experiências verdadeiras não são tagarelas, faltam-lhes palavras apropriadas. Tudo aquilo que conseguimos expressar com palavras é porque já fomos além. Nietzsche já dizia que a linguagem foi inventada apenas para transmitir aquilo que é médio, comunicável. Nossos sentidos trespassam palavras.

Certa vez, me interessei por uma garota. Ela passeava todos os dias na mesma praça onde eu corria. Sua beleza e a maneira graciosa como tratava seu cão me atraíram. Um dia tomei coragem e educadamente a abordei, comentando que talvez ela nem tivesse percebido, mas havíamos nos cruzado várias vezes nas últimas semanas e não pude deixar de reparar a delicadeza de seu andar com o cãozinho. Se não fosse incômodo, gostaria de acompanhá-la na caminhada para trocarmos algumas palavras e nos conhecermos.

Ela não se intimidou com minha aproximação, prontamente pediu-me um beijo e disse que depois decidiria se iríamos conversar. Fiquei atordoado com a proposta, não fazia sentido algum beijar uma desconhecida, mas não me fiz de rogado; afinal, não é todo dia que se recebe um convite assim. Não trocamos um selinho ou uma beijoca. Foi um beijo com bê maiúsculo.

Deliciado e surpreso, ela sussurrou em meu ouvido que, antes de me conhecer, precisava saber se minhas palavras tinham sabor, para depois então resolver se teria vontade de me ouvir. Ficamos nos conhecendo, sentindo, apreciando, gostando e admirando por meses, até que um dia surgiram os *porquês* obstaculizando nossa conexão e tirando o amor de nossa comunicação. Por fim, os *porquês* nos afastaram.

Priorizar o *porquê* é deixar a sensibilidade de lado para dar lugar à ilusão do saber das palavras. Palavras seduzem, aparentam conhecimento, disfarçam a ignorância, mas não conseguem traduzir um sabor, um prazer, um viver. O pulo do gato é descobrir que o saber autêntico provém do sabor e não da linguagem. Sábio é aquele que usa a boca para saborear muito e falar pouco. Adquire um paladar mais refinado com discernimento para escolher aquilo que vai comer, escutar ou falar.

Um *porquê* encantador cativa a mente inquieta, mas não alimenta, sequer engana a alma. A serpente é considerada o símbolo da sabedoria não porque convenceu Adão e Eva ao pecado através de palavras, mas porque os seduziu a provarem um sabor desconhecido, o gosto da sabedoria.

Por que temos a pretensão de saber o porquê de tudo? *Porquês* geralmente são imprecisos, não fidedignos e podem conduzir a equívocos. Talvez a verdade esteja no não dito, no vivenciado, sentido, experimentado, e a resposta mais honesta que podemos fornecer a um *porquê* interrogativo, seja um breve *porque sim, porque não* ou *não sei por quê*. Mas isso não explica; deixa um vazio, parece desinteresse, provocação, arrogância.

Anos mais tarde, por acaso, nos encontramos numa livraria. Ela tomava um café e lia Carpinejar. Contou-me que morou em Montevidéu, estudou filosofia e gastronomia. Trabalhou como *chef* num restaurante mexicano, e seu cãozinho teve dois filhotes, Pablo e Neruda. Mostrou-me uma tatuagem no tórax, quase abaixo dos seios que dizia "Deixa-me calar-te com um beijo que te faça a alma gritar". Não foram precisos mais de cinco minutos de conversa para que as palavras falassem menos que os olhares.

A noite chegou, a livraria fechou, e o sabor voltou. Enquanto o coração não souber o que sente, a cabeça não sabe o que quer. O sabor é o alimento do saber. A vida não exige explicação, mas suplica por degustação. Delicie-se.

11 de novembro de 2018

Se for inesquecível, será eterno

— Você me enxerga só como amiga ou me vê também como mulher?

A pergunta lhe pegou de surpresa. Eram amigos há muito tempo, aliás, muito tempo e muito amigos mesmo, daqueles que contam tudo ou quase tudo, mas jamais passaram disso. Acho que nunca pensara em ultrapassar esse limite.

Atordoado com a situação, respondeu de chofre que obviamente a via como mulher além de amiga. Ela, percebendo que ele fisgara a isca, aplicou o golpe final:

— Você não sente desejo por mim? Nunca sentiu?

Agora, além de atordoado, ele estava perplexo e desorientado. Nunca imaginara esse duelo sentimental, estava desconfortável; parecia um menino tímido de quinze anos, apesar de seus trinta e poucos. Talvez para não magoá-la, talvez por não saber o que responder, disse que algumas vezes sentiu vontade de beijá-la.

Ela avançou mais uma vez o sinal:

— Eu também às vezes sinto vontade de te beijar. Ontem à noite quase me atirei em seus braços, mas me contive porque não sabia qual seria sua reação. Em nome de nossa amizade fiquei só no desejo. Por que não saímos do imaginário e experimentamos nos beijar agora?

Constrangido, um pouco atrapalhado, suspirou fundo, aproximou seu corpo, lançou um último olhar para confirmar se a permissão de a beijar ainda era válida e só então a beijou. Não um beijo juvenil, roubado, ingênuo, travesso, sem comunicação de línguas.

Foi um beijo de novela. Romântico, utópico, carinhoso, recíproco, uma boca roçando na contramão da outra, sincronia de línguas, excesso de baba. Taquicardia, frio na barriga, calor no corpo, tempestade hormonal. Durou mais ou menos sete minutos. Quando interromperam, não sabiam o que fazer. Nenhum dos dois falou nada. Como se qualquer palavra pudesse estragar aquele momento. Atiraram-se então em mais um longo beijo, que juntou suas bocas e calou suas vozes. O silêncio deixou de ser solidão.

Pareciam duas crianças quando, já sem fôlego, pausaram o segundo beijo. Olhavam-se, sorriam, desviavam o olhar, não sabiam o que fazer com as mãos. Não conseguiam dizer com palavras o que estavam sentindo. Justo eles, que passavam noites inteiras conversando sem sentir o tempo passar. Despediram-se assim, sorrindo, olhos brilhando, indefesos, vacilantes, satisfeitos, num silêncio loquaz.

Como ficaria a vida dos dois depois daquele beijo? Seriam castigados como Adão e Eva depois de provarem o fruto proibido? Seriam expulsos do paraíso ou o beijo era a chave que faltava para destrancarem seus corações?

Envergonhados, abalados, inseguros, assustados, entraram em suas cavernas existenciais. Precisavam pensar, precisavam saber o que aquele beijo representava. Mudança de *status*? *Upgrade*? Fim da amizade? Apenas uma experiência, um *test-drive*? Não tinham coragem de se encontrar, se olhar, sequer conversar.

Não precisavam. O gosto singular e estrangeiro da saliva ainda escorria pelos corpos, a língua de um permanecera dentro da boca do outro. O beijo não terminara. Eles sentiam isso. Sabiam disso. Aliás, um beijo pode não representar nada, mas se for inesquecível, será eterno.

29 de outubro de 2021

Cheiro

Não sinto mais teu cheiro. Na verdade, não sinto mais teus cheiros. Eram muitos. Na cama tinhas um cheiro que me deixava entorpecido, começávamos a nos abraçar, e o cheiro que emanavas instantaneamente me atraía direto para tua boca. Não conseguia mais me desgrudar. Era uma mistura de suor, feromônio, excitação, desejo, malícia, sedução. Não consigo descrever com palavras, mas era algo surreal, envolvente demais. O cheiro ficava impregnado nos lençóis e dali se espalhava no ar por todo o quarto.

Dormir naquela conjunção de aromas era o paraíso, mas isso não era tudo, a festa ainda não havia acabado. De manhã cedo saías da cama de mansinho e entravas no banho. Não sei por quê, mas deixavas a porta entreaberta e por ali começava a entrar outro cheiro, exatamente o antagonista daquele da cama. Também não consigo explicar direito, mas era uma combinação de pureza, frescor, inocência, juventude, perfeição, completude, felicidade. Os dois cheiros se completavam e fechavam um ciclo.

Retornavas para o quarto com uma toalha enrolada unicamente na cabeça. De olhos fechados ficava farejando e me deliciando com cada passo de aproximação. Não precisava enxergar para saber que ali era o meu lugar, meu oásis, meu lar. Era ali que eu queria ficar, só ali.

Fazíamos então uma queda de braço, eu te puxava de volta para a cama, tu me empurravas para fora. Como era gostosa aquela brincadeira; ouso dizer que talvez fosse a melhor parte do ciclo, cada um travando uma batalha interna entre dever e desejo. Perdi a conta de quantas vezes nos atrasamos, mas valeu cada minuto. Quando vencias, sentias-te culpada, ficavas com remorso, mas em seguida já deixavas programada a próxima batalha amorosa.

Agora não sinto mais teu cheiro. A vida está sem graça, sem sabor, sem cor. É como assistir a um Gre-Nal empatado em zero a zero, comer uma *pizza* de mussarela fria, viajar sozinho. Perdi a referência, a orientação, talvez tenha perdido até mesmo a pegada. Está difícil. Por enquanto, preciso aprender a seguir sem teu cheiro.

A Covid me tirou o olfato, não tirou meu amor. Não consigo mais sentir teu cheiro, mas te sinto a meu lado. Teu perfume está vivo na minha memória, tu estás na cama comigo, e Deus está conosco. Peço-te só um pouco de paciência. O vírus daqui a pouco vai embora, e teu cheiro logo vai voltar a nos perfumar.

14 de julho de 2021

Meu problema não era a comida

Hoje não acordei bem. Senti um aperto na altura do estômago, uma sensação de saciedade e uma preguiça daquelas que nos aprisionam na cama. Olhei o relógio e vi que passava das nove, mas não tinha a menor vontade de levantar. Queria mesmo era voltar a dormir pra ver se acordava melhor.

Não consegui. O pessoal que trabalha na pousada já estava circulando pelo corredor, especialmente dona Maria, que, enquanto limpa os quartos, cantarola muito alto e faz alguns barulhos que me atrapalham o sono.

Além disso, fiquei pensando o que poderia ter causado aquele mal-estar. Rolava na cama de um lado para outro enquanto tentava lembrar o que comera no dia anterior.

A noite havia sido ótima, não exagerei na comida nem na bebida. A única coisa diferente foi aquele vinho verde português servido durante o jantar. Tão logo vi aquele líquido verde na taça, estranhei a cor. O garçom percebeu minha estranheza, mas foi esperto e atencioso. Rapidamente saiu explicando como era a fabricação e o envasamento da bebida.

Fui convencido a experimentar. O gosto era um pouco adocicado, porém suave e desceu redondinho. A conversa e a boa comida exigiam acompanhamento de um vinho daquela categoria. Não deve ter sido o vinho. Quem sabe algum ingrediente da comida?

O aperto no estômago continuava, o barulho no corredor aumentou, a cama começou a ficar desconfortável, então decidi levantar-me e tomar um chá. Vesti aquela bermuda vermelha que comprei na feira de Lisboa, uma camiseta qualquer, calcei os chinelos e desci para a cafeteria. Não tinha disposição para me arrumar melhor.

Sentei-me naquela mesa perto da janela onde costumávamos tomar café todas as manhãs. Sabia que hoje seria diferente, pois não estarias ali comigo. Ao ver teu lugar vazio, perdi até a vontade de tomar chá. Olhei para o resto do salão e percebi que também estava vazio. Até a música clássica que estava tocando e que curtíamos já não era mais tão tranquilizadora.

O vazio da tua ausência estava se alastrando pela casa e pelo meu corpo. Num gesto de desânimo, baixei a cabeça como quem vai chorar e quer esconder o rosto. Nesse instante, percebi um envelope com meu nome em cima da mesa, escrito com tua letra.

Foi bom receber aquela surpresa, mesmo sabendo que seria uma despedida. Nem sabia o que estava escrito, mas era como se ainda estivesses ali, me fazendo companhia. Abri rapidamente o envelope, num gesto esperançoso de que magicamente fosses sair dali de dentro.

Não podia imaginar que ali estava a receita para curar minha dor. Três pequenas palavras milagrosas: "Para sempre tua". O problema não era a comida; minha fome era outra.

9 de novembro de 2014

Chore mais

Antes você era um sonho, um amor utópico. Depois, uma realidade maravilhosa. Agora, apenas uma recordação. Uma bela recordação. Doeu ter deixado nossa história no meio. Doeu saber que podíamos e não fizemos. Ainda bem que existem outro dia, outros sonhos, outros risos, outras coisas. Eu me construí com todo o amor que você não quis mais. Dei tudo o que tinha que dar. Acabou. Deixe-me aqui quieto. Com meus pensamentos, minhas ausências, teus silêncios. Estes olhos já não choram mais por ti.

Por que nosso personagem deixou de chorar? Será que já esqueceu a amada? Provavelmente não. Será que as lágrimas secaram porque acabou o sentimento por ela? Acredito que também não seja esse o motivo. Será que chorou tanto que já não existem mais lágrimas? Certamente não é o caso. Vou arriscar uma hipótese, mas antes preciso falar um pouco sobre chorar.

Nos primeiros três meses de vida, antes de aprender a sorrir, o principal meio de comunicação é o choro. Comunica fome, dor, solidão e desconforto. Curioso é que até o oitavo mês, os bebês choram, mas não vertem lágrimas. Não têm canais para isso. No entanto, são tão indefesos que, mesmo sem lágrimas, todo choro é crível. Bebês têm choros diferentes para enviar mensagens diferentes. As mães quase sempre conseguem distinguir o choro de seus bebês de outros.

Entre o oitavo e o décimo segundo meses, encontram outras maneiras de se expressar (apontando, gritando, jogando colheres ao chão), não precisando tanto do choro. Quanto mais crescem, os motivos para chorar vão deixando de ser simplesmente físicos, para se tornarem também emocionais.

À medida que o cérebro se desenvolve, aumenta a necessidade de criar vínculos e se comunicar. Relacionamentos complexos pedem por mentes cada vez mais complexas e formas mais complexas de comunicação. Aprender a falar é uma forma de evolução importante nesse processo de socialização. Já as lágrimas, com a evolução da mente, diminuíram sua frequência e intensidade drasticamente; no entanto, devido à mensagem poderosa e visível que enviam, converteram-se na forma suprema de linguagem corporal.

Logo cedo, as crianças aprendem que podem manipular os pais com o choro. Quem já não presenciou o choro sem lágrimas de uma criança que está infeliz, quer atenção ou uma barra de chocolate no supermercado? O termo correto para isso é choramingar. Assim, entre os primeiros sinais que os pais procuram quando uma criança chora são lágrimas, um sinal seguro de que o bebê precisa realmente de ajuda.

Só que não é bem assim que funciona. Chorar sem lágrimas não é sinal de falsidade. É possível uma alma estar se afogando em lágrimas e o choro ser escondido ou disfarçado e não transparecer.

Choramos porque palavras não são suficientes para definir sentimentos. Choramos quando nossas emoções levam a melhor sobre as palavras. Substantivos, verbos, adjetivos e a lógica que os acompanha não estão preparados para o trabalho de explicar sentimentos. A emoção que sentimos num momento específico demoraria muito para ser expressa por palavras. Se estas pudessem comunicar com eficiência, talvez não precisássemos chorar, só que emoções verdadeiramente fortes estão além do alcance das palavras, abrindo o canal para o pranto.

A teoria de que as lágrimas escoam quando palavras não conseguem expressar sentimentos não é completa. Segundo esse raciocínio, animais não falam, portanto deveriam chorar com lágrimas para expressar sentimentos, mas isso não acontece. Falta-lhes algo. Animais podem sentir dor, raiva, frustração, perda, medo, mas não vertem lágrimas. É preciso que haja a combinação da emoção bruta com um cérebro capaz de refletir sobre os sentimentos primitivos. Animais não têm a capacidade de fazer o casamento entre razão e emoção.

Aqui entra a estratégia utilizada por nosso amigo com sua amada. Ou seria ex-amada? Ele deve ter consumido um bom tempo e uma grande dose de energia racionalizando, reescrevendo a história do casal, reformulando sua vida, transformando sentimentos em palavras. Então, em determinado momento, palavras e reflexões começaram a levar vantagem sobre lágrimas e as aprisionaram em algum lugar. É crucial um período de tempo para que isso aconteça. Esse é o mecanismo do luto, a energia que era dedicada ao objeto ou ente perdido precisa de um tempo para ser redirecionada. Assim também funcionam os bebês, que, ao encontrarem palavras, eliminam lágrimas.

Estudos demonstram que, assim como comemos, dormimos e respiramos, também precisamos chorar. Lágrimas jogam para fora do organismo hormônios e proteínas a mais que geraram em nosso cérebro os sentimentos que nos entristeceram. Lágrimas não são consequência de tristeza, são a cura. Chorar é a maneira de o corpo se livrar do excesso de substâncias, como prolactina, manganês e hormônio adrenocorticotrópico, que nos entristecem.

Chorar fornece uma sensação de alívio, mas, convenhamos, mesmo um surto forte, longo e desatado de choro não cria mais que um dedal de fluido carregado de hormônio. Muito pouco para explicar o conforto pós-choro. Deve haver outra razão para esse alívio. Parece que só o fato de estacionar o corpo em algum lugar e chorar já é saudável, faz parte da terapia. Não podemos estar sempre em estresse, correria, luta ou fuga; precisamos nos aquietar de tempos em tempos. Ao contrário do riso, que fazemos o tempo todo, o choro é reservado para ocasiões especiais. O choro seria uma maneira de o sistema nervoso devolver o equilíbrio e nos trazer de volta para a zona de conforto.

Podemos escolher se vamos soltar as lágrimas, guardá-las com carinho no coração para serem reutilizadas quando necessário, ou as aprisionarmos em uma jaula, tal qual feras selvagens. Dada sua natureza líquida, lágrimas furiosas conseguem encontrar alguma maneira de escapar. Se não através dos olhos, abrem fuga em outro lugar, de outra maneira. Quando nosso amigo afirma que de seus olhos as lágrimas não vão mais rolar, é justo ali que mora o perigo. Por onde as lágrimas sairão?

Cefaleia, insônia, psoríase, calvície, herpes, diarreia, desmaios, gastrite, hemorroidas, hipertensão e até mesmo câncer podem ser originados por lágrimas rancorosas aprisionadas. Não pretendo dar conselhos ou sugestões, quero mesmo é passar uma receita médica. Sempre que sentir vontade, chore. Chore muito, não economize lágrimas. Não tenha vergonha de molhar o rosto. Quando começarem a secar, o importante é saber onde e como foram guardadas. Elas são remédios, mas se mal cuidadas, podem se transformar em venenos.

Você chora? Por onde?

Artigo inspirado no livro Polegares e Lágrimas, *de Chip Walter.*

25 de julho de 2019

Comunicação

— Não é o máximo quando é recíproco?
— Não, é o mínimo.

Começo, meio e fim

Quando entrei na escola pensava que escrever era fácil. Tudo o que precisava era começar o texto com letra maiúscula e terminar com um ponto-final. No meio colocava as ideias. Mais tarde aprendi que, para tirar uma boa nota em redação, esta precisava ter começo, meio e fim. Não sei como, mas este conceito de que as coisas precisam ter um início e um encerramento bem definidos tem acompanhado e confundido a vida de muita gente.

"Aos 14 anos de idade fui oficialmente pedida em namoro por um menino. Era uma noite de verão e depois do jantar, enquanto jogava conversa fora com os amigos, o Dudu me chamou num canto e fez o pedido de namoro. Quando voltei pra casa, na hora de dormir, já havia trocado de *status*. Ainda não existia o Facebook para que pudesse postar e anunciar para o mundo, mas, de um momento pra outro, minha vida mudara, como se estivesse publicamente tomando posse de um cargo e iniciando naquele dia e naquela hora a nova relação. Uma separação muito clara entre o antes e o depois do pedido."

Enamorar-se de uma pessoa é um processo que vai acontecendo aos poucos. Com o tempo e o convívio, vão surgindo a intimidade, a admiração, e o casal, dia após dia, vai se reconhecendo como amigos, confidentes, amantes, cúmplices. Roupas e discos começam a se misturar, precisam urgentemente contar uma coisa para o outro, já não querem mais dormir separados. Tornar-se namorado ou namorada também deveria ser assim, sem um marco inicial, um pedido formal, um ritual divisor de águas. Espontaneamente descobrir-se envolvido, a ponto de sentir que as duas vidas estão andando juntas e que a parceria está formada.

"Qual a data de nosso casamento? 12 de março, 29 de março, 29 de outubro, 10 de novembro... Em cada dia de nossos cinco anos de namoro, casamos um pouquinho. O que equivale a dizer que começamos a casar no dia em que nos conhecemos." O amor não tem que ser uma história com princípio, meio e fim (Fábio Jr.).

O término de um relacionamento também não acontece em uma data fixa. O dia em que o casal se separa fisicamente quase nunca coincide com a separação emocional. Existe uma intimidade que vai além dos corpos e que precisa ser resolvida. É comum acontecer uma separação de corpos, mas não de almas, e, talvez mais comum ainda, ver que almas já não se encontram enquanto corpos ainda se tocam, em uma tentativa de resgatar o que ficou perdido em algum ponto da jornada ou apenas para satisfazer uma necessidade física. Os termos do divórcio assinados em cartório são apenas outra formalidade na letra da lei. É muito difícil precisar quando se deixou de gostar, admirar e investir na relação.

Quando o assunto é sentimento, imagino que sempre tenha um começo, mas sem precisão de data. Também acho que tem meio. O fim só existe para quem não percebe a grandeza do meio e o ciclo infinito dos recomeços e aprendizados. O fim de um romance sempre é o começo de uma nova história. Dizem que a lua crescente aparece todos os meses, em forma de vírgula, para lembrar que não devemos colocar ponto-final nas histórias, mas sim uma vírgula. Aliás, perceberam que, quando se colocam vários pontos finais seguidos, estes se transformam em reticências?

Ainda hoje escrevo redações. Continuo começando com letra maiúscula, mas não me preocupo mais nem com a métrica nem com a nota. Às vezes, como agora, o final se confunde com o início. Não importa, a história é que precisa ser boa e ter conteúdo. Quando as palavras ficam sem graça, não fazem sentido ou falta inspiração, sempre existe a possibilidade de recomeçar, corrigir e acertar nos próximos parágrafos. Assim vou escrevendo minha vida, sem começo ou final definidos, mas com vontade e esperança de estar no caminho certo.

Artigo escrito em parceria com Cláudia Marques.

27 de dezembro de 2012

Primeira impressão

Cresci escutando e quase sempre acreditando no velho chavão da cultura popular: "A primeira impressão é a que fica". Segundo essa premissa, se você vai a um primeiro encontro, arrume-se bem, coloque perfume, seja agradável, interessado na conversa e suas chances de que o outro tenha uma boa impressão aumentarão muito. Só que não. É muito difícil saber o que vai impressionar o outro e, mais ainda, a primeira impressão, seja lá qual for, apesar de ser importante, nem sempre é confiável e não precisa ser definitiva.

O cérebro humano foi programado para analisar em questão de milésimos de segundo se está frente a uma situação de perigo. Quando um desconhecido se aproxima, automaticamente se inicia o processo de reconhecimento, chegando a conclusões rápidas com muito pouca informação. Avalia ameaças instantaneamente, levando em conta sentimentos, memórias, experiências, personalidade e necessidades. Isso é o que chamamos de primeira impressão, um recurso adaptativo com a finalidade de preservação da espécie.

Quando conhecemos alguém, duas perguntas precisam ser respondidas: Posso confiar? Posso respeitar? Em seguida, o cérebro passa a construir imagens sem qualquer justificativa racional ou cálculo. Essa pessoa não é parecida com outra que nos magoou no passado? Tem um sorriso tão sincero como o de nosso pai ou tão falso como o de um vizinho? Seu modo de falar lembra os tempos agradáveis da infância? Pronto, em um piscar de olhos, a conclusão já está tomada, e o poder da imagem moldada baseada nesses sentimentos inconscientes é tão forte que nem mesmo os fatos posteriores são capazes de desmenti-las facilmente.

Impressões e imagens podem ser formadas pelos olhos, ouvidos, nariz, tato, razão ou emoção. Não se sabe o que vai impressionar o outro. Jeito de vestir, tom de voz, aperto de mão, fragrância do perfume, conteúdo da conversa, maneira de sentar-se, tatuagem no pescoço, sobrepeso, decote... São muitas as variáveis. Pelo sim, pelo não, as pessoas procuram ter sucesso preenchendo todas as lacunas. Aquela outra expressão popular "amor à primeira vista" também se utiliza dessas mesmas conexões aleatórias.

Aí é que mora o perigo. A primeira impressão é a que possibilita, mas não é a mais fidedigna. Ajuda para dizer se vamos fugir, lutar ou dar uma chance. Ao ver uma bela imagem, o cérebro tende a imaginar que suas ações, opiniões e crenças serão tão positivas quanto sua aparência física. Lobos podem estar escondidos sob a pele de cordeiro, e lagartas podem se transformar em lindas borboletas. A primeira impressão é a que fica somente para aqueles que são incapazes de ir além.

Quando se trata de relacionamentos, a última impressão é a que fica, nunca a primeira. Depois de cinco anos de casamento, Júlio e Marta decidem se separar. Podem seguir pelo caminho da briga, vingança, ódio, retaliação, divisão de bens, e ficarão para sempre com a lembrança do litígio. A primeira impressão, o dia em que se conheceram, será solenemente apagada da memória.

Por outro lado, podem escolher terminar a relação agradecidos pela transformação que ambos se proporcionaram. Não levarão consigo a história ou a primeira impressão, e, sim, o produto da história, saindo do casamento com a sensação de que tudo valeu a pena e, quem sabe, deixando até um pouco de saudade no coração do outro.

Seja como for, a primeira impressão é muito forte, em muitos casos determinante, mas não é a mais confiável. A impressão que vale é aquela que mais se repete. Não importa se é a primeira ou a última; o importante é que seja a original.

16 de agosto de 2019

Em caso de paixão, use o cérebro

Bom dia!

A pauta de nossa reunião hoje é curta, mas de importância vital para nossa integridade. A situação está piorando, os resultados péssimos e as queixas se acumulando. Se continuarmos assim, seremos ultrapassados pela concorrência e logo decretaremos falência. Chamei vocês dois aqui, Coração e Cérebro, em regime de urgência, para comunicar uma pequena alteração em suas atribuições.

Coração, teu desempenho das funções orgânicas tem sido excelente ao longo de todos esses anos, mas, no que tange às questões ditas *do coração*, está deixando a desejar. Continua a se comportar como um adolescente. Será que todos os treinamentos e reciclagens nos quais temos investido não surtiram efeito?

Em primeiro lugar, comete erros de seleção dignos de um estagiário. Mais ainda, repete com frequência o mesmo padrão. Esqueceu as lições que o cérebro te ensinou sobre sinais de que o outro está desinteressado? Mesmo depois de todas as nossas conversas, ainda é ingênuo, mole e inocente demais. Demora muito para escolher alguém, mas, quando isso acontece, é totalmente passional. Cria lógicas malucas, nunca pede parecer algum para o cérebro e decide tudo sozinho. Doa-se por inteiro, não cobra nada, acredita que todos são sinceros e ama com todas as forças.

Sei que esse tipo de comportamento promove aquela sensação maravilhosa de passarinhos verdes cantando, borboletas no estômago e macacos no telhado, mas isso não é duradouro. Enquanto se mantém é ótimo, tomara fosse eterno, pois é a estratégia vencedora que todos perseguimos. Mas, às vezes, esse mesmo coração que mostrou coragem e ousadia para mergulhar em águas profundas afoga-se por um amor não correspondido.

Decepcionado, mas ainda batendo loucamente, deixa de ver o colorido da vida. Não suporta mais sentir dor, nem escutar um não. Tal qual uma garotinha assustada, esconde-se na elegância e finge desinteresse, abdica da adrenalina da paixão, substitui a montanha-russa emocional por um carrossel e sai de cena. Pede férias, solicita licença-saúde, ameaça aposentadoria precoce e delega a autonomia do sentimento para o cérebro, que, solícito como um super-herói, até tenta ajudar, mas falta-lhe sensibilidade.

Outras vezes mostra toda a falta de jogo de cintura, desencadeando arritmias perigosas. Não sabe negociar, tem ciúmes, medo, insegurança, vergonha. Tem medo até dos seus próprios sentimentos. O cérebro se aproveita disso e o escraviza, não permitindo que se aventure naquilo que tem de melhor, amar sem porquês. Está satisfeito apenas com tuas funções físicas e aquelas relacionadas ao amor pelo semelhante? Está feliz sendo quem não és? Pode bem mais do que isso.

Cérebro, agora é a sua vez. Sei que não tem a menor experiência com o tema, é um teórico. Nunca sentiste o que é amar, tampouco ser amado. Teu alimento são conceitos e o prazer em arrumar toda a bagunça que o coração deixa para trás. Mesmo sabendo que não foi consultado ou que, por alguma razão, tenha se omitido, assume a responsabilidade pelos estragos emocionais, busca nos teus arquivos todos os sinais que o coração ignorou, racionaliza e justifica a fim de curar as feridas. E, ainda por cima, dá conselhos, que entram por um ouvido e saem pelo outro.

Outras vezes se antecipa ao coração e passa a recrutar possíveis candidatos a um relacionamento. Avalia pré-requisitos, testa, cria defeitos, coloca vírgulas, insere *poréns* e, quando se dá conta, as coisas já aconteceram à tua revelia ou mais provavelmente deixaram de acontecer. Não gosta de conversar, silencia, adora a lógica e quase nunca escuta o que o coração quer dizer.

Não quero mais que fique vigiando os outros, nem que trabalhe durante as madrugadas e finais de semana. Dê liberdade ao coração. Na medida em que ele tiver autonomia, poderá lhe ensinar o prazer de um sentimento. Vai gostar de desfrutar da paz que um amor romântico oferece.

Desculpem se fui muito rigoroso com vocês; acho que o estresse da vida profissional está tão incorporado em mim que os tratei como funcionários de uma empresa, mas na verdade gostaria de cuidá-los como filhos. Lembro quando eram crianças e viviam brincando, conversando, divertindo-se. Dormíamos e acordávamos felizes, sempre juntos, unidos. Não sei o que aconteceu, mas agora cresceram e ficaram diferentes. Não se falam. Quando um gosta, o outro discorda; quando o outro escolhe, o primeiro não aceita. Parece que nem se conhecem; um quer dominar, ignorar o outro.

Se vocês não fizerem as pazes e dialogarem entre si, como imaginam se relacionar com outras pessoas? Os outros têm cérebros e corações que não funcionam igual a vocês, e a complicação será maior ainda. Existem cérebros que pensam como empresas, corações que se alimentam só de amor, cérebros ditadores, corações escravos, cérebros omissos, corações frágeis... Cada *eu* é diferente dos demais. Existem até mesmo casais nos quais um faz o papel de cérebro e o outro de coração. Antes de se aproximarem dos outros, vocês precisam estar juntos e se entenderem. Como já foi dito por alguém: "Não é o amor que sustenta os relacionamentos, é o modo de se relacionar que sustenta o amor". Fiquem bem. Amanhã será um novo dia.

Artigo escrito em parceria com Cláudia Marques.

20 de fevereiro de 2013

Um sim já bastaria!

Não quero te ver. Não tenho vontade de te beijar. Não controlo mais meus sentimentos. Não sei se é o correto. Não pergunte o que aconteceu. Não sei lidar direito com o amor. Não sei me entregar. Não me leve a sério. Será que essas expressões refletem o fim de um relacionamento ou de um amor? Depende...

"Não quero te ver" talvez signifique "te ver neste momento me faz mal, potencializa tua ausência".

"Não tenho vontade de te beijar", pode esconder um "sempre tive muita vontade do teu beijo, teu cheiro, teu corpo, mas agora seria melhor não nos beijarmos".

Não controlo meus sentimentos. Quem na verdade domina seus sentimentos e faz suas escolhas afetivas exclusivamente pela razão? Já pensaram como seria a vida se pudéssemos deletar sentimentos que trazem apenas dor e sofrimento? Talvez dizer que não controla sentimentos esteja refletindo não saber o que está acontecendo consigo, e, contrariando tudo de bom que viveram juntos, naquele momento, é preciso um afastamento.

"Não sei se é o mais correto" é uma boa desculpa para sair de fininho em nome da ética, moral, religião. Talvez fosse mais honesto dizer que está muito confuso e ficar juntos nessa situação poderia ser danoso para ambos.

"Não pergunte o que aconteceu" pode ser uma situação de fuga, mas também pode significar que não sabe o que está acontecendo e não tem condições de falar ou responder algo. Melhor deixar as explicações para mais adiante.

"Não sei lidar direito com o amor" e "Não sei me entregar" são expressões que, à primeira vista, podem parecer fuga, mas também podem estar expressando um pedido de ajuda. Afinal de contas, quem sabe lidar direito com o amor? Talvez você saiba melhor que eu; por favor, não me abandone, me ajude, me ensine.

"Não me leve a sério" pode ser uma frase incompleta. A continuação talvez seja não me leve a sério quando digo que não te quero. Te quero muito, só não sei como lidar com isto que estou sentindo agora.

Não telefone, não me queira mal, não posso te prender, não maltrate meus sentimentos, não mande flores, não consigo dizer adeus, não me abandone, não deixe de me amar.

Não, não, não, não...

Um sim já bastaria!

27 de outubro de 2014

Estamos juntos?

Haicai é uma forma extremamente pequena de poesia, surgida no Japão durante o século XVI, que valoriza a concisão e a objetividade. A ideia é transcender a limitação imposta pela linguagem usual e pelo pensamento científico-linear e transmitir a percepção da essência de um local, momento, drama em apenas 17 sílabas. Tudo precisa estar refletido em poucas palavras.

Em seu livro *Shogun*, James Clavell descreve essa forma de expressão como uma parte do ritual em que o guerreiro samurai escreve um Haicai antes de cometer o suicídio.

Exemplo: "Barco de papel / naufraga na torrente / chuva de verão" ou "Estas pimentas! / Acrescentai-lhes asas / e serão libélulas".

Se já é difícil descrever o significado de uma existência, imagine agora fazer isso em apenas 17 sílabas.

Palavras impactantes que vão enquadrar o que restou da jornada de alguém neste planeta, neste plano. Um costume ocidental semelhante é colocar frases sobre túmulos e mausoléus (epitáfios) homenageando pessoas ali sepultadas.

Robespierre, personalidade marcante da Revolução Francesa — "Passante, não chores minha morte". Robert Frost, poeta californiano — "Ele teve um caso de amor com a vida". Mario Quintana, poeta gaúcho das coisas simples, marcado pela ironia — "Não estou aqui", refletindo sua imortalidade através dos livros publicados.

Meu amigo, filósofo e escritor Beto Colombo, muito saudável física e espiritualmente, experimentou projetar o que hoje resumiria sua existência: "Encontrei Deus, e ele me vê pelos olhos dos outros". Inspirado no Beto, tentei simular o que seria meu primeiro e último Haicai: "Aprendi, criei / transformei, respeitei / amei, aproveitei".

Não foi fácil, dias inteiros meditando, praticando introspecção, sem, contudo, alcançar uma representação que contemplasse eternizar minha existência em 17 sílabas. Somos mais que um haicai, pensava eu. De qualquer maneira, a experiência foi válida, porque me auxiliou a ver que estava descrevendo minha passagem e não minha essência. Esta, sim, talvez caiba dentro de um Haicai.

Deixemos a meditação de lado e voltemos ao mundo real. Imagine o indivíduo como um círculo, onde no centro reside sua essência e, à medida que migramos para a periferia, essa essência vai se diluindo e transformando-se em derivativos. Gostar de cinema, teatro, viagens, esportes, dança, culinária são afinidades derivativas que aproximam casais, mas não são essência, não é disso de que se tratam os haicais. Alguns relacionamentos se apoiam e sobrevivem apenas desses encontros periféricos. Poderíamos chamá-los metaforicamente de convivência por vizinhança.

Os núcleos, essências, almas, seja lá o nome que se queira dar, nutrem-se de amor, fé, sabedoria, justiça, caridade, esperança, liberdade, beleza... Talvez alguns prefiram ganância, falsidade, poder, prazer... Cada indivíduo tem seu âmago e pode fazer um esforço para percebê-lo, metaforicamente haicaizá-lo e conscientizar-se de que, se as palavras agora ainda não são boas, talvez ainda haja tempo para ressignificá-las.

O desafio do encontro é reconhecer-se, descobrir-se e, depois, completamente despojado, caminhar em direção ao outro. Ir além da linguagem, ultrapassar os portais periféricos e fazer os núcleos se encontrarem em um diálogo silencioso, sincero, simples e objetivo, assim como um Haicai. "O outro só vai existir em relação a mim porque eu existo", "Amo-te porque tu és tu e eu sou eu" ou, como dizia Leonardo da Vinci, "estar junto não é estar perto, e sim do lado de dentro" — 18 sílabas.

Haicais japoneses têm regras de métrica bem rígidas;
Haicais brasileiros não são tão rigorosos assim.

28 de agosto de 2012

Melhor calar

Poderia dizer mil coisas, mas resolvi calar... Melhor assim. Em algumas situações o silêncio expressa sentimentos que palavras nunca vão conseguir traduzir. Também estou calando para não brigar e magoar quem mais precisaria me ouvir e calar-se. Alguém precisava tomar a iniciativa de interromper o diálogo antes que virasse uma batalha interminável. Optei por utilizar a voz do silêncio.

Nem tudo precisa ser dito com palavras. Nem todas as perguntas necessitam uma resposta. Nem sempre a solução dos problemas aparece quando se abre a boca. Existem coisas que melhor se dizem calando, pois o silêncio é um dos argumentos mais difíceis de refutar.

Calando-me consigo ouvir meu coração, que ainda sente, continua falando e precisa de ajuda. Aproveito meu silêncio para escutar melhor, prestar atenção ao outro, interpretar gestos, olhares, respiração. Tenho tempo para analisar, deixar que as ideias circulem e amadureçam. Calo-me para saber se existe eco. Seguro palavras inúteis ou nocivas que, na ânsia de contestar ou revidar, poderiam ferir.

A economia de palavras é uma virtude que não é exclusiva dos monges tibetanos. Guardo silêncio pela dor que estou sentindo e que não pôde se converter em lágrimas. Calo-me por respeito a você, para que consiga ouvir o que seu interior quer lhe falar, possa pensar a respeito e talvez sentir aquilo que não estou conseguindo lhe dizer. Acredite naquelas coisas que não conseguem ser ditas. Corações não conversam com palavras, precisam de silêncio para conseguir se ouvir e entender.

A psicanálise sustenta que não existe silêncio sem sentido, pois não existe um olhar humano sem interpretação da realidade, ou seja, o silêncio é sempre uma folha em branco, um prenúncio de novas palavras ou situações, uma resposta latente e, até mesmo, uma pergunta trancada.

Sei que ficar em silêncio incomoda e é constrangedor. Desculpa, não estou calado porque recuso-me a conversar, covardia, omissão ou indiferença. Também não estou me fazendo de louco. Calo-me porque, em alguns casos, o silêncio é a resposta que tudo explica, e neste caso, é a única resposta.

31 de março de 2012

Carta de amor não escrita

Bom dia, Sr. Ildo,
Desde que assisti à sua palestra em Salvador, passei a ler seu site. Gosto do seu jeito de encarar a vida e também do seu jeito de escrever. Estou com um problema e gostaria de pedir sua ajuda.
Minha noiva foi fazer uma pós-graduação em São Paulo e vai ficar por lá seis meses. Gostaria de escrever uma carta apaixonada, mostrando todo meu amor e saudade, mas não sou bom em escrever. Será que o senhor poderia me quebrar este galho e escrever uma carta de amor para ela? Diga quanto o senhor cobra...

Prezado Carlos:
Obrigado por seus elogios. Poderia começar a escrever a sua carta de diversas maneiras:

Querida:

É difícil dizer numa carta a saudade que este nosso amor me causa. Conto nos dedos os dias que faltam para você voltar...
Olho para a sua fotografia e sinto que você também está olhando para mim. Meu coração se ilumina, mas, ao mesmo tempo, vem a tristeza de lembrar o quanto ainda vai demorar para sentirmos o gosto de nosso beijo...
Sei que você está longe... Os e-mails trocados, os telefonemas, às vezes me fazem sentir que estamos muito perto...

Em se tratando de uma carta de amor, preciso fazer algumas considerações. Amor não pode ser explicado, justificado ou externado por meio de terceiros. Cada casal constrói sua fórmula própria de gostar e usufruir desse sentimento. Tampouco adianta o cérebro listar uma série de qualidades, afinidades, bons momentos e tentar se convencer de que aquilo é amor. Precisa haver uma química que envolva tudo isso. Cérebro demais pode até atrapalhar o amor. "Quem pensa muito não casa", lembra desta velha e sábia frase?

Amor precisa ser sentido, mas também não é com o coração que se reconhece o amor. Isso é uma bobagem romântica que inventaram. Amor é sentido com o corpo inteiro. Vou fazer uma analogia bem simples. Assim como sentimos dor, calor, frio, fome, da mesma forma, o amor é sentido. Não existe dúvida quando ele aparece: ou o amor se faz presente ou ele não existe. Começando a amar, amor fraco, um pouco de amor, também são desculpas de quem não ama. Não adianta procurar um amor onde ele não existe, assim como também não tem sentido querer esconder o amor, quando este já chegou, fincou sua bandeira e se estabeleceu.

Algumas pessoas têm dificuldades em identificar o que sentem, não sabem se é amor, paixão, amizade colorida, gostar bastante, tesão... Que diferença faz o nome do sentimento? O que vale é o conteúdo e não o rótulo. Perdem tempo procurando provas, fazendo terapia, testes, trocando parceiros, aguardando o dia em que finalmente possam ter certeza não só de seus sentimentos, mas também dos do companheiro.

Ficam no limbo esperando respostas. A maioria acaba se perdendo nessa busca e falando mal do amor ou do parceiro. Se o que vocês sentem entre si é uma vontade de estar, sentir, tocar, conversar, penetrar, cuidar, ajudar o outro, esqueçam nomes e aproveitem a sorte grande. Deixem que essas vontades guiem seus atos e eternizem cada momento mágico desse sentimento inominado.

Mande um pijama seu, uma foto da cama onde dormiam, um frasco do perfume que você usa, aquele vaso com pimentas amarelas que está na sua cozinha, um rabisco qualquer num papel... Não se preocupe; se o sentimento for autêntico, vai resistir ao tempo, à distância e até mesmo a sua dificuldade em redigir.

Apesar disso, se você ainda quiser encomendar uma carta de amor, vou preveni-lo: meu preço não é barato. É mais caro que uma passagem de avião.

Boa sorte!

18 de janeiro de 2012

Eu te amo, ao vivo, dublado ou com legendas

Existem várias maneiras de dizer a mesma coisa. Algumas chegam a ser um disparate de tão incompreensíveis, mas se incorporam rapidamente ao linguajar popular, e, teoricamente, não fazem mal a ninguém, a não ser à gramática portuguesa. *Foi mal* virou um pedido de desculpa, *valeu* agora é uma forma de agradecimento, *vazar* quer dizer ir embora.

Mas nem tudo está perdido; existem palavras que, quando bem colocadas no lugar de outras, podem salvar relacionamentos, contratos e até mesmo vidas. Ao invés de falarmos em *autoridade*, fica mais elegante substituirmos por *liderança*. No lugar de *irritante*, usaremos *persistente*. Trocar a condição de *dramática* por *emotiva* faz toda a diferença. *Fofoqueiro* pode ser amenizado pela expressão *bem informado*.

Com base nessa proposta, resolvi brincar e escrever um sentimento de 100 maneiras diferentes. Nem sempre se consegue expressar com palavras aquilo que se pensa ou sente. Talvez meu dicionário sentimental auxiliasse alguém em momento de desespero ou desesperança. Quem sabe eu poderia dar voz aos corações e mentes emudecidos. Por que não?

Procurei então uma das expressões mais utilizadas na vida: *eu te amo*, e comecei a escrever variações. Depois de algumas tentativas, fiquei confuso e, confesso, mudei meu entendimento. Dizer *eu te amo* não é tão simples assim.

Diariamente cumprimentamos pessoas com um bom-dia. Para outras, desejamos boa-sorte. Há aquelas que abraçamos e dizemos *obrigado, feliz Natal, parabéns*. São raras as oportunidades que aproveitamos para olhar firme nos olhos do outro e falar *eu te amo*. A declaração de amar, além de ser utilizada com menos frequência do que deveria, é uma das mais mal empregadas. Uma lástima esse desperdício.

Não quero entrar na definição do que é amor e de como ele se comporta ou manifesta, mas só existe uma maneira de dizer *eu te amo*: EU TE AMO! Assim mesmo, com essas três palavrinhas mágicas, nesta ordem. Indo direto ao ponto, sem rodeios. Ou você ama ou não ama; todo o resto que for pronunciado são subterfúgios ou variações sobre o mesmo tema. Não conheço forma mais eficaz de dizer que se ama.

Longe de ser uma promessa de eternidade, o *eu te amo* é a expressão verbal de um sentimento. Existe hora certa pra declarar o amor? Quem vai se arriscar a dizer primeiro? O que responder quando escutar essa frase? Não se estresse pensando na resposta mais adequada. As questões do amor são decididas pelo coração e não pelo cérebro. Para sentir não é preciso pensar; aliás, pensar até atrapalha. O coração nunca pensa; ele ama ou não ama.

Algumas pessoas confundem amor com compromisso e se assustam. Se disserem o temível *eu te amo*, a partir daquele momento, estarão assinando um contrato de exclusividade que os obrigará a amar somente aquela pessoa e não olhar com desejo para mais nenhuma outra pelo resto da vida. Por via das dúvidas, mesmo se tratando de um amor sincero, calam-se. Outros se intimidam em falar porque têm receio de que, após declararem seu amor, correm o risco de serem ignorados ou rejeitados.

O amor, antes de tudo, é um sentimento e, como tal, não espera reciprocidade. Se der vontade de dizer, se fizer sentido, não esconda, não guarde isso só pra você. Demonstre com sinceridade, ao vivo, falando com a boca, com os olhos e principalmente com o coração. Sem medo das consequências. Se for correspondido, ótimo. Se não, faz parte da vida.

Constrangedor é saber que existem os *eu te amo* ditos só da boca pra fora. Pessoas falam *eu te amo* sem amar, ou pior, acreditam que dizer *eu te amo* significa amar, e vivem seu amor no mundo das palavras e ideias. Não sentem o que falam. É como assistir a um filme dublado; o som que escutamos não tem nada a ver com o movimento da boca. Não é genuíno, perde a graça.

Contrastando, existe outro grupo de pessoas que demonstra seu amor com atitudes, no entanto têm dificuldades em dizer que amam. Ficam com as três palavrinhas trancadas na garganta, amando de verdade, mas não conseguindo soltar o *eu te amo*. É um filme mudo, faltam legendas. Não existe certo ou errado, mas poderia ser diferente. Sentimento, palavras e atitudes em sintonia fina.

Amar não é só dizer para o outro *eu te amo*. Amar não é apenas fazer para o outro sem que ele perceba. Amar é amar. Simples assim. Pena que se desperdice tanto tempo e energia buscando a perfeição em palavras, atitudes e pessoas.

6 de agosto de 2018

Sinais

Durante a cerimônia de casamento do filho de um amigo, tive uma visão. Não tem nada a ver com religiosidade. Enxerguei o amor. Mais do que isso, ele falou comigo. Chorei o tempo todo e, quando me lembro da cena, ainda choro. Contei o fato para alguns amigos, que pensaram em me internar, mas como dizem que em todo amor sempre há um pouco de loucura, estou aqui para contar o fato.

O amor não se mostrou nas palavras do padre, no altar, nas alianças. O amor estava nos olhares, nos toques, no aconchego, na cumplicidade daqueles jovens noivos. Ela tremia, olhava para ele, que interrompia o protocolo para segurar sua mão com delicadeza e beijá-la. Ele falava com voz embargada, inundado pelas lágrimas que ela vertia e manchavam a maquiagem. Parecia que, a cada momento, um saía de dentro de si para entrar no outro. Quando ela verbalizou seu amor, olhando por dentro da retina dele, não precisaria ter falado; o amor estava ali estampado, ao vivo, a cores e com toda sua força.

O casamento aconteceu à beira-mar, e a energia daquele lugar, somada ao som das ondas, serviria de cenário para minha conversa com o amor. Acreditem ou não, tenho bem claras as palavras que escutei: "Não aceite menos que isto; é assim, dessa forma que funciona o amor. Guarde esses olhares dos noivos em sua memória; qualquer coisa diferente disso não é amor."

Eram três irmãs, todas loiras e solteiras. Duas delas lindíssimas e bem-sucedidas profissionalmente, a terceira nascera com uma pequena deficiência mental, sem a beleza das outras, nem tampouco capacidade de crescimento intelectual. Apesar disso, era bem relacionada, levava uma vida compatível com suas aptidões e namorava um rapaz com deficiência mental em nível similar. Depois de certo tempo de namoro, ela foi comunicar aos pais que desejava casar.

A mãe, preocupada com o futuro da filha, mal teve tempo de observar os olhares e emoções que os *deficientes* trocavam e logo argumentou que o menino tinha certas dificuldades e que ela teria condições de conseguir alguém melhor para marido. Chegou a dizer que a filha *merecia mais*. A resposta da menina foi uma lição de vida.

— Mãe, sei que não sou tão bonita quanto minhas irmãs, não sou médica como a Ana, não sou advogada como a Paula, não sou professora universitária como a senhora, não tenho mestrado como o papai, não sei dançar direito, não sei jogar tênis como vocês, nem dirigir automóvel consigo, mas uma coisa eu sei fazer: eu sei amar. Nisso sou melhor que vocês todos juntos.

A mãe da menina pensava *ela merece mais*, o amor receitou *não aceite menos*. Em ambas as situações o amor se escancarava, só que nem todos puderam enxergá-lo. Muitos estão cegos e perdidos entre os *mais, menos, mas, porém, não sei, tenho dúvidas* e não percebem os sinais. Vários se iludem, desiludem, não têm tempo nem de olhar para si. Alguns buscam ajuda em consultórios psiquiátricos, outros em livros especializados, outros mais em *sites* de relacionamento.

Enquanto isso, o amor está aí, virando a esquina, atravessando a rua, descendo no elevador, correndo no parque, pendurado num poste, pedindo pra ser encontrado. Não é preciso ter estudo, QI elevado, idade suficiente, anos de namoro, terapia ou qualquer outro pré-requisito para entrar nessa sintonia.

Basta apenas estar aberto aos sinais do amor em quase tudo que está a nossa volta. O amor é real, o amor existe; quem o procura não está louco. Voltei a flertar com o amor, mas agora o enxergo e sinto diferente, e tudo isso, por incrível que pareça, traz muita paz. Não mereço nada menos que isso.

30 de novembro de 2012

Sintomas

Depois de escrever *Sinais*, fui desafiado a continuar no assunto e falar agora sobre os *Sintomas* do amor. Ainda não sou especialista no assunto, mas posso dizer que me dedico e, como sou movido a desafios, vou tentar.

Pensei inicialmente em fazer uma divisão didática, semelhante ao que se faz com as patologias em medicina: sintomas leves, medianos e graves de amor. Não deu certo. Amor não é uma doença; paixão talvez seja uma espécie de confusão delirante com exaltação maníaca e por isso acumule tantos sintomas. Quando se trata de amor, esse tipo de classificação não funciona. Não dá pra amar um pouquinho, ou só de leve, ou querer achar um rótulo para classificar. É um amor pobre aquele que se pode medir — Shakespeare. Ou se ama ou não se ama. Lembram-se do recado do amor? "Não aceitem menos que isso."

Por outro lado, não podemos confundir: existem várias formas e sintomas de amor. Cada indivíduo tem uma história de vida, uma personalidade e uma forma de amar próprias, que vão se expressar de maneira singular. Serão seus, e somente seus, aqueles sintomas de amor. Na medida em que um parceiro espera que o outro tenha sintomas semelhantes, está reduzindo-o e tentando torná-lo parecido consigo.

O amor não se manifesta pela razão, nem pela linguagem, a qual cria conceitos comuns e homogeneíza o sentimento. Segundo Clarice Lispector, pensar que somando as compreensões está se amando é um erro. Somando as incompreensões é que se ama verdadeiramente. "Amo-te porque eu sou eu e tu és tu", explicações são desnecessárias. Amor não se define, sente-se.

Quando um casal se ama, formam-se várias pontes, que serão os sintomas da ligação. "Não posso sentir igual a você, mas espero que essa ponte seja de duas mãos, cada um vindo em direção ao outro, e ambos

abertos para a troca de sentimentos. Crescendo e aprendendo juntos."
No final das contas, o amor se transforma em um acesso restrito a apenas duas pessoas, um tem o *login* e o outro a senha. Sendo assim, qualquer sintoma que eu possa tentar descrever já nasce desqualificado, em virtude da individualidade tanto pessoal como do casal.

Mesmo assim, vou arriscar. Amar é quando seu primeiro e último pensamento do dia são com a pessoa amada. Amar é quando você deixa de colocar vírgulas no outro e na relação, assume seu amor e ponto-final. Quem ama confia, não desiste, não trai, não mente. Amar é, acima de tudo, deixar de ficar pensando em teorias e definições para quando lhe perguntarem o que é o amor, responder simplesmente, sem titubear, um nome.

Se isso lhe aconteceu, não tenha dúvidas: você foi contaminado pelo amor, mas não se assuste, pois o sintoma universal é paz, muita paz. E o tratamento paliativo são beijos, abraços, colo, carinho, cafuné e compreensão, pois o amor é crônico e, se possível, incurável.

9 de dezembro de 2012

Expressividade 1, 2, 3

Expressividade é o quanto cada pessoa revela dela mesma e quanto guarda para si. Quanto fica retido e quanto flui em direção ao outro. É uma característica individual na relação consigo mesmo e depois em direção ao outro.

Não pode ser quantificada com exatidão. Algumas pessoas são completamente fechadas, não conseguindo liberar nada. Outras se abrem por inteiro, deixando passar de forma bruta tudo aquilo que vivenciam. A maioria filtra o que pode sair e o que deve ficar. Não existe certo nem errado, entretanto tanto a falta como o excesso podem causar dificuldades.

UM
Às vezes não consigo entender nem expressar direito o que estou sentindo no exato momento em que as coisas estão acontecendo. Fico com aquilo apertando ou alisando minha alma durante um tempo, para depois então aflorar e ficar escancarado. Não sei se isso é bom ou ruim. A vantagem dessa demora é que, quando finalmente o sentimento mostra a cara, já vem amadurecido. A desvantagem é que pode chegar atrasado e perder a hora.

Outras vezes não necessito tempo algum; é como uma máquina fotográfica instantânea registrando o sentimento ao vivo e em cores. Não sei se ontem à noite consegui expressar tudo que se passava comigo.

Nossa conversa no restaurante estava tão boa que nem percebi as horas voarem. Fomos os últimos a sair e só o fizemos porque os atendentes começaram a apagar as luzes e empilhar cadeiras. Nesse momento meu sentimento estava muito claro: quero continuar, quero mais!

Não lembro a última vez que esqueci a hora, o compromisso do outro dia, o perigo de ser assaltado dentro do carro... Estava me sentindo tão bem, a conversa fluía espontânea, as risadas vinham sem piada, os olhares se encontravam sem medo. Era como se nos conhecêssemos desde sempre. Havia uma intimidade não compatível entre duas pessoas praticamente desconhecidas. Estava adorando.

Eram quase duas horas da manhã, o restaurante praticamente nos expulsou, mal nos conhecíamos, estava louco de vontade de continuar ao teu lado, não queria de forma alguma me despedir naquele momento, mas algo me impediu de te convidar para esticarmos a conversa.

Senti aquele aperto na alma e uma voz muito chata que dizia para ter paciência, não atropelar, segurar meus instintos; afinal de contas, teríamos a vida inteira para ficarmos juntos e talvez aquele ainda não fosse o momento apropriado para um convite desse tipo. Provavelmente era a voz da razão se manifestando.

A voz da emoção não falava nada; só alisava minha alma, deixando-a leve e plena para usufruir tudo aquilo. Não tinha vontade nem condições de ficar elaborando teorias ou estratégias sobre o futuro.

Jamais vou esquecer aquele momento. Porta do restaurante fechada, madrugada fria, cidade adormecida, segundos infinitos de silêncio enquanto olhávamos um dentro do outro...

DOIS

Era apenas nosso terceiro encontro. Havíamos marcado caminhar no parque às 10 horas. Passei a noite inteira excitado, pensando em como estava gostando de ter te conhecido, como me sentia bem ao teu lado, como te achava bonita, como tínhamos afinidades e como a vida demorou a nos aproximar.

Pensava de que maneira poderia te dizer, sem parecer muito ousado, que estava superinteressado no aprofundamento de nosso recém-iniciado relacionamento. Não dormi direito fantasiando mil e uma situações. Acordei cedo, tomei banho, cheguei antes da hora e fiquei te esperando.

Vieste acompanhada de um rapaz mais jovem que eu, bonito e bem-apessoado. Enquanto se aproximavam, percebi que estavam se divertindo muito e tinham certo grau de intimidade.

Ao ver essa cena, logo bateu uma sensação de inveja ou ciúmes, não sei direito. Fiquei mal, meus planos começaram a desabar, a autoestima desceu ladeira abaixo, senti um vazio, um desânimo e tive vontade de ir embora pra não fazer um papel ridículo. Permaneci ali por educação e também para ficar perto de ti.

Apesar disso, estavas linda com aquela camiseta regata grudada ao corpo e os cabelos ao vento. Chegaste sorrindo e disseste apenas uma frase: "Não te preocupes, ele é meu primo."

Não foi preciso mais pra dissipar minha insegurança. Percebeste o mal-estar e trataste de me enquadrar imediatamente. Senti a sintonia, o acolhimento e, mais do que isso, senti que não precisava dizer nada do que havia planejado durante a noite. Já havias feito a leitura.

TRÊS

Espero que a viagem esteja maravilhosa e que consigas aproveitar ao máximo tua estada em Las Vegas. Por aqui as coisas não mudaram, exceto pela temperatura, que sobe e desce quase quinze graus num mesmo dia e, pelo teu time, o Internacional, que não consegue vencer no campeonato.

Ontem aconteceu algo interessante. Desde que meu marido faleceu, nunca mais havia aberto uma gaveta onde guardávamos nossos CDs. Pois não é que bateu uma nostalgia e fui direto pegar um CD que gostava muito de escutar. O cantor é um espanhol chamado Joaquim Sabina (conheces?) e a música em especial que queria relembrar chama-se *Contigo*.

O cantor fala para sua amada um monte de situações de amor civilizado com as quais não pretende mais conviver, tais como carregar malas para ela, ser esperado na saída do trabalho, viagens ao passado com vontade de chorar, convites para recomeçar, orgulho, piedade, ciúmes...

Depois de colocar o que não quer, conclui enfaticamente dizendo o que ele quer da relação: "O que eu quero, garota de olhos tristes, é que morras por mim. E morreria contigo se te matasses. E matar-me-ia contigo se tu morresses. Porque o amor quando não mata, morre. Porque amores que matam nunca morrem".

Sempre que escuto essa música me emociono e choro. Quando voltares, gostaria de abrir um vinho tinto que tenho guardado na adega há muito tempo, sentar na varanda da sala, olhar nos teus olhos e degustar contigo o vinho e a canção. Quem sabe choramos juntos?

30 de setembro de 2012

Alô, alô, alô?

Luciana telefonou duas vezes no intervalo de meia hora para o celular do namorado e não foi atendida. Deixou mensagem via WhatsApp e só obteve retorno no dia seguinte. Vale a pena ela perguntar por que a demora em responder?

Em tese, existem três razões para uma pessoa não atender ao celular. Primeira: não ouviu tocar porque esqueceu o telefone no carro ou escritório, ficou sem carga na bateria, estava no modo silencioso, perdeu o aparelho, estava dormindo, estava fora da área de cobertura. Todas essas explicações para não atender ao chamado e não fazer contato com a brevidade esperada podem ser vistas como negligência, má-vontade, insubordinação, indiferença, afronta ou outras falhas subjetivas. Explicam, mas não convencem.

Segunda: não atendeu ao telefone porque naquele momento não podia atender, estava em uma situação onde seria deselegante interromper a aula, reunião, consulta médica, conversa, paquera. Poderia também estar dirigindo ou realizando um trabalho que exigisse o máximo de concentração. Isso acontece e é perfeitamente justificável. O que fica no ar é o tempo prolongado para retornar o contato. Sugere igualmente desleixo, desinteresse, desatenção.

Terceira: não quis atender. O sujeito apenas não estava a fim de conversar com a namorada naquele momento. Simples assim. Pergunto novamente, vale a pena questionar o motivo da demora em responder? Recapitulando, não retornou porque não ouviu, não podia ou não queria. Nenhuma das três razões deixará Luciana tranquila.

Independente da intenção ou não de o namorado ficar incomunicável, Luciana pode deixar o fato passar batido, começar a cultivar uma pulga atrás da orelha ou utilizar o sumiço como estopim para um desentendimento. A reação vai depender da personalidade dela e de como estava rolando a relação antes do acontecido.

Existiria ainda um quarto motivo, especialmente válido nestes tempos obscuros de pandemia, onde se justificaria uma insistência mais vigorosa de contato frente ao silêncio do interlocutor. Vai que o namorado se contaminou com o vírus e está entubado em uma Unidade de Tratamento Intensivo e não teve tempo de se comunicar. Vai que morreu em casa com falta de ar, e nós aqui falando mal do pobre falecido. Também pode acontecer.

O advento do celular foi considerado a grande revolução da conectividade humana, pois tornou possível a situação de alguém estar sempre à inteira disposição do outro. Se você tem menos de vinte e cinco anos de idade talvez não saiba o que isso significa, mas, no século passado, só existiam telefones fixos. Se você precisasse falar com alguém e a pessoa não estivesse em casa ou no trabalho, não tinha como encontrá-la e se comunicar. Restava ligar novamente mais tarde ou deixar um recado. O surgimento de um telefone móvel permitiu às pessoas carregarem consigo um meio de comunicação com o mundo. Por muitos considerada a invenção do século, por tantos outros, a desgraça do século.

O processo de conexão via celular ainda está em evolução tecnológica e seus efeitos benéficos ou maléficos precisam ser mais cuidadosamente avaliados. Na prática, a entrada da telefonia móvel na vida social eliminou a linha divisória entre tempo de trabalho e tempo de lazer, apagando a fronteira entre o aqui e o lá, o público e o privado. O proprietário de um telefone celular agora está sempre conectado. Estar ausente não significa mais estar fora de alcance. O celular eliminou as distâncias, aproximando as pessoas e globalizando o planeta. Será?

Uma coisa é você ter uma ferramenta que lhe permita estar em constante acessibilidade com o mundo, outra é você estar disponível para tanto. Os números dos telefones celulares não constam de listas telefônicas. Você pode comprar o celular mais caro do mundo, mas isso não lhe garante conseguir o meu número. Tornamo-nos disponíveis somente para um grupo selecionado de pessoas. Dar o número do celular significa conceder e solicitar o privilégio de um contato mais estreito. Presume uma promessa recíproca de estar disponível sempre que o outro precisar.

Aqui começam os problemas, promessas não cumpridas de reciprocidade. Um funciona como o orelhão, e o outro, como telefone mudo. Assim como nos relacionamentos, reciprocidade não acontece por obrigação, e sim por sintonia; o fato de um casal morar junto não é sinônimo nem de sintonia, tampouco de reciprocidade, que vai além do *eu também* ou dizer *alô* ao telefone. Reciprocidade está no *vamos*, no *quero*, no *a gente dá um jeito*. Telefones celulares também não fogem à regra; nem sempre quem chama vai ter do outro lado alguém interessado e pronto para atender, levando o parceiro, suposto ou presumido, ao desapontamento e à irritação.

Surgiram então, como forma de facilitar a pressão por uma atenção recíproca imediata, as mensagens rápidas do WhatsApp. Agora não se faz mais necessário gastar tempo conversando; bastam uma nota ágil, um recado instantâneo e já são o suficiente para sinalizar nossa presença e solidariedade na comunicação. Mas não parou por aí. A aceleração continuou aumentando: surgiram os emojis — aqueles bonequinhos e ícones coloridos — substituindo as palavras na comunicação.

Convencionou-se então que, na era do WhatsApp, dizer que não tem tempo ou não responder uma mensagem é sinal de desinteresse ou má educação. Só que mais uma vez os limites foram ultrapassados. Por ser tão fácil enviar uma mensagem, as pessoas passaram a despachar centenas delas por dia. Passaram também a criar grupos de WhatsApp em que você é encaixado sem consentimento e passa a ser inundado, de uma hora para outra, por uma enxurrada de mensagens com conteúdos que não lhe interessam, sequer foram solicitados.

Além desses inconvenientes, o celular também tem sido utilizado como um espião, onde seu presumido parceiro fica de olho para ver se você está *on-line* ou não, vigiando inclusive até qual horário você ficou visualizando o WhatsApp. Somos permanentemente checados, observados, monitorados, testados, avaliados e, não raramente, julgados e sumariamente deletados através de um leve toque impessoal e indolor numa tecla do celular. Estabelecemos conexões facilmente quebráveis e extremamente duvidosas.

Dispomos do número de telefone da pessoa, mas não conseguimos a comunicação propriamente dita. Estabelecemos o contato, mas o diálogo não é consumado. Ganhamos em agilidade, mas perdemos em sensibilidade. Ganhamos conexão e perdemos sintonia. Chegamos ao ponto em que, em terra de WhatsApp, ligação virou prova de amor. E como dizia o cantor Renato Russo, se o telefone tocar, pode ser alguém com quem você quer falar por horas e horas e horas. Mas nem sempre.

15 de abril de 2021

Você sabe o que eu sinto?

Por mais que o conhecimento médico tenha evoluído e se apossado de recursos tecnológicos cada vez mais precisos, ainda assim muito se faz necessário para que possamos conhecer como funciona o corpo humano. Quantos milímetros de pele, músculos, tecidos e ossos ainda precisarão ser pesquisados para que possamos dizer com segurança que dominamos integralmente a fisiologia e a patologia do organismo humano?

Se o entendimento da parte corpórea já apresenta tamanha dificuldade, imagine o lado emocional? Será que algum dia teremos informação suficiente para decifrar os códigos do mais intrínseco enigma da raça humana?

Muito se tem estudado, mas ainda estamos engatinhando. A maioria das pesquisas direciona-se no sentido das tendências. Podemos imaginar, perante uma criteriosa análise do comportamento passado o que poderá se desenhar no futuro, mas nunca saberemos com exatidão o que passa na cabeça do outro.

Existe um infinito separando o intelecto das pessoas. Dizer que se conhece o outro é negar esse espaço sagrado. O outro é como um *iceberg*; nós vemos apenas uma fração que, às vezes, ele se permite mostrar. A grande parte está escondida. O que o outro mostra talvez não represente nem dez por cento do que realmente seja, sinta, pense ou possa vir a se transformar.

Talvez resida aí uma explicação para o fato de ser tão difícil relacionar-se emocionalmente. Precisamos mesmo conhecer o máximo do outro? O que ganhamos com essas informações? Seres inteligentes demais, sagazes demais, curiosos demais perdem um tempo precioso buscando respostas que lhes permitam encurtar a incomensurável distância que os separa de seus parceiros. Quase nunca conseguem, mas é comum colocarem a culpa de seu fracasso no comportamento do outro.

Amar é tiro ao alvo no escuro. É preciso certa dose de ignorância para amar. Que boba pretensão pensar que nosso coração e nossa cabeça podem adivinhar o querer do outro. Não sabemos. Nunca saberemos. Talvez seja melhor trocar a lupa com que estamos examinando o outro por um espelho. Olhar e confiar em si, entregar--se e meramente viver sem a preocupação de entender a magia do encontro.

E se por acaso falhar, se o outro não for a pessoa certa, se eu me arrepender? Esqueça as perguntas, deixe seu sentimento decidir. Pode dar muito certo ou muito errado, mas qualquer das alternativas é melhor que fechar os olhos e não sonhar com ninguém; pensar em um beijo e não lembrar de uma boca em especial ou fazer planos e estes serem sempre solitários.

Não é preciso compreender o incompreensível. Basta a entrega.

Artigo escrito em parceria com Rosi Cerutti.

4 de setembro de 2013

Términos
e saudades

— *Até onde você iria por amor?*
— *Até o fim dele, respondi.*

Existe um depois após o fim

Luísa e Carlos já namoravam há três anos e aparentemente se davam muito bem. Eventualmente discutiam a relação, mas sempre em alto nível, jamais se ofenderam, alteraram a voz ou se agrediram mutuamente.

Certo dia, Carlos, num ato falho (psicanalistas dizem que não existe), chamou Luísa pelo nome da ex, Ana. A circunstância não vem ao caso; o fato é que não há como passar despercebido ou ignorar. Luísa fez uma cara de espanto, deu um sorriso amarelado, falou uma bobagem qualquer e, ato contínuo, acendeu uma luz vermelha piscante em sua mente.

O que significava aquela mensagem? Seria um ato falho, um deslize, um engano, o primeiro sinal da doença de Alzheimer, uma mensagem subliminar? A luz vermelha piscava cada vez mais forte em busca de respostas.

Quem sabe Carlos a chamou pelo nome da ex porque já estava considerando a relação tão estável quanto seu casamento anterior. Não, este era um pensamento muito infantil. Talvez Carlos estivesse pensando em reatar com a ex. Poderia também tê-la chamado pelo nome da outra porque estava chateado por algum motivo qualquer e quis machucá-la trocando seu nome. As hipóteses eram infinitas. Como saber o que se passava naquele instante na cabeça de Carlos?

O caminho mais fácil seria perguntar, mas como já dizia o psicanalista Jacques Lacan, podemos saber o que dizemos, mas nunca o que o outro escutou. Nesse caso, talvez nem Carlos soubesse o que ou por que trocou os nomes. Luísa chegou a pensar em sugerir que ele fizesse terapia, mas recuou. Teve então uma ideia inusitada, um tanto mirabolante, mas era o que lhe restava naquela situação de desassossego e insegurança.

Resolveu brincar com a situação e comunicar ao marido que iria telefonar para Ana, a ex, contando o episódio. Por que ela faria isso? Qual sua intenção? Não tenho a menor ideia, mas Luísa alimentava a crença de que quase ninguém acaba ficando com a pessoa que mais amou na vida, apesar de quase todos fingirem que sim.

Decidiu tirar a situação a limpo e saber o que Carlos e Ana ainda sentiam um pelo outro. A estratégia era ainda mais sofisticada. Comentaria num tom bem casual e ingênuo que gostou do ato falho, aquilo a excitava. Inclusive pediu a Carlos que a chamasse esporadicamente pelo nome de Ana.

Como vai terminar essa confusão? Quer mesmo saber o final? Este é o problema, finais são relativos, jamais absolutos. As coisas só terminam quando acabam, só que, em termos de relacionamento, elas nunca acabam quando achamos que já terminaram. Existe um depois após o final.

O fim não é aquilo que planejamos, o fim é sempre uma surpresa, o que faz com que nunca estejamos cem por cento preparados para ele. Não controlamos esse momento que marca nossas vidas. Fim é término, mas também pode ser caminho, continuação, alívio, arrependimento, depressão, esperança.

Enfim, são tantas as possibilidades de final, há tantos fins, que não seria justo terminar esta história com apenas um único e limitante final.

Assim é a vida. Assim são as pessoas. Isso somos nós. Gente.
Fim.

12 de janeiro de 2023

Aparências enganam

Aparências enganam. Palavras também. Parecia um casal em perfeita harmonia; conversavam bastante, discutiam a relação, mas, por baixo dos lençóis, as coisas não estavam bem.

Aos poucos o *eu te amo* foi sendo trocado pelo *se cuida*, o beijo apaixonado foi reduzido a um selinho, o abraço apertado virou um tchau com cara de adeus. Decidiram então que já não se amavam, os corações não mais se encaixavam e não precisariam ficar à espera de um final penoso e litigante. O melhor que tinham a fazer era a separação.

Decidiram também que o melhor para eles seria não se encontrarem dali para frente. Trocaram olhares profundos, palavras de desfecho, fizeram as divisões necessárias e nunca mais se viram.

Os bens materiais foram repartidos como se estivessem jogando cartas, metade para cada um, quase que aleatoriamente, sem desentendimentos. A desarmonia surgiu na sutileza do imaterial e impalpável.

Visto que não queriam mais se encontrar, precisavam repartir também a cidade. Um frequentaria o *shopping* A, o outro o *shopping* B, ele caminharia num parque, ela no outro, e assim por diante. Dividiram inclusive os bares e restaurantes. Não foi fácil. Alguns botecos eram maravilhosos, traziam ótimas recordações e ambos queriam continuar desfrutando deles. A solução para esse impasse foi salomônica.

Segundas, quartas e sextas os bares e restaurantes compartilhados estariam reservados para ele, os demais dias seriam destinados para ela. Essa distribuição semanal serviria inclusive para futuras casas noturnas, lojas e praças que fossem inauguradas.

A partilha foi se tornando cada vez mais difícil. Agora era a vez de negociar amigos. Originalmente o casal foi trazido ao convívio por ele, mas com o tempo as esposas ficaram muito amigas, até mesmo mais ligadas que os maridos. Não havia sentido as companheiras confidentes se afastarem, no entanto não houve entendimento. A combinação era o distanciamento total de lugares e contatos. Mais uma vez, trocaram e jogaram fora amigos como num jogo de canastra.

Curioso saber que, apesar de todas as cláusulas registradas em duas vias, o casal esqueceu de combinar multa no caso de transgressão por uma das partes. O fato é que os dois cumpriram à risca o contrato. Contato zero.

O problema do fim é quando ele nunca acaba. Depois de alguns meses, ela recebe uma mensagem inusitada. Era justo ele, o ex-longínquo, perguntando se poderia frequentar o *shopping* dela determinado dia e horário, em caráter excepcional. Perplexa, assustada e confusa, respondeu hesitante com um monossilábico *sim*. Desligaram os celulares sem mais palavras.

O amor mostra sintomas e hematomas. Naqueles exatos dia e horário ela não resistiu. Alguma coisa a estava chamando. Vestiu sua melhor roupa, arrumou os cabelos do jeito que ele gostava e foi passear no *shopping*. Sabia que ele estaria por lá, talvez estivesse acompanhado, quem sabe se encontrariam e, mesmo assim, apesar de todos os riscos, necessitava estar lá também. Era vital para ela.

Coisas podem ser divididas. Amigos podem ser afastados. Relações conjugais podem terminar. Separação física não é o fim. A gente se despede de pessoas, não de sentimentos. Aparências enganam, o intelecto também.

1.º de dezembro de 2022

Copie e cole

Foi nossa primeira quarentena; não tínhamos experiência alguma. Fomos pegos de surpresa; pensávamos que seria apenas ficar sem sair pra rua e se proteger do vírus. Imaginávamos que talvez durasse uns quinze a vinte dias. Arrumaríamos armários, assistiríamos a filmes, leríamos livros, descansaríamos. Enfim, colocaríamos em ordem todas aquelas coisas que reclamávamos não ter tempo pra fazer. Estamos conseguindo dar jeito nas coisas materiais, só que a ordem das coisas sentimentais não estava prevista, e o furo foi mais embaixo. E bem mais profundo.

Meio insegura do que estava por vir, cheguei a te convidar pra ficarmos juntos aqui em casa. Estava disposta a tentar viver vinte e quatro horas por dia, sete dias por semana trancada com meu amor entre quatro paredes. Teríamos um tempo só para nós. Seria uma experiência arriscada; nossa intimidade seria colocada à prova. Talvez acabasse com nossa relação, mas, se desse certo, seria maravilhoso, a quarentena dos sonhos.

Percebendo minha insegurança na proposta, você vacilou, hesitou, e, por fim, pressionados pelo medo (do vírus e do companheiro), resolvemos que o melhor seria cada um ficar no seu canto, cuidando de sua individualidade. Covardemente, deixamos o temor decidir por nós.

Os primeiros dias foram bem tranquilos e dentro do que havíamos imaginado, mas depois as coisas pararam de funcionar. Comecei a sentir tua falta. Não pela distância, mas pela ausência. A distância é apenas um teste pra ver o quanto o amor é capaz de viajar. Fomos nos afastando, perdendo a intimidade, transformando-nos em amigos que se falam ao telefone. Mensagens de bom-dia ou boa-noite pelo WhatsApp não me satisfaziam mais. Quando vinham acompanhadas com um *emoji* de beijinho ou de coração era como se estivesse me mandando embora ao invés de aproximar. Precisava da tua voz junto ao meu ouvido, pelo menos a voz.

Precisava de mensagens pessoais e exclusivas, frases dizendo que os dias não podem ser bons se não podemos nos ver, que tua cama havia virado um deserto sem mim, que havias sonhado comigo e contasse o sonho com todos os detalhes. Distantes, poderíamos ter feito tanta coisa juntos. Imaginava te mandar uma receita e cozinharmos ao mesmo tempo um único prato, assistir ao mesmo filme na mesma hora, interrompendo pra conversarmos ou buscar uma pipoca doce. Desejava receber fotos e vídeos mostrando como estava tua casa, teu corpo, nossas plantas. Sonhava em receber um pijama, uma camiseta suada, uma cueca, qualquer coisa que me fizesse voltar a sentir o teu cheiro. Fantasias eróticas e não eróticas não me faltaram. Tempo pra esperar também não.

Nada disso aconteceu. Precisava do teu amor aqui e agora, não de promessas pra depois da quarentena. Nos telefonemas de rotina antes de dormir, contavas que estavas bem, gostando do isolamento, desgostando da política, engordando, perdendo dinheiro na bolsa de ações. Por vezes bocejava, dizias que estava com sono, e isso no único momento em que conseguíamos nos falar. Se palavras já causam mal-entendidos, imagina o que um bocejo no meio da ligação pode causar. Não consegui te sentir comigo. Embora nada seja eterno, tudo que cuidamos dura mais. Deito na cama e penso em você. Dói, dói, dói, até não poder mais. Acabo dormindo, acordo, e, no outro dia, ainda continuo sem você.

Você ficou tão longe que te perdi de vista. Deixaste-me tanto tempo só que nosso elo se rompeu. A conexão mental, a sintonia que possuíamos, não sobreviveu sem o contato físico. E não é esse tipo de relacionamento que desejo. Minha alma precisa estar conectada para meu corpo se entregar. Não foi a convivência que temíamos antes da quarentena, sequer o vírus mortal que acabou conosco. A liquidez de nosso amor é que não resistiu à quarentena. Perdemo-nos pelo tanto faz, pela inércia, pela indiferença, pela falta de cuidado, pela desatenção, pelo cansaço, pelo sono, pelo desamor e, sobretudo, pela não reciprocidade.

Agora já não sinto tanto tua falta. O que me dói são as lembranças do que fomos, a saudade do que vivemos e sentimos e tudo de belo que ainda poderíamos ter feito juntos. Sou eu quem me falto agora, não tu.

Falto-me porque me dei demais. É o meu pedaço que ficou em ti que preciso resgatar. Mas estes próximos dias de isolamento vão me ajudar, serão o meu luto emocional. Prefiro estar sozinha sozinha do que sozinha acompanhada.

Há decisões que quebram o coração, mas consertam a alma. Não sou uma mulher frágil, mas, quando quebro, corto. Desta vez quebrou, e sem conserto. Estou te cortando da minha vida. Eras o meu mundo, agora vou me permitir conhecer outros planetas. E daqui pra frente, pra alguém ficar do meu lado, terá que ser melhor que a minha companhia. Mais importante que isso, aprendi nesta quarentena que, pra ficar ao meu lado, não precisa estar ao meu lado, mas precisa estar comigo.

Uns chegam, outros vão. Nossa vida é com aqueles que ficam. Foi ótimo enquanto durou. Vou me amar e não volto mais. Espero que consigas ser feliz. Eu também... mas com outra pessoa.

11 de maio de 2020

Desculpa, Letícia

Estava noivo, casamento marcado para o mês seguinte, quando fui abordado por uma namorada da adolescência, pedindo que abandonasse todos os planos e voltasse para ela. Parece até enredo de novela mexicana, mas a vida nos reserva surpresas que superam a ficção.

Sabe aquela fase em que você está apaixonado, só tem olhos para sua amada, decoram juntos o apartamento onde vão morar, planejam detalhes da festa de casamento, entregam convites e sonham acordados com a lua de mel? Nesse clima surge a Letícia jogando areia, propondo terminar meu casamento e reiniciar um romance antigo.

Havíamos namorado durante quase cinco anos. Foi um namoro ótimo, até o dia em que o pai dela foi transferido para outro Estado e a família o acompanhou. Trocamos cartas com juras de amor durante um tempo, mas a distância foi nos afastando, até que perdemos totalmente o contato. Quase dez anos sem notícias, para agora receber este furo de reportagem dizendo que sou o amor de sua vida e que está disposta a largar tudo por mim.

Junto com ela, voltaram recordações, todas boas. As únicas lembranças tristes foram as lágrimas da despedida, que foram amenizadas na época com um mantra que nos prometemos repetir todos os dias: "Há sorrisos que dizem adeus e lágrimas que dizem até logo".

Enquanto conversava, Letícia pegou minha mão e pude sentir de novo aquele toque familiar; até o perfume ainda era o mesmo. Eu é que havia mudado, mas não a ponto de ser insensível e não ser tocado pela sinceridade daquele apelo. Existem pessoas que entram em nossa vida, cumprem seu papel e vão embora, mas existem outras, muito poucas, que ficam pra sempre em algum cantinho de nosso coração. Letícia foi uma destas.

Estava decidido a casar, iniciar uma nova vida, não poderia ficar pensando na Letícia, nos bons momentos do passado e em sua disposição por recomeçar. Teria de colocar um ponto-final em todas as vírgulas que sobraram. Será que conseguiria? Por outro lado, não podia desmanchar um casamento com a mulher que amava só porque uma namorada do passado caiu de paraquedas dizendo que agora me queria. Também não podia ficar com as duas. Não tinha tempo de consultar um psiquiatra. Talvez um vidente.

A escolha precisava ser feita, e só eu poderia fazê-la. A decisão estava em minhas mãos, ou melhor, em meu coração, que parecia ter crescido tanto, ficado tão forte, que apertava todo o peito. Não podia escolher o que sentir naquele momento, mas podia escolher o que fazer a respeito e sabia muito bem por onde começar.

Precisava urgentemente contar para meu melhor amigo, que, por coincidência, afinidade, companheirismo e cumplicidade, era a mulher com quem estava prestes a casar. Não podia esconder esse segredo dela. Arriscava colocar tudo a perder, mas, estranhamente, estava muito seguro, e contei todos os detalhes. Como é que eu pude? Enquanto falava, ela também segurou minhas mãos, mas não conseguiu segurar nossas lágrimas. Chorando confessamos um ao outro o que nossos corações sentiam.

Já estava decidido há muito tempo, e a escolha não havia sido feita pela razão. Amar alguém não é algo que se escolhe, acontece. Não existe certo ou errado, nem dia ou hora para acontecer. A única escolha que me restava era enxugar nossas lágrimas e dizer um adeus. Desculpa, Letícia.

15 de abril de 2013

Pequenas vinganças

Numa tarde de domingo qualquer, depois de dezesseis anos casados (os primeiros maravilhosos, os restantes nem tanto e o último um desastre), os dois sentam-se na beira da cama que intimamente já presenciou toda a história daquele amor falido e decidem separar-se.

Choro, pedidos de desculpas e a promessa de serem amigos e justos um com o outro. Molhados em lágrimas, temperados em acusações veladas e cozinhados ao sabor da desilusão e frustração, os dois vão acertando os detalhes da divisão de bens, guarda dos filhos, pensão alimentícia. Conversa civilizada, separação amigável, cena perfeita para um final nem tão feliz. O lógico seria cada um respeitar o acordo e seguir seu caminho, certo? Errado!

Dezesseis anos dividindo os lençóis e as contas para descobrir que não se conheciam. Aquelas promessas tendo a cama como testemunha não valem mais e serão desfeitas, conscientemente ou não.

Tudo de bom que foi vivido durante os anos de harmonia mistura-se com os desafetos dos últimos anos, diluindo-se feito espuma na beira da praia, e os ex-amantes, agora completos desconhecidos, passam a discutir seus direitos frente a um juiz.

Meses de angústia, às vezes telefonemas ou encontros desagradáveis, até que o acordo seja firmado oficialmente. Nesse meio tempo, em meio à tristeza e ao luto, o casal vai seguindo sua vida da maneira como acha mais edificante: ela emagrece, trata os cabelos e torna-se novamente atraente; ele raspa o bigode, muda o guarda-roupa, troca o carro e começa a desfilar namoradas...

Acabou? Não... Restam as pequenas vinganças. Rasgar as fotos do casal ao meio e mandar entregar a metade no escritório (dentro de uma sacola de supermercado), esconder durante anos os DVDs do grupo preferido dele(a) e ir devolvendo aos poucos (alguns arranhados, outros sem capa), não buscar os filhos pequenos no horário marcado (roupas e fraldas sempre devolvidas sujas), prometer mundos e fundos e na hora H tirar o corpo fora, dizendo que o problema é do outro.

Existem as tradicionais, como não devolver a aliança deixada em cima da cama, não aceitar o pedido de trocar o Natal pelo *Réveillon* para ficar com as crianças, esquecer a data do aniversário... Alguns ex-parceiros chegam ao fundo do poço, denegrindo a imagem do outro diante da sociedade e até mesmo dos filhos.

Por que necessitamos disso? O que nos leva a adotar condutas tão mesquinhas com essas pessoas que durante algum tempo amamos tanto? Não bastasse todo o sofrimento vivido, ainda é preciso administrar as mágoas acumuladas em anos de relacionamento e pagá-las em prestações sem hora nem data de vencimento. É como se disséssemos ao outro: lembra daquela vez em que esqueceste nosso aniversário de casamento? Pois bem, devolvo rasgando a camisa de linho lilás que deixaste no *closet* para marcar teu espaço. E, por todas as vezes que falaste mal de meus amigos de futebol, devolvo dizendo que sábados não posso te ajudar porque tenho compromisso com a turma...

E assim passam anos trocando pequenos *carinhos*, que demonstram apenas o quanto a relação ainda não foi resolvida. A separação não acontece no momento em que um dos parceiros deixa o lar. Já aconteceu muito antes, vai acontecer algum tempo depois e em alguns casos a separação de corpos é apenas simbólica, pois o prazer de um continua sendo a desgraça do outro. Nesse caso, agem feito crianças em relação a brinquedos velhos: sabem que não os querem mais, mas têm dificuldade em passar adiante. Puro sentimento de posse.

É preciso reconhecer, aceitar e pontuar o final da relação. Se para zerar a caixa de mágoas for preciso rasgar camisas, fotos, lençóis, seria prudente fazer de uma só vez, entender e explicar o porquê dessas ações *insanas*.

Perdoar não é algo tão simples, principalmente quando sentimentos estão na panela de pressão. Talvez essas agressões passivas (ou nem tanto) sejam necessárias ao luto da separação, sendo esta a maneira de cada um perceber que tanto o prazer em fazer sofrer quanto a dor provocada no outro vão gradativamente diminuindo, até que um dia descobrem que podem voltar a ser, quem sabe, velhos conhecidos. Nesse momento, o coração está leve e pronto para encontrar um novo amor...

P.S. 1 — Você acha que enviar este artigo para seu ex seria uma pequena vingança?

P.S. 2 — Então envie.

Artigo escrito em parceria com a educadora Eda de Maman.

26 de outubro de 2009

Desculpa, foi engano

Depois de tudo o que vivemos, precisamos ter a sobriedade de sermos honestos com nossos próprios sentimentos e admitir que apostamos em nos amar, mas ficamos longe disso. Foi bom, mas não foi amor.

Preocupado em não mais repetir o erro, revisei a literatura e descobri que não existe um gene específico do amor, que dotaria alguns felizardos com essa capacidade e impediria outros. Não se nasce carimbado ou proibido de amar. Ainda bem, estamos salvos. Amor se aprende, constrói, cria, sente. Amor não é complicado para surgir, mas pode ser difícil de manter.

A vida me ensinou que se pode amar várias pessoas ao mesmo tempo. Amo meus pais, meus irmãos, meus amigos. Mas amo do meu jeito e com cada um fui criando um código diferente de amor.

Acontece que amor fraternal é uma coisa e amor entre um casal é outra. A diferença é mais ou menos como andar de carrossel ou de montanha-russa. Num você sobe quando criança e fica dando voltinhas sem maiores riscos ou emoções, no outro você só pode entrar um pouco mais crescido e, no início, precisa se amarrar pra não cair. Se der certo e aprender a andar, é mais seguro que carrossel e mil vezes mais emocionante. Mas não é para todos. Amor não é o que faz o mundo girar; isto é bebedeira ou labirintite. Amor é o que faz o giro valer a pena.

Aquele *nosso amor* envolveu tantos altos e baixos, tantos porquês, tantas expectativas frustradas, que foi deixando de ser algo gostoso pra se tornar pura cobrança. Aquele friozinho gostoso na barriga que sentíamos no início se transformou em dor de cabeça crônica. Pois é, amor também pode adoecer. Não nos abraçamos direito e, quando um dos dois não tem mais força pra pegar o coração do outro no colo, o amor se perde, escorrega, cai da montanha-russa e abandona o parque e o casal.

Dei tudo que sabia, dentro e fora da cama, mas, ao invés de aproveitar, julgavas. É mais ou menos como andar na montanha-russa, ficar calculando velocidade, altura, tempo, ondulação e não sentir o vento bater no rosto, o coração disparar, o corpo flutuar. A diversão se transforma em apreensão, a emoção cede lugar para a razão e não se aproveita aquilo que é o melhor da vida. Amar é ter certeza de que, se você cair, ou tropeçar, ou falhar, o outro vai estar ali pra te amparar.

Quando o amor acontece, tudo faz sentido. A verdade é que cuidar, renunciar, dividir, emocionar, acompanhar, partilhar, sonhar, escutar, acarinhar, discutir, perdoar não foram percebidos por ti como formas de amar. Nossos conceitos e formas de demonstrar e sentir amor não são os mesmos. Aquilo que era para ser um casal se dividiu em dois. Paciência, não dá pra lutar contra o que não se pode mudar.

Fiquei triste, porém tranquilo. Reconheço minha parcela de responsabilidade em nossa separação, mas continuar juntos se tornou impraticável. Não havia clima nem para tentar um recomeço afetivo. Andar de montanha-russa e sentir que as mãos estão dadas, se tocam, mas não mais se seguram, não é viver um grande amor. Quero e mereço bem mais. Quero alguém que extraia o melhor e o pior de mim, dividindo aquilo que nem sei que preciso. Às vezes paz, outras vezes confusão. Às vezes carrossel, outras vezes montanha-russa.

Contigo foi este o limite, com outra pode ser que o ultrapasse. Agradeço-te por me acompanhares e trazeres até aqui. Lembrarei tuas palavras como ensinamento e não mais como acusação. Como dizia Nietzsche, a memória foi feita para esquecer. Cada vez que eu disser *te amo* para outra mulher, terás uma parcela nessa conquista. Tua dúvida me fez crescer. Obrigado. Valeu, mas não foi desta vez. Desculpa, foi engano.

24 de abril de 2014

Adão e Eva contemporâneos

A história é bíblica, acredite se quiser. Eva não veio ao mundo por acaso. Existia um propósito: partilhar a vida. Já pensou? Adão estava lá sozinho. De repente surge alguém para conversar, brincar, trocar, ajudar... Na verdade, acho que pra ajudar não era o caso; eles tinham tudo de que precisavam.

O certo é que a vida no paraíso ficou bem melhor depois que Eva apareceu. Como foi a passagem do *status* de amigos para casal não sei dizer. Só existiam os dois e, convivendo, todos os dias, naturalmente algo haveria de acontecer. Nada, nem ninguém para atrapalhar. Nem mesmo vergonha eles sentiam. Posso imaginar vários modos de aproximação, e todos, sem exceção, nada angelicais. Fizeram sexo, gostaram, repetiram, desfrutaram.

Não estavam mais sozinhos. Perceberam que um tinha ao outro para abraçar quando o mundo parecia grande demais. Vamos dar um nome para esse tipo de relação? Amor.

Viviam no paraíso. Amavam-se. Nada lhes faltava. Eram extremamente felizes. Será mesmo? Havia uma maçã no alto de uma árvore que não podiam tocar. Passaram a almejá-la, sonhar com seu gosto, imaginar uma vida melhor com sabor de maçã. Deu no que deu, a tentação os venceu. Provaram do fruto proibido em busca de algo melhor. Quando se deram conta, perderam aquilo que já possuíam. Parece até que o malandro do Adão colocou a culpa na Eva. Deixaram de ser felizes?

Não sei, mas imagino que passaram mais trabalho, tiveram algumas desilusões, machucaram-se. Sobreviveram, tiveram filhos e deixaram uma herança emocional que vem sendo transmitida de geração em geração. Reza a lenda que somos a bola da vez, representantes atuais do casal, supostamente aperfeiçoados emocional e intelectualmente. Também gostaria de acreditar nisso.

Vivemos em um lugar nada parecido com o paraíso, as tentações deram galhos, saíram das árvores, espalharam-se por toda parte, a voz que nos censura agora se chama superego, e a Eva anda meio diferente.

Não vamos confundir Eva com Amélia, a mulher de verdade, submissa, que passava fome ao lado do marido e achava bonito não ter o que comer. Falo da Eva que apareceu de mansinho na vida de Adão e tirou tudo do lugar. Mudou seus hábitos, opiniões, sonhos. Mostrou a ele novos lugares, novos sentidos. Virou amiga, companheira, ouvinte, amante, cúmplice, conselheira. Virou tudo pelo avesso, inclusive encorajando-o a fazer aquilo que jamais poderia conceber: desafiar seu superego.

Adão não quis mais se afastar dela. Seu cheiro o embriagava, o toque causava arrepios, a voz o excitava, o gosto do beijo lhe afogava, as conversas o aprisionavam. Adão e Eva cresceram sensorial e emocionalmente juntos. Não precisavam se falar ou tocar, percepcionavam-se mutuamente.

Muitos homens, talvez todos, passam a vida na ilusão e na espera do bendito momento em que encontrarão sua Eva, quando então conseguirão retornar ao paraíso perdido. Isso não vai acontecer. Por outro lado, acredito que todo homem precise de uma Eva. O mundo seria muito melhor. Concordo com a ideia do Criador. Ainda não encontrei a minha, mas cheguei perto.

Não foi retirada de minha costela, mas parecia entender e sentir igual a mim. Cobranças, mal-entendidos, ameaças, chateações, ofensas, dores de cabeça não faziam parte de seu mundo. Chuva, temporal, relâmpagos, congestionamentos, nada estragava seu bom humor. Corríamos contra o tempo e a favor do vento, nem percebíamos. Era a versão *fashion* da Eva ancestral. Falava várias línguas, conhecia inúmeros lugares, cabelos bem tratados, alta, forte, bonita, bem-vestida, impulsiva, mas sem unhas ou garras para me machucar, sob hipótese alguma. Sentia-me acolhido, protegido, amado, respeitado, tranquilo. Até o superego ela ajudou a anestesiar. Pode um homem querer mais? O pior é que pode.

As tentações contemporâneas não são maçãs. Nem tampouco outras mulheres. Quem tem uma Eva, jamais quer saber de outra mulher.

Evas são presentes que locupletam, enriquecem e saciam os desejos masculinos.

A perdição de hoje chama-se medo. Atinge homens e mulheres. Medo de perder a liberdade, de perder o amado, de não corresponder, de não estar pronto, de cair na rotina, de se frustrar ali adiante, de repetir um erro do passado. Pode até ser um medo copiado do dicionário — estado emocional resultante da consciência de perigo ou ameaça, real, hipotética ou imaginária.

Não sei qual dos medos nos assustou. Choramos juntos quando ele mostrou os dentes. Choramos cada um em seu canto quando nos separamos. A culpa não foi minha, nem dela. Perdemos nosso paraíso.

Não tem graça conversar sozinho quando ouvir o outro era a melhor parte. Dói conversar com amigos, conhecidos, terapeutas e sentir que a partilha fica incompleta. Ninguém consegue se aproximar como fazíamos. Dói ficar olhando o telefone e não conseguir ligar. Dói escrever um artigo e não ter mais para quem mostrar antes de publicar. Dói não ouvir mais a voz, a gargalhada e imaginar que possa estar sofrendo por minha causa. Dói saber que ainda pensa em mim. Dói saber que nos gostamos, nos queremos, nos perdemos e não conseguimos achar o caminho. Dói, mas não machuca, porque sabemos que a história não termina aqui. Acredite se quiser.

17 de março de 2014

Adeus dói

Desculpa estar enviando esta mensagem pela Internet, mas pessoalmente não consegui falar. Tentei quatro vezes esta semana e mais quatro na outra. Quando chega a hora H, olho para ti e tranca tudo. Sabes exatamente como me manipular, ora pedindo desculpas com voz sedutora, dizendo que está numa fase difícil e vais mudar, ora me contradizendo, tentando mostrar que sabes mais do que eu e de nada adiantaria tentar me explicar, pois não compreenderia.

Também não foi fácil escrever. Não sei se, por fraqueza, orgulho ou qualquer outra insegurança, precisei de duas taças de vinho para tomar coragem. Esta é uma carta de despedida, e dar adeus nunca é fácil. Escrevi frases de que me envergonhei. Culpava, acusava, injuriava, nem de longe era essa a minha intenção. Deletei centenas de vezes. Não sei como pude ficar tanto tempo sentindo o coração chorar, sem conseguir expressar com palavras aquilo que sangrava dentro de mim. Não me queira mal, estou botando fora aquilo que me machuca e nos afasta.

Ao longo dos últimos meses, na tentativa de preservar nosso relacionamento, consenti com situações que meu coração não desejava, fiz coisas que minha alma não queria, disse coisas que meu cérebro não tinha vontade. Não pude ser quem sou de verdade, tampouco dizer o que sentia lá no fundo. Assumo minha dificuldade e sei que, por conta disso, também sou responsável por teu comportamento comigo.

O fato é que não consigo sentir tuas palavras de amor. Dizes que me amas, que vamos ficar juntos para sempre, mas não mostras nada que tua boca tão bem sabe pronunciar. Sequer teus olhos seguem teu discurso. Falas comigo, mas tua cabeça está em outro lugar. Tens segredos que não podes contar, desconfias de mim, não fazes planos para o futuro, não te dedicas, ficas distante. Estar perto é algo físico, estar junto é sentimento. Transito entre o céu da tua boca e o inferno de tua frieza.

Nenhum *te amo* é mais poderoso que um *estou aqui contigo*. Queria que demonstrasses teu amor. De qualquer forma. Fazendo, desejando, estando, sendo, cuidando, pensando, preocupando, dedicando e, acima de tudo, se entregando.

Não sei o que te prende a mim. Talvez seja hábito, preguiça em começar tudo de novo, medo de ficar sozinho ou, até mesmo, a falta de algo melhor. Às vezes tenho a impressão de que teu coração ainda está preenchido por um amor antigo ou busca por algo novo. Já não me dás tanta atenção, não me desejas como antes, não me esperas, não mandas mais mensagens, não sorris quando me encontras, beijas sem gosto. Estás sempre ocupado com alguma coisa. Estás comigo, mas não estás. De nada me serve a promessa de um amor eterno se não o tenho aqui e agora. Não me agarras, nem me largas.

Sentir amor é uma coisa, amar é outra. Sentir amor é fácil; não é preciso fazer nada, só deixar acontecer. Amar já é mais difícil; é a parte trabalhosa, exige dedicação, atenção, conexão. Para amar é preciso ter vontade. De tudo, principalmente de continuar. Talvez nosso amor seja focado mais para o sentir que para o amar. Talvez tenhamos amado para sermos amados, quando deveríamos ter amado por amar.

Há mil e uma formas de amar, cada um tem a sua, e não existe a fórmula perfeita. O único amor errado é o meio-amor, aquele que não é vivido por inteiro. Nossos amores não estão mais se comunicando. Estamos sempre a meia distância. Nossas conversas são mornas, nossas dúvidas ficam sem resposta, nossos silêncios me torturam. Não nos encaixamos, não nos completamos, não somamos, não dividimos. Deixou-me ir tão longe que nos perdemos de vista. Sinto-me sozinha, não quero mais ficar assim.

Provavelmente a recíproca seja verdadeira. Dói-me saber que podíamos e não fizemos. Dói-me deixar um sonho se perder. Dói-me o que não amei. Gosto muito de ti, mas não deixei de gostar de mim. Não quero mais me iludir, chega de correr para lado nenhum. Não estou desistindo; apenas deixei de querer. Não estou fugindo, mas também não quero mais ficar a tua espera.

Li e reli esta mensagem até não mais poder. Chorei o bastante. Em cada leitura, imaginava tua reação e ficava cada vez mais triste. Acho que esse processo me preparou para a despedida. Precisei muito de você pra deixar de precisar de você. Quando as lágrimas secaram de vez, decidi que era hora de postar, mas faltou energia, coragem, força, determinação. Faltou tudo, até você. Tremulando, com o estômago embrulhado, decidi colocar no automático do computador para enviar às dezessete horas, quando já estarias fora do trabalho.

Seria mais sensato se a conversa acontecesse no sofá da sala, olho no olho, mão com mão, finalizando com um longo e derradeiro abraço. Não há mais clima, não tenho estrutura, não iria rolar. Além disso, nunca fomos sensatos. Não é a melhor maneira, sei bem, mas é a que menos dói.

O pior das palavras é sentir as que ficaram por dizer ou se perderam no tempo. Se antes interpretava teu silêncio e distanciamento como desinteresse, a partir de agora entenderei como respeito e aceitação dos fatos.

Estou indo. Queria que fôssemos possíveis, mas não deu. Dividimos momentos fantásticos, nos misturamos tanto que fica impossível separar sem que um leve parte do outro. Deixaste marcas profundas. Boas e más. Toda minha roupa tem teu cheiro. Muito vais levar, muito deixaste. Se hoje sou quem sou, e gosto de quem sou, também o devo a ti.

Agradeço-te por me acompanhares e trazeres até aqui. Felizmente não preciso te esquecer para seguir vivendo. Vou arranjar um lugar em mim para te guardar com muito carinho. Cada vez que disser *te amo* para outro, terás uma parcela nessa conquista. Tua ausência me fez crescer. Vou sentir saudade, mas, para o nosso bem, precisamos dizer adeus. Não se trata de sucesso ou fracasso, mesmo assim peço desculpas por desperdiçar nosso sonho de amor. Peço perdão por cada um dos dias que vivemos em mundos diferentes, por não termos sido tudo que poderíamos e por não ter tentado mais mil vezes. Perdemos os dois. Mas vamos nos achar.

Crônica inspirada no romance do escritor português Raul Minh'alma,
Larga quem não te agarra.

6 de junho de 2018

Não entendeu, não sentiu, não aproveitou

Acredito que o problema todo está em pensarmos demais. Falando em pensar, imaginei como seria na época das cavernas. De repente bate uma saudade enorme de ti, daquela nossa época de estudantes, logo que nos conhecemos. Lembrando os feromônios explodindo por todos os poros e aproveitando os que ainda restam, sairia a tua procura, como um caçador. Não importariam os perigos que teria de enfrentar, precisava matar o desejo, a saudade, liberar os fluidos, sentir de novo o teu gosto, comer a tua presença.

O motivo pelo qual havíamos nos afastado não importava mais; o desejo seria o mestre. O meu é claro, pois sou um homem das cavernas, e tu serias a fiel representante da mulher submissa ancestral.

Mas vamos pensar um pouco mais (apesar de eu continuar afirmando que, em certas ocasiões, pensar é o que atrapalha tudo). Faz de conta que, como mulher ancestral, também sentias os mesmos desejos reprimidos, não eras submissa ao teu par e ansiavas por me encontrar em teus sonhos, mas como mãe de uma prole imensa de filhos, ficavas presa a uma caverna. Não havia Google para tentar saber da minha existência.

Quando surgi na porta da tua caverna, barbudo, cabeludo, um pouco mais envelhecido, mas ainda com aquele mesmo olhar, jogaste o bebezinho de meses no chão e te atiraste em meus braços. Beijamo-nos e fizemos amor na porta da caverna. Beijo a beijo, nos esquecemos do mundo lá fora e fomos recuperando os anos de saudade reprimida.

Sentimento puro, na versão original.

Gostou? Acho que seria muito legal. Então vamos agora para o futuro.

Cinco milhões de anos se passaram, o homem inventou a palavra e começou a organizar seus pensamentos. Inventou o superego, a Internet, o WhatsApp, o casamento, a religião. Pensou tão longe que até ousou exprimir sentimentos em palavras. Olha só que loucura, palavras exprimindo sentimentos... Deve ser coisa de algum maluco.

Então hoje, quando estou com saudades de ti, com vontade de sentir teu cheiro, toque, gosto e conversa, pego o celular e passo uma mensagem:

— Estou morrendo de saudades.

Em 30 segundos retorna uma resposta:

— Eu também, vamos marcar uma conversa no MSN?

Que facilidade, hein! Antigamente eu teria que sair caminhando pelas savanas durante dias ou meses até te encontrar, e agora em 30 segundos já estou em contato.

Quatro horas conversando via Internet. Madrugada adentro, como nos velhos tempos em que nos amassávamos pelos cantos escuros. Recordamos felizes as histórias da praia, do Carnaval, das escapadas pela janela dos fundos, e ao longo da noite descobrimos que já não somos mais adolescentes inconsequentes. Descobrimos também que, apesar do tempo, distância, contratempos, discordâncias e experiências que nos afastaram, a afinidade que nos uniu ainda permanece após décadas.

Desliguei o computador e liguei a memória. Lembrei-me do *Réveillon* em Punta, do frio em Campos do Jordão, do *show* do Frejat, das sardas, das tatuagens, do cheiro de suor na tua nuca, do gosto do teu beijo pela manhã, a mão acariciando minhas costas, cabelos espalhados nos lençóis, virilha depilada, gato arranhando a porta, hino rio-grandense cantado no banho, pipoca no sofá, velas acesas no quarto, espumante bebido na cozinha, conversa jogada fora, abraço puxando pra dentro, choro na despedida, lágrima salgada...

Começa então a surgir o desejo de um reencontro pra matar a saudade e conferir como é a nova versão da afinidade e do sentimento. Misturam-se imagens da adolescência com conversas do MSN, confusões do passado com explicações de agora, e cada um a seu modo vai fantasiando o reencontro, criando expectativas, controlando as palavras, segurando o desejo, jogando sedução, estudando a reação do outro, calculando as consequências, tomando coragem, pensando, refletindo, amornando, avançando um pouco, recuando dois poucos, esfriando, consultando o psiquiatra, congelando...

Enquanto uns evoluem no sentido do pensamento, outros permanecem no sentimento puro, e outros ainda não sabem em que lugar estão nem o que estão fazendo de suas vidas. Por essas e por outras é que muitas relações que poderiam ter sido ótimas se perderam lá no início, no meio e chegaram a um fim, não conseguindo nem ser entendidas, nem sentidas e muito menos aproveitadas.

P.S. — Se fosse fácil, não escreveria este texto; estaria aí embaixo do teu prédio te chamando com um megafone.

Resposta da namorada:

Discordo! O problema não é pensar demais. É agir de menos. Não achas que, quando bate essa saudade enorme de mim, eu deveria ficar sabendo? Por que não ligas e me contas sobre isso? Eu seria feliz durante a semana inteira... E te digo mais: talvez até confessasse que também sinto saudades de ti. Não seria fantástico?

Os perigos a serem enfrentados realmente existem. Mas nada se assemelha às sabotagens que nós mesmos criamos. Aos medos internos incutidos e reverenciados com demasiado zelo durante tantos anos. O temor ao fracasso é tão exagerado que nem ao menos nos damos a chance de tentar. E, assim, matamos todas as possibilidades... as que, eventualmente, dariam certo... e as outras também. Como poderemos nos considerar otimistas depois disso?

Tens absoluta razão (e para se chegar nesse ponto foi necessário pensar...). Não somos mais adolescentes inconsequentes. Somos adultos que contradizemos nossos próprios instintos e vontades. Não agimos, não fazemos, não satisfazemos, não realizamos, não construímos nada juntos, nada que se refira a nós dois... nem desejos, nem fantasias, nem sonhos, nem castelos, nem livros, nem histórias de amor com final feliz.

É verdade: apesar do tempo, distância, obstáculos, transtornos, dificuldades, discussões e dos *n* acontecimentos que nos afastaram, a afinidade que um dia nos uniu permanece viva (ainda que em estado latente...) após tantas décadas.

Mas pergunto eu a tua alma inquieta: que atitudes pretende tomar de agora em diante?

Quais tuas expectativas em relação a ti mesmo? E em relação a mim?

Ambos temos a absoluta certeza de que nada é fácil. Muito antes pelo contrário!

Mas a única coisa que eu espero... é que não pretendas que te leve o megafone.

Beijos!

10 de junho de 2010

O fim, às vezes, é inevitável

Histórias de amor têm fim. Seja junto ou separado, triste ou feliz; cedo ou tarde, um dia precisam ter fim. Por mais doloroso que possa ser, o fim às vezes é inevitável. Nada é mais forte que uma história suspensa sem fim, com uma conversa evasiva, deixando uma porta semiaberta. O amor mutilado parece fazer dois apaixonados reféns por uma vida inteira.

O amor pode começar à primeira vista, mas não morre com a rapidez correspondente; seu fim é lento e penoso. Não é preciso que haja discordância brutal, traição ou desamor para que um casal se perca. Beijos tornam-se mais rápidos e burocráticos, olhares mais distantes, conversas mais curtas, discussões mais longas, palavras mais secas, mágoas acumulam-se, não se tocam e o sexo cada dia mais raro e mecanizado.

Metamorfoses paralelas vão abrindo alas e, se não houver afeto em comum, o amor perde o brilho e morre. Os sinais da morte estão por toda parte esperando para serem vistos. Não conseguindo encarar o fim da relação, o casal continua a se comportar como se nada houvesse mudado, procrastina e protela na vã esperança de que ignorando o veredicto da execução, a morte, de algum modo, possa ser evitada. Na verdade, o divórcio começa no namoro, quando você identifica os sinais negativos e os ignora.

Não se chega à conclusão de que tal dia, tal hora o amor acabou. Quando não se escuta mais o pedido de ajuda do outro, o relacionamento já terminou, mesmo sem um fim matemático. O amor morre sem *causa mortis*, sem carecer de atestado de óbito. Talvez o fim de um amor seja um fenômeno tão confuso e inexplicável quanto o apaixonamento, duas mágicas opostas, uma que faz e outra que desfaz.

Término de um relacionamento não é sinônimo de fracasso. Fracasso é continuar juntos por conveniência, usar os filhos para manipular o parceiro, voltar para casa toda noite sem vontade, implorar por amor de quem não te ama. Fracasso é não lutar para ser feliz.

Relacionamentos podem terminar, o casal se despede, trocam um último beijo ritual e cada um vai para seu canto, mas os sentimentos ficam e, contraditoriamente, às vezes o amor demora mais que o amado para partir, por isso é aconselhável que a separação aconteça antes do esfacelamento do amor, antes de se iniciarem as brigas e da falta de respeito.

Uma coisa é dizer adeus, outra é saber ir. O que é pior, a ausência ou a despedida? Não é justo terminar com lágrimas um passado que foi escrito de mãos dadas com amor e dor. Assim como um casamento pode não dar certo, uma separação também pode não dar certo e tudo voltar como era antes. Mais ainda, dar certo não está mais relacionado ao ponto de chegada, mas ao durante.

A capacidade de transformar vínculos em lugar de descartá-los é um aprendizado. O fim do amor romântico não precisa ser como se pensava nos velhos tempos, a morte do amor. Não existe uma linha divisória entre amor e não amor que só possa ser transposta duas vezes, no início e no fim de um relacionamento.

Não é preciso se livrar do outro e manter distância absoluta só porque se separaram; cada um vai levar consigo um pedaço do outro por toda a vida, queira ou não. Ainda que não arda, a fogueira do amor não se apaga da memória, não é preciso deletar o que houve de bom entre os dois. O respeito pós-relacionamento diz muito sobre quem as pessoas realmente são.

A separação pode vir a ser um ato de ligação entre dois seres que um dia se amaram profundamente, não souberam lidar com a desenvoltura emocional necessária e passaram a se amar de uma maneira plausível, tranquila e segura, quase vegetal. Dessa forma, um amor dito inviável terá um fim, mas sem final feliz.

Foi bom enquanto durou

Começamos tão bem! Encontramo-nos no *Réveillon* e não nos separamos mais. Dormíamos e acordávamos juntos todos os dias. Estávamos cheios de expectativas, promessas e planos para o futuro. Apostamos alto e nos dedicamos pra valer. Você me enchia de esperança e eu retribuía com gratidão. Sua capacidade de surpreender, ao mesmo tempo em que me assustava, encantava. Você não prometeu felicidade, nem amor, mas garantiu que ia ser muito bom. Lembro que naquela noite brindei dizendo que amor perfeito era nome de flor e que amores bonitos e perfeitos eram aqueles que nunca foram usados. Esperava tão somente uma relação que não decepcionasse minha alma.

Por mais que tenha me esforçado, por mais que tenha calculado acertos, riscos e equívocos, não foi o bastante. Não vamos seguir juntos. O destino prega peças e, quase sempre, sem avisar. Desta vez ele avisou, nós é que o ignoramos. Diz o folclore iídiche que o homem planeja e Deus, lá em cima, ri.

A gente fez de conta que não escutava, acreditamos que desta vez seria diferente, acabamos fazendo do nosso jeito, e deu no que deu. Perdemos a batalha. Não tem problema; perdoei meus erros e os seus também. A cada ano que se inicia corremos em direção ao primeiro sinal de algo que nos rejuvenesça, distancie da morte, empreste significado ao ato natural de estar vivo ou produza alguma centelha de amor. Você era tão jovem! Me joguei de corpo e alma.

Não existe pessoa certa ou vida errada. Não existe mocinho ou bandido neste enredo. Você falhou, eu falhei, mas estávamos tentando acertar. Vamos ter que nos separar, mas nem tudo que termina acaba. Muitos casais nem terminam; simplesmente se separam e se abandonam. Não queria que conosco fosse assim. Aquilo que acaba também é eterno. Tivemos momentos memoráveis, foram onze meses inesquecíveis. Viajamos, percorremos retas, nos apoiamos nas curvas, descobrimos cachoeiras, bosques, fadas e florestas.

Lembra aquele dia em maio quando você se esquentou, e a temperatura subiu tanto que quase me fritou? E no dia seguinte esfriou mais que um *freezer*. As pessoas diziam que você era instável, bipolar e incontrolável. Eu não dava ouvidos, curtia suas excentricidades. Mas isto já é passado, e o passado é um lugar de referência, não de residência. Precisamos seguir em frente, nosso ciclo se fechou, chegou o momento de cada um seguir sozinho.

Se não fomos feitos pra ficar juntos, fomos feitos pra um marcar a vida do outro. Você disse que ia ser bom, não que ia durar. Com você eu mudei, cresci, sonhei, observei o colorido das flores, enxerguei borboletas azuis, senti o gelado do inverno, o frio na barriga, libertei meus fantasmas, aproveitei a vida. Como aconteceu ou quanto durou, não importa. Valeu cada minuto ao teu lado. Você foi como um circo, me encantou e agora vai embora.

Queria que durasse um pouco mais. Poderíamos nos despedir demoradamente, deixar fruir nosso adeus. Talvez com o afastamento nos percamos. Ou nos encontremos em outros caminhos. Ou em outros mundos. Ou nunca mais. Posso perder o juízo, a saúde mental, a fome, a direção, posso até perder você, mas sei exatamente onde está meu coração. Não quero te largar. Quero você intensamente hoje. Não amanhã, não ontem. Hoje. Agora. Não precisa ser pra sempre, mas pra já.

Daqui a pouco vou começar a escrever minha nova história, mas jamais te esquecerei. Não sei o que fazer com nosso calendário cheio de marcações coloridas, mas pretendo realizar tudo que planejamos. Aquilo que houve entre nós ainda existe e ficará para sempre. Tive muita sorte em ter alguém a quem me é difícil dizer adeus. E não vou dizer isso chorando em tom de lamento.

Dois mil e dezoito, você foi maravilhoso, mágico, amigo, quase um pai, mas a vida vai te levar. Querendo ou não, em breve você será obrigado a partir. Adeus = a Deus. Não é uma despedida, é entregar nas mãos de Deus aquilo de que você não pode mais cuidar. Deixo várias coisas para a lei do retorno resolver. Sentirei saudade, mas, por enquanto, vamos aproveitar tudo que nos resta. Partir não é uma tragédia; pior é não ter vivido. Vivemos pra caramba, isso é fato; só não tenho certeza se contigo envelheci ou rejuvenesci um ano. Além disso, você não está morrendo, apenas terminou sua jornada, vai descansar e se reinventar. As folhas do outono não caem porque querem, e sim porque é chegada a hora. Vou ser feliz, e você também. Que 2019 nos encontre sorrindo.

10 de dezembro de 2018

Recomeços

Todo começo tem um fim.
Todo recomeço tem um sim.

Autoentrevista

Como você se conecta nos ambientes e nas pessoas para escrever seus contos?

É mais ou menos como sintonizar uma estação de rádio. Você tem uma possibilidade enorme de emissoras e programas, mas você sabe bem o que quer escutar. Vai girando o dial. Escuta uma música que lhe incomoda os ouvidos, passa por um comentarista que não fala nada que lhe interesse, pula a estação que só apresenta desgraças, até que finalmente encontra aquele programa que estava procurando ou algum outro que lhe prendeu a atenção.

A partir dali, você pode escolher entre voltar a fazer as outras coisas que estava fazendo (dirigir o carro, cozinhar, escrever, fazer amor) ou ficar prestando atenção à entrevista que está no ar, deixar-se envolver pela música que está tocando, imaginar-se dentro da narrativa que está sendo apresentada... Em outras palavras, você pode escolher sintonizar *o* programa de rádio ou se sintonizar *com* o que está acontecendo no programa de rádio.

Quando entro em um café como este, sintonizo-me neste ambiente. Por exemplo, presto atenção naquela senhora sentada ao fundo do salão. Pelo modo como ela segura a taça de chá, vira as páginas da revista, suspira de vez em quando, fecha os olhos, fica pensativa, posso quase que com certeza dizer que ela está lendo algo relacionado a alguém de que gosta muito. Veja como acaricia a revista, como transmite uma sensação de paz...

Conecto-me naquela situação e na senhora, sintonizo-me ali e consigo percepcionar aquilo que meus sentidos estão me mostrando. Não me transformo nela, mas a sinto.

E como você transforma isso em palavras?
Não transformo. Escrevo aquilo que estou sentindo. Às vezes nem é o que estou vendo. Não procuro palavras bonitas nem frases de efeito. Aquilo que escrevo reflete a minha pessoa naquele momento. Neruda escreveu uma vez que, se lhe perguntassem o que é sua poesia, não saberia dizer; mas, se perguntassem à sua poesia, ela lhes diria quem era ele.

Quando você ler algo escrito por mim e se me conhecer um pouquinho, não terá a menor dúvida de que fui eu quem o escreveu. Assim como um pai tem certeza de que o filho é seu, assim a poesia é identificada com seu criador.

Como você sente o amor?
Vou te mostrar uma poesia, também foi Neruda quem escreveu:

Te amo de uma maneira inexplicável,
de uma forma inconfessável,
de um modo contraditório.
Te amo, com meus estados de ânimo que são muitos,
Te amo, com o mundo que não entendo
com as pessoas que não compreendem
com a ambivalência de minha alma
com a incoerência dos meus atos
com a fatalidade do destino
com a conspiração do desejo
com a ambiguidade dos fatos
ainda quando digo que não te amo, te amo
até quando te engano, não te engano
no fundo levo a cabo um plano
para amar-te melhor
Te amo, sem refletir, inconscientemente
irresponsavelmente, espontaneamente
involuntariamente, por instinto
por impulso, irracionalmente
de fato não tenho argumentos lógicos
nem sequer improvisados
para fundamentar este amor que sinto por ti
que surgiu misteriosamente do nada

*que não resolveu magicamente nada
e que milagrosamente, pouco a pouco, com pouco e nada,
melhorou o pior de mim.
Te amo
Te amo com um corpo que não pensa
com um coração que não raciocina
com uma cabeça que não coordena.
Te amo incompreensivelmente
sem perguntar-me por que te amo
sem importar-me por que te amo
sem questionar-me por que te amo
Te amo
simplesmente porque te amo
eu mesmo não sei por que te amo...*

É assim que sinto o amor. Sem perguntar absolutamente nada, sem me importar com razões, opiniões, futuro, passado, coerência, aparência. Deixo a porta aberta para ele entrar ou sair. Fica tão mais fácil! Se você simplesmente deixar rolar, sem se encucar, vai começar a sentir o amor nas coisas mais simples da vida. O amor com que aquela mulher vira a página da revista. O amor com que o chefe de cozinha prepara a comida. Este amor se espalha no sabor da comida, na apresentação do prato, na decoração do restaurante, na música que está tocando, no sorriso quando conversa conosco.

Cristo não era cristão, Buda não era budista, Maomé não era islâmico. Todos eles sentiam, falavam e transmitiam apenas o amor. Nada mais. Depois as pessoas seguiram seus ensinamentos e criaram religiões. Não adianta tentar explicar o amor; é tão difícil quanto explicar as cores para um cego. Amor precisa ser sentido.

Posso até ousar dizer que, quando existe amor, se você estiver aberto, conectado, sem preconceitos, fica quase impossível deixar de senti-lo. E, se você o sentir de fato, ele funciona como um espelho, refletindo em você e voltando sob a forma de poesia, desenho, pintura, carinho...

Cada qual sente e transmite o amor de seu jeito, sua forma. Não existe modelo, não existe certo ou errado. Existe apenas o sentimento, que é inexplicável, contraditório, involuntário, mas muito gostoso de sentir.

31 março 2014